Johannes Mario Simmel

Ein großes und vierhundertsechs kleine Gedankenporträts

Markus Giesinger

Johannes Mario Simmel

Ein großes und vierhundertsechs kleine Gedankenporträts

Engelsdorfer Verlag
Leipzig
2023

Bibliografische Information durch die Deutsche Nationalbibliothek:
Die Deutsche Nationalbibliothek verzeichnet diese Publikation in der Deutschen Nationalbibliografie; detaillierte bibliografische Daten sind im Internet über https://dnb.de abrufbar.

ISBN 978-3-96940-635-9

Titelbild © Adriana [Adobe Stock]

Hergestellt in Leipzig, Germany (EU)
Gedruckt auf FSC®-zertifiziertem Papier

www.engelsdorfer-verlag.de

18,00 EUR (DE)
18,50 EUR (AT)

Jean Paul nannte seine Erinnerungen *Selberlebenbeschreibung*.
Was ich erlebt habe, ist mir des Aufschreibens nicht würdig.
Was ich geschaffen habe, sehr wohl.
Alt bin ich und Zeit wird es für eine Inventur.

Meine Geschichten

Eine Chronik

BEGEGNUNG IM NEBEL

Mit der Kurzform – Erzählungen – beginnen, das war klar. Schon Brahms meinte: Zuerst Lieder komponieren, dann Symphonien. Talentprobe vor Meisterwerk. Wer hatte schon Zeit für viele hunderte Seiten? In einer Stadt, die wieder zu errichten war? Schaufel weg, Roman her? Sieben Erzählungen, davon nur eine vom Krieg. Dessen Ergebnis sahen wir alle täglich. Den brauchten wir nicht auf Papier. Schöne Worte, absurde Szenen, Pointen, Rührung. Motiv Nebel: alles Handeln hintergründig, konturenarm.

Rückblickend stelle ich fest: Die kurze Geschichte hat mich stets begleitet. Vor allem in meiner Illustriertenzeit. Das kleine wöchentliche Kunstwerk. Literatur in Zigarettenlänge. Hat Spaß gemacht.

Viel Lob kam für einen Dreiundzwanzigjährigen. Zwei Kritiker nannten meinen Stil kleistisch. Auflage? Ein paar hundert. Der Verleger sagte: Nur Mut, jetzt wird es Zeit für etwas Größeres. Vorschlag: Bomben über Wien. Wenn du fertig bist, ist es vier Jahre danach. Die Menschen werden bereit sein, es kommt die Zeit des Erinnerns.

Mich wundert, dass ich so fröhlich bin (1949)

Sie kam dann auch, aber noch nicht, als ich mit meinem einzigen Kriegsroman fertig war. Klar war: Nicht Uniformierte und Bewaffnete werden die Handlung tragen. Sieben in einem zerbombten Haus Eingeschlossene sollten fünfzig Stunden verzweifelt auf Rettung hoffen. Nur einer von ihnen besitzt ein Hakenkreuz und auch er nur, weil es Chancen öffnet. Sein Gegner ist Wehrmachtsdeserteur und eigentlicher Held. Er will am Schluss den mit dem Hakenkreuz erschießen, um sich und die anderen zu retten. Die anderen? Die alte, aber lernfähige Frau. Der vor Gott zum Alkohol flüchtende Priester. Die Hochschwangere mit fünfjähriger Tochter. Und die liebesbereite Schauspielerin. Nicht eingeschlossen, aber entscheidend: Der die Rettungsversuche leitende Leutnant der Wehrmacht, pflichtbewusst, misstrauisch und letztlich das Leben über das Recht stellend.

Einen Zitatauszug des Barockdichters Angelus Silesius über einen trotz aller Wirrnisse Fröhlichen verwendete ich etwas verwegen als Buchtitel. Fortsetzungsroman in der kommunistischen „Volksstimme". Ein großer Fehler? Wahrscheinlich. Eine Erzählerbegabung mit wenig Lesern.

Eine Figur altern lassen. 47 Jahre später verwandelte ich den Deserteur in einen alten Erfolgsautor mit Schreibblockade nach dem Wegsterben seiner Frau. In beiden, sonst so verschiedenen Werken vertritt dieser Herr viel Simmel. Ja, das Autobiografische. Man selbst steht als Quelle rasch zur Verfügung. Oft ohne Recherche. Und das Wiederbeleben einst gestalteter und lieb gewordener Freunde in späterem Schaffen praktizierten auch Dumas, Balzac und Joseph Roth. Das Wort Serienheld war noch nicht geschaffen.

Unfreiwilliges Zusammenleben von Menschen, die sich nicht kennen. Und nicht harmonieren. Nur eines vereint sie: das Nichtsterbenwollen.

Therese Reimann

Über Wiener Neustadt sind sie schon. In zwanzig Minuten bei uns. Wieder in den Keller. Die Sirenen, abscheulich, wie die Musik im Radio. Keine Melodie mehr. Heulen und Johlen.

Herr, beende diesen Krieg! Wie du auch den letzten beendet hast. Und schütze uns, die wir an dich glauben. Und nicht sündigen.

Die gefangenen Russen, schmutzig sind die und traurig irgendwie. Beten werde ich für sie. Wie auch für die Armen. Nur betteln sollen sie nicht. Und für die Kinder. Nur schreien sollen sie nicht.

Reinhold Gontard

Was dieser Besoffene sagt: Gott sei ein Idiot oder Verbrecher. Ein Idiot, wenn er das alles nicht verhindern kann. Ein Verbrecher, wenn er es nicht verhindern will. Worte eines Invaliden, durchschossene Lunge, hat nur noch eine kurze Zukunft.

Und ich, der Priester? Sage Ähnliches, nur schöner. Nicht alles verantwortet der Herr allein, Frieden müssen wir schaffen, gerecht und barmherzig müssen wir werden. Doch des Höchsten Hilfe kommt nicht. Schaut einfach zu. Vom Himmel. Schöne Aussicht.

Predigen mit Kopfschmerz, im Beichtstuhl mit Kopfschmerz, ganze Messen mit Übelkeit. Der viele Wein, widerlich! Durstig macht der Zweifel am Allmächtigen.

Anna Wagner

Neuer Markt. Innenstadt. Hier ist es gut. Die Tore geöffnet. Alle erwarten die Warnsignale. Leben trage ich in mir und sehe sterben überall.

Eingeschnürt bin ich seit Monaten. Wann kann ich wieder atmen? Tief atmen? Ihm konnte ich es nicht sagen. Das wären keine Abschiedsworte gewesen für einen Frontrückkehrer. Er wisse zu überleben, tröstete er, es gebe Strategien. Reden mit der Mutter? Sie hat nur noch den starren Blick. Reden mit der Kleinen? Die hüpft fröhlich über Bombenlöcher. Wie hat sie gelacht, als ein Junge Alarm und Flucht und Getroffenwerden spielte.

Morgen ins Entbindungsheim, weit weg von Wien. Für drei Wochen. Dann kommt zur Kleinen noch ein ganz Kleines. Einmal noch hinunter in die Dunkelheit.

Walter Schröder

Ein öffentlicher Luftschutzraum. Wenn die Licht haben da unten, kann ich meine Notizen fortsetzen. Füllfeder habe ich, Papier auch.

Keine Ahnung haben die in Berlin. Reden von Geheimwaffen und wissen nicht, wie Stromerzeugung chemisch optimiert wird. Dass Raketen explodieren, kapieren sie gerade noch. Aber sag ihnen, man müsse den Waffen eine Richtung geben, ein Ziel, und sie schauen dich an, offene Augen, offene Münder.

Den Wert der Chemie für das Heer der Zukunft haben sie erkannt. Und mich gelobt. Der Krieg darf nicht verloren werden. Die das auch nur andeuten, widern mich an. Und die Propheten der Niederlage, totschlagen könnte ich sie.

Frieden? In einem kleinen Betriebslabor neu beginnen? Die Versuche der letzten Jahre nutzlos? Unterlagen verbrennen? Nicht daran denken!

Diese ständig nach dem Sinn Fragenden! Für wen? Zu welchem Zweck? Wem zu Nutze? Die Antwort heißt: Seine Kräfte zur Verfügung stellen. Fraglos! Wir sind eingeschlossen. Also öffnen wir. Mit Pickel und Schaufel. Oder Sprengstoff.

Susanne Riemenschmied

Aus Rilkes „Weise von Liebe und Tod“ lesen, im Haus der Industrie, vor Publikum. Mein Höhepunkt. Bisher. Die kleinen Rollen, ich spiele sie nicht, ich lebe sie, gebe ihnen Bedeutung, sagen die Leute. Großes traue ich mir zu. Gretchen zuerst, später Maria Stuart, die Jungfrau von Orléans. Oder Emilia Galotti. Sätze großer Meister sprechen. Mit meiner Stimme.

Weniger gelächelt habe ich in letzter Zeit. Mit den Augen vielleicht, aber kaum noch mit den Lippen. Und etwas leise wurde ich. Hätte ich mehr reden sollen? Zur falschen Zeit? Über Dinge, die mich wundern, aber vielleicht nichts angehen?

Feind im Anflug. Wieder einmal. Lieber jetzt als später. Bis zum Auftritt am Abend wird es vorbei sein. Das Rilke-Buch habe ich mit. Dort gehen ein paar die Stufen in die Tiefe.

Robert Faber

Wehrmachtsstreife, verdammt! Wenn die mich sehen. Und den Ausweis fordern. Ich in Uniform ohne Abzeichen. Mit schmutzigen Stiefeln. Unerlaubtes Entfernen von der Truppe.

Ins nächste Geschäft! Spirituosen? Egal. Was ich wünsche? Bin noch unschlüssig. Die stehen vor dem Schaufenster. Zu dritt. Zivilistenkontrolle.

Cognac vielleicht? Gern, haben Sie eine Auswahl? Früher schon, viele aus Frankreich, jetzt freilich ... Nachschauen könne sie. Lassen Sie sich Zeit! Retten Sie mein Leben!

Der Kontrollierte grüßt, die drei reden, jetzt gehen sie, langsam. Ich kaufe zwei Flaschen, noch langsamer.

Fliegeralarm? Gott sei Dank. Irgendwohin! Weg von der Oberfläche! Mich nicht erwischen lassen! Auf der Flucht nicht erschossen. So soll es sein. Und dann: reden und nie mehr schweigen!

Werner Schattenfroh

Menschen ausgraben, lebend. Schon oft gelang es uns. Diesmal der Keller von Neuer Markt 13. Das Haus steht nicht mehr. Gestern hörten wir Klopfzeichen. Waren schon nah dran.

Dann die Bombe auf die Plankengasse. Traf die Wasserleitung. Unmengen fließen nach unten. Kein Klopfen mehr. Jetzt helfen nur noch Presslufthämmer. Alles oder nichts. Hoffentlich alles. Hoffentlich!

Das geheime Brot (1951)

Menschen im Krieg, das heißt: Menschen ohne Alltag. Jeder Tag fordert neu. Die Todesnähe. Das Außerordentliche, Unberechenbare. Jetzt musste das etwas andere folgen: Menschen nach dem Krieg. Die Eingebung war da: ein Märchen in Ruinen. Anschreiben gegen das Verzweifeln.

Und ich produzierte eine Perle, auf die ich stolz bin. Mit Ironie und phantastischer Realitätsferne Mut vermitteln. Trösten, aufrichten. Fünf kauzige Existenzen fügen sich nicht und bauen eine kriegszerstörte Villa wieder auf. Und leben von Brot und lernen wieder zu lachen. Und werden stark dabei. Verzweiflung wird zu Hoffnung und Hoffnung zu Liebe. Wien wird zum Ort der fröhlichen Botschaft: Es geht immer weiter und uns kriegt keiner klein. Kein Gott, keine Diktatur und keine Bomben.

Gemeinsames Überwinden von Widrigkeiten. Und dabei jeden gelten lassen. Ohne Korrektur und Belehrung. So ergeben mehrere Einzelne keine Summe, sondern ein Kollektiv im besten Sinn. Heute noch mag ich diese liebevoll Verrückten, ihr Reden und ihr Tun.

Der im Verlauf der Geschichte immer weniger verzweifelte Tischler. Die Zigarren rauchende Maurerin. Die mit ihrem Körper Geld verdienende Mutter einer Siebenjährigen. Der kluge, mutige und tollpatschige Ruinenbewohner. Der Riese, den nützlich sein glücklich macht. Seine Frau, die weiß, was sie will, nämlich alles, was nicht zu ihr passt. Einige, die der Krieg am Leben ließ, wenn auch nicht unversehrt. Und ein paar kleine und große Gauner.

Die Grazer „Neue Zeit" brachte diesen meinen Nachkriegstagtraum in Fortsetzungen. Dieses Soziblatt hat mich damit auch politisch eingeordnet. Ein gottloser Gottesmann im vorigen und ein sympathischer Fastselbstmörder im jetzigen Buch machten mich in der jungen zweiten Republik Österreich zum Roten. Warum nicht, mein Opa war schon mit SPD-Gründer August Bebel befreundet.

Dem Verlag freilich war ich eine Last. Drei Bücher, stets über 5.000 Exemplare gedruckt, davon je 600 verkauft, der Rest blieb lagernd und wartete auf gute Zeiten. Ratlosigkeit folgte, gelesen wollte ich werden und nicht nur auf die Schulter geklopft.

Jakob Steiner

Frau tot, Kind tot, Wohnung weg, Arbeit weg. Wie kann ich anständig sterben? Kein Revolver. Kein Gift. Kein Gasherd.

Ein Strick also. Oder ein Seil. Irgendeine Schnur. Zur Not ein getrocknetes Hemd. Am besten eine Wäscheleine. Und dann noch ein Baum. Kastanienbaum, wenn es geht.

Tische, Stühle, Bänke und Türen stellte ich her. Und jetzt? Sechs Jahre lang habe ich getötet und dabei das Handwerk verlernt.

Magdalena Huber

Einen Strick will der von mir? Riecht nach Promille. Mein Gott, die jungen Leute. Haben keine Ahnung vom Leben und sagen, es sei sinnlos. Woher wollen die das wissen? Ich habe auch meinen Mann verloren und weiß nicht, ob der Sohn noch lebt in Russland.

Ein bisschen Schlafpulver in seinen Schnaps. Liegt schon da. Ins Bett mit ihm. Rausch ausschlafen. Ganz schön schwer ist er. Aber ich bin gelernter Maurer. Trage ganz andere Lasten. Der hat noch genug Zeit zum Sterben. Durch Arbeit soll der sich erlösen und nicht durch Erhängen.

Aram Mamoulian

Freude will ich sehen in den Augen des Mädchens. Ostern kommt und sie darf nicht enttäuscht sein. Niemals. Eier holen. Farbstifte habe ich. Schokolade muss auch her. Und natürlich Kinderschuhe. Wenn ich nur Geld hätte!

So viele Hühner! Dreißig Eier sollten kein Problem sein. Aber die Stacheldrähte. Da ist einer, ziemlich kräftig, ob der mir die Drähte spannt? Teilen wir halt die Eier.

Aufhängen will er sich. Mit einer Wäscheleine. Der stirbt nicht. Hat keinen Todesgeruch. Helfen soll der mir beim Eierholen. Verzweifelt ist er? Ich wohne auch im Keller meines Hauses, das nicht mehr steht. Wenn schon kein Glück, dann halt Vergnügen. Ein bisschen Mut, mein Herr! Der Tod will Sie nicht, mein Herr! Hiergeblieben, Drahtzaun öffnen, Eier kochen und anmalen!

Warum ich nicht traurig sei, will er wissen. Wo ich doch auch alles verloren habe. Weil ich ein Buch übersetze. Aus dem Armenischen ins Deutsche. Eines der ganz großen Werke. Danach werde ich selbst Autor. Habe alles schon im Kopf.

Mein neuer Freund, der Selbstmörder, schenkt nicht gern. Und will auch nicht beschenkt werden. Das verpflichte zum Dank. Und mache abhängig. Und nichts schenken macht frei?

Josephine Werner

Warum mag ich ihn? Weil er lachen kann? Die eine Nacht mit ihm: erträglich, nicht berauschend. Aber mein Mädchen strahlt, wenn wir zu ihm gehen. Mein Mädchen, nicht sehr erwünscht vor sieben Jahren, jetzt meine kleine Mutmacherin.

Eier wird es auf jeden Fall geben, Schokolade, alles versteckt, vielleicht sogar Schuhe.

Eine Frau der Liebe bin ich. Na und? Ich tue, was ich am besten kann. Und den dicken Armenier liebe ich, weil ich ihn brauche. Ich fürchte den Hunger und das Frieren. Wer mir Geld gibt, bewahrt mich davor. Mein höchstes Glück wäre die Garantie, nie mehr zu hungern und zu frieren. Wer sie mir gäbe, könnte mich vor den Altar führen. Oder zum Standesamt.

Ist der Mann schön! Er schaut mich an. Das kann ich auch. Er lächelt. Das kann ich auch. Der ist nicht lebensmüde.

Ist die Frau hässlich! Und ihr Blick. Habe ich eine Feindin? Sie streichelt mein Liebes mit ihren Pranken, zärtlich. Doch keine Feindin? Sagt mir, ihr Mann, der Selige, habe stets geschminkte Lippen angestarrt. Ob ich mir einen Ostersonntag ohne Lippenstift vorstellen könne? Klare Worte. Ungeschminkte Ostern, meinetwegen.

Tobias Lobgesang

Reden will sie mit mir, der gelernte Maurer. Ein Haus will sie bauen, mit einem älteren und jüngeren Freund. Den Grund hätten sie schon, eine Ruine derzeit, aber mit Keller. Ziegel bräuchten sie, Zement, nicht geschenkt natürlich, bezahlt würde auf jeden Fall, freilich nicht sofort.

Dieser gelernte Maurer ist meine beste Hilfskraft, raucht Zigarren wie ich, so eine betrügt nicht. Lieber ist mir die als meine Gattin. Die einst Geliebte feiert mit Freunden, die über mich lachen. Theater besuchen, Konzerte besuchen, das kann sie mit mir Trottel nicht.

Ein neues Haus? Ich mache mit. Fleischhauer war ich, Bauunternehmer bin ich. Und verheiratet mit einer Frau, die mich nicht braucht. Hilfe wollt ihr? Das Finanzielle regelt sich schon. Lieber aufbauen als auf die Nerven gehen.

Ludwig Goldmark

Er hatte Geld. Ich habe Geld. Daher gab sie ihm fünfhundert Schilling. Die mir gehörten. Er war ihr Liebhaber. Ich bin ihr Liebhaber.

Umverteilung. Vom Jetzigen auf den Ehemaligen. Mir tut es nicht weh. Lieber einem armen Hund einen Bissen hinwerfen als dem Staat, der kein armer Hund ist. Und mich auch nicht bittet.

Karl Olbrich

Natürlich darf er bei der Stadtbahnstation Zigaretten verkaufen. Und Schokolade. Und Hosenträger. Und Nylonstrümpfe. Obwohl er zwei Beine hat. Wir drei haben je ein Bein verloren, er jedoch Frau und Kind. Das ist fast noch ärger.

An der Ostfront hat er mich ein paar Kilometer geschleppt. Weg vom Tod. Dem schulde ich etwas. Sind wir jetzt halt zu viert. Jeder will leben. Irgendwie.

Toni Lobgesang

Geburtstag hat er heute. Und wollte weg von mir. Will bei Leuten sein, die er bis vor Kurzem noch nicht kannte. Weil er nicht Teil meines Lebens war. Weil ich mich für ihn genierte. Weil ich selbst nicht die sein wollte, die ich bin. Meine über ihn die Nase rümpfenden Freunde? Weg mit ihnen!

Das peinlichste Wesen dieser Erde bin ich. Vertrieben habe ich mein größtes Glück. Das nun den Rausch des Vernachlässigten ausschläft. Im Keller eines Hauses, das kein Haus mehr ist.

Ob er mit mir kommt? Mehr als je würde ich ihn liebhaben. Der so zart sein kann mit seinen Fleischerhänden!

Reuben Tschipourian

Ein Träumer war er immer schon. Jetzt will er seine zerstörte Villa wieder errichten. Mit Schicksalsgefährten. Ohne Baufirma. Die ich ihm bezahlen würde. Denn er hat mein Buch übersetzt. Und wird mein Geschäft in Wien leiten.

Schreiben kann er. Und reden. Und Teppiche verkaufen. Und warum? Weil er träumen kann. Und hoffen. Was kann er nicht? Die Welt so sehen, wie sie ist. Mein Freund, das Kind.

Paul Huber

Weihnachten in Wien. So sieht der Frieden aus. Die Mutter lebt und ist gesund. In einem Haus wohnen wir, das im Frühling noch ein Keller war. Mit Leuten, die abnormal sind im besten Sinn. Und keiner tut dem anderen weh.

Jetzt wollen sie alle einladen, die sie kennen. Die Einsamen am Heiligen Abend, die mit Familie am Christtag. Und die Mutter mittendrin. Die kochende Maurerin. Was für eine Frau!

Ich gestehe alles (1953)

Und es reifte. Langsam. Noch echter musste ich werden. Und das hieß: strategischer. Erstens: Erotik ist eine Lebenstatsache. Warum nicht auf Papier? Berührungen, Erregungen, Erhitzungen, das fehlte bisher. Und zweitens der Faktor Verbrechen. Gesetze brechen, Menschen bestehlen, betrügen, bedrohen, verletzen und, natürlich, auch morden.

Was genauso wichtig war: weg vom die Handlung tragenden Kollektiv, der Einzelne musste her. Und in Ich-Form. Ein mitreißendes Geständnis.

Die Einsicht Simenons, es gebe keine kriminellen Menschen, nur kriminelle Taten, wollte ich rauschhaft bestätigen. Und dem mordenden, todkranken Ich ein nahezu heiliges Du in Person eines Arztes entgegenstellen. Und tatsächlich: Der Mörder stirbt seelisch geheilt.

Die Richtung war eingeschlagen: Für meine Werke gab es fortan nur ein Lesetempo: die Hochgeschwindigkeit. Nicht nur gelesen, verschlungen wollte ich werden. Dieser Weg sollte plakativ hinführen zu den Formen des miteinander Umgehens, ohne die Humanität nicht sein kann. Auf der Autobahn menschlichen Handelns ähnliche Botschaften abliefern wie andere auf ihren verzweigten, schönen Feldwegen der Beschaulichkeit. Figuren wollte ich schaffen, denen man sich lesend nähern kann ohne Ehrfurcht und Andacht. Fehlerhafte, bisweilen lächerliche, ängstliche, dann wieder mutige Wesen, nicht immer klar im Kopf, ein bisschen so wie ich selbst.

Die Reaktion der Zeitungsmenschen? Hymnen und Todesurteile. Vom Dostojewskij-Vergleich bis zur Illustriertenbanalität. Und definitiv ungeeignet für katholische Büchereien. Ja, ich polarisierte. Wollte aber nicht Dostojewskij sein und nicht banal.

Erstmals habe ich dem großen amerikanischen Liederbuch die Reverenz erwiesen. In Summe eines der ganz großen Kunstwerke, für mich das größte des 20. Jahrhunderts. Wie ein Leitmotiv zieht sich das Zitieren amerikanischer Songs durch mein Gesamtwerk. Es war die Liebe meines Lebens. Ihr treu zu bleiben fiel mir leicht.

Auch Drehbuch und Film begleiteten manch späteres Werk. Ich mag das dialogische Erzählen. Das Klare und Impulsive des gesprochenen Worts. Verfilmbarkeit scheint mir die Visitenkarte eines guten Romans zu sein.

Das Spiel mit Identitäten. Homer, Molière, Mozart, Nestroy, Gottfried Keller und Unzählige mehr arbeiteten mit Rollentausch und Verkleidung. Auch ich machte reichlich Gebrauch davon. Durch Passfälschung ein anderer werden. Und es manchmal sogar bleiben.

Vier Jahre für die Zeitung. Feilen an einem Ziel: die Poesie der Klarheit. Was kann es Schöneres geben als das treffende Wort? Texte für Minuten. Meine Pädagogik: Der Lesende ist der Schüler, den du zu nichts zwingen kannst. Auf sein freiwilliges Aufmerken angewiesen sein.

James Elroy Chandler

Ein Buch schreiben. Kurz vor meinem Tod. Der Doktor sagt, ich soll es tun. Drehbücher habe ich verfasst, dutzende, ich konnte leben davon. Stets alles erfunden. Ja, ein Erfinder bin ich. Ein Lügner? Tatsachen sind lästig. Ihnen war ich nie verpflichtet.

Und jetzt das Wahre schildern. Mit ihm leben. Nichts ändern. Schreiben, was geschah. Nicht flüchten ins Geträumte, Gewünschte. Nicht davonlaufen vor dem Schrecklichen, es würde mich einholen. Das Unverfälschte sei helfend, befreiend, so der Seelenkenner. Auf Papier festhalten soll ich, was ich ihm sagte. Die Füllfeder als Therapeutin.

Jolanthe Caspari

Zuerst Sekretärin, dann Geliebte, seit drei Monaten. Natürlich lieben wir uns nicht, doch wie er sich um seine Frau sorgt, der Herr Ehemann, erstaunt.

Sex nach Stundenplan. Ab 16 Uhr, am Wochenende früher, wenn die Gattin bei Freunden ist.

Wie er mich anschaut. Begehrlich, klar. Doch auch etwas abschätzig? Sein Blick auf mein Glas Bier. Soll ich vielleicht aus der Flasche trinken? Wie er die Asche auf dem Teppich anstarrt. Es ist immerhin meine Wohnung.

Kopfschmerzen hat er. Unzählige Ärzte aufgesucht. Warum sagt er das? Was will er von mir? Mitleid?

Margaret Chandler

Kopftumor. Das muss nicht, aber kann sein Ende sein. Die einzige Liebe meines Lebens. Nur Bücher liebte ich vielleicht noch mehr. Und das Theater.

Frauen hat er verbraucht. Hat sie kaum versteckt vor mir. Das war wohl sein Theater. Und seine Bücher. Drehbücher?

Wozu Scheidung? Jeder hat, was er braucht. Ein schönes Nebeneinander war es, insgesamt. Und einen Patienten verlasse ich nicht.

Robert Mordstein

Er braucht den Körper meiner Frau wie Morphium. Ein paar Tage ohne sie und er verliert jede Kontrolle. Leider benötigt sie ihn auch. Mehr als mich. Soll ich ihr böse sein? Ihr, die schon als Mädchen Christusstatuen heftig umarmte? Die stets Erlösung Suchende?

Drehbücher schreibt er, der Amerikaner mit den deutschen Großeltern. Seine ungeliebte und unbegehrte Frau begleitet ihn. Denkt nicht an Trennung. Keine vorwerfenden Worte. Nur tränende Augen.

Töten könnte ich ihn. Und tu es nicht. Denn ich weiß alles über ihn. Und er nichts über mich. Das sollte sich auszahlen. Mark oder Dollar, Scheck oder bar. Staunen wird er noch. Über seinen Zustand. Wer weiß, vielleicht wird er ihn verfilmen.

Joe Clayton

Viele glauben, als Filmproduzent musst du dich für Schauspiel interessieren. Was für ein Irrtum! Geschäftsmann musst du sein. Ich verlege alle Drehorte nach Europa. Und zahle weit weniger als meine Konkurrenz in Hollywood. Regie und Drehbuch amerikanisch, einige Schauspieler ebenfalls. Der Rest vorwiegend deutsch. Sind die glücklich über jede Anstellung, jeden Dollar! Danke ist das häufigste Wort in diesem Land.

Die haben noch vor ein paar Jahren Krieg geführt. Gegen uns. Gott sei Dank, möchte ich fast sagen. Das führte mich zu den richtigen Investitionen in den richtigen Produktionsbetrieben. Mit meinen Filmen betreibe ich eine Art Rückerstattung.

Viktor Vogt

Wie reden mit einem Schwerkranken? Die Lüge kein Weg. Wir brauchen die passenden Strategien mit den passenden Worten. Tumor ist kein geeignetes. Gewächsbildung schon eher. Und womöglich gutartig. Noch besser: harmlos. Und wenn nicht: durch Bestrahlung entfernbar.

Das Operationseinverständnis als reine Formalität darstellen. Für den sehr seltenen Fall einer Komplikation.

Autohändler müsste man sein: Gleich einen neuen Wagen anbieten, wenn der alte irreparabel ist. Oder Lehrer: Schulwechsel anbieten oder Wiederholen der Klasse, beides kein Drama. Oder Arbeitgeber: Kündigungen sind nicht tödlich. Oder gar eine neue Chance. Wir Chirurgen sind Meister der präzisen Hand und des unpräzisen Mundes.

Alfons Manierlich

Das Kennzeichen einer guten Perücke ist ganz einfach: Sie darf nicht als solche erkannt werden. Und muss passen ohne Wenn und Aber. Der Träger soll an seine Frisur glauben können. Stolz auf sie sein.

In Dresden arbeitete ich für die Welt des Schauspiels. Auf der Bühne wurde praktisch nur mein Haar getragen. Dann kam die Vernichtung meiner Heimat. Ein zerfetztes Haus, eine langsam verbrennende Ehefrau. Das hinterlässt Bilder.

Neubeginn in München. Alle Theater beschäftigen ihre eigenen Perückenmacher. Meine Kundschaft? Vorwiegend Verbrecher. Kommen glatzköpfig aus der Haft zu mir. Ich verkaufe ihnen den maßgeschneiderten Wiedereinstieg ins Leben.

Vilma Parisini

„Tote haben keine Tränen." Ein Stück gegen die Angst. Mit viel Mythos. Über die Lebenden. Die leiden und weinen. Und doch besser dran sind als die Toten, die nicht mehr leiden und weinen. Von den Brettern herab die Botschaft: Habt Mut zum Leben! Leider nur für 49 Zuschauer. „Studio 52". Im Keller des Café Schubert.

Der Durchbruch wird es für meinen Freund. Autor mit 22. Und für mich. Schauspielerin mit 19. Kraft habe ich und Zartheit. Überzeugen kann ich, rühren und erschüttern.

Am Geld darf es nicht scheitern. Miete, Requisiten. Kostüme. Der charmante Herr mit den vier Schecks. Von mir ausgehändigt. Banksekretärin bin ich, eine Große der Bühne werde ich. 200.000 Schilling waren es. Und wir sind mit 4.500 Schilling gerettet. Nur Vorschuss. Helfen kann er. Helfen muss er. Helfen wird er.

Felix Reinert

Wir alle verdienen Geld, mehr oder weniger. Aber wir leben nur für die Bühne. Sie beherrscht uns. Von ihr aus wollen wir unterhalten, erfreuen, belehren, bekehren und auch schockieren. Gierig sind wir nach Applaus. Und lieber ernten wir Pfiffe als unterdrücktes Gähnen.

So verschieden sind wir und haben doch ein Ziel: Leben vermitteln. Tot sein können wir noch sehr lange. Bis dahin soll alles intensiv sein. Sich lieben, sich streiten, sich trennen, sich sehnen, stets mit allen Sinnen. Stillstand? Nicht, wo wir auftreten.

Noch sind wir Amateure. Unsere Zukunft: Die Passion zur Profession machen. Das von mir Geschriebene dargestellt sehen. Durch meine Freunde. Wir glauben an die Macht des Verwandelns.

Alexander Freund

Wenig weiß ich, vieles ahne ich. Ein nur noch auf Abruf Lebender übernimmt die Verantwortung für den zehnjährigen Sohn seiner toten Geliebten, der schon töten wollte. Viel Sterben bietet diese Geschichte. Er soll sie aufschreiben, bat ich ihn. Möge es ihm gelingen. Viel Zeit wird sein Leib ihm nicht gönnen.

Kriegsverbrecherprozess spielten sie. Der Kleine war Vorsitzender des Tribunals und verurteilte seinen noch kleineren Freund zum Tod durch Strang. Knapp wurde das Vollstrecken verhindert.

Seine Mutter wolle er nie wieder sehen, sagt der weggelegte Junge. Dieser Wunsch geht in Erfüllung. Alle hassen ihn, meint er. Kein Mensch hasse ihn, antworte ich. Was soll man sonst sagen. Und jetzt nimmt der Todkranke sich des Mörderknaben an. Viel falsch machen kann er nicht. Der Bub scheint ihm zu vertrauen. Ruhig wirkt er wie noch nie.

Diese junge Kraft lenken, leiten, erziehen. Mit unserer Hilfe natürlich. Das wäre ein Vermächtnis. Denn kein Heranwachsender ist nur böse. Auch wenn er sich derzeit noch erfreut am Quälen von Mäusen mit Nadel und Klebstreifen. Wer geliebt wird, kann lieben. Irgendwann. Daran glaube ich.

Robert Hohenberg

Mein Sohn muss die Schule verlassen. Schon wieder hat er ein Mädchen geschlagen. Wie vor ein paar Monaten. Hat ihm schwere Verletzungen zugefügt. Sie sprechen von Nötigung. Mit zehn Jahren!

Ich habe ihn Mädchenhass nicht gelehrt. Meine Frau auch nicht. Was sollen wir tun? Uns schämen? Ihn weggeben? Ihn bestrafen? Wie denn? Umerziehen? Viele Fragen, keine Antwort.

Am Stadtrand bauen sie ein Heim, sie nennen es Kinderhotel. Für Störende und Gestörte. Schlagende und Geschlagene. Drohende und Bedrohte. Dazwischen ein paar Unbeteiligte. Gelehrt und erzogen von geduldig hoffenden Seelen. Eine letzte Station für unseren Übeltäter?

So werde ich mich ihm nähern. Ähnliche Sorgen haben wie er. Die Ratlosigkeit als Königin der Täuschung. Sein Vertrauen gewinnen. Freundschaft schließen. Besuchen statt verhaften. Plaudern statt verhören. Das ihn erleichternde Geständnis zwischen zwei Gläsern Whisky. Der Kommissar als Beichtvater.

Gott schützt die Liebenden (1957)

Dreiunddreißig war ich beim nächsten Romanversuch. Was mir erst später auffiel: Zuerst rechnete ich mit dem lieben Gott ab, danach mit dem Dritten Reich. Ich schenkte dem, an den ich nicht glaubte, einen ironisch rührenden Titel und machte Ihn zum Beschützer der Liebenden, weil eine gläubige Doppelmörderin sich in einen Gottlosen verliebt und Trost beim Allerbarmer sucht.

Ständiger Ortswechsel sollte das Handeln der Menschen beschleunigen. Berlin, Rio, München, Salzburg und Wien. Und alles mit exakten, planmäßigen Fahr- und Flugzeiten. Es sollte typisch für mich bleiben. Oft wurde ich dafür gelobt und belächelt.

Rezensenten wollen immer einordnen. Das fiel ihnen nach wie vor nicht leicht. Thriller, Edel-Reißer, Kriminalroman, Liebesroman, Kombination von beidem, Unterhaltung, Abenteuer, Reportage, Spannungs- und Herzensroman. Keines dieser Wörter hat mich je beleidigt. Nur mit dem Adjektiv oberflächlich konnten sie mir weh tun. Und taten es auch.

Was ich weiter führte: das unhappy End. Beim Geständnisbuch ein toter Ich-Erzähler, jetzt zwei Hauptpersonen mit letalem Ende: ein Suizid und ein Flugzeugabsturz. Die offenbar läuternde Kraft des Sterbens. Sind überlebende Helden verdächtig?

Noch reichten mir 250 bis 300 Buchseiten. Noch traute ich mich nicht an das Doppelte und Dreifache heran. Noch war ich kein König der Auflagen.

Paul Holland

Tot ist sie. Und ständig da. Sie schaut mich an. Spricht zu mir. „Gott schützt die Liebenden“, das waren ihre letzten Worte, als ich sie verließ. Gläubig war sie. Aber ein Gott, der nicht existiert, kann niemanden beschützen.

Ich Einbeiniger. Eine schöne Prothese hat mir der Krieg geschenkt. Gehen kann ich, laufen nicht.

Und jetzt kann ich vor allem liegen. Im Bett. Noch lange. Einschuss knapp unter dem Herzen.

Aufschreiben will ich alles. Dem Unfassbaren Worte geben. Und es verstehen. Versuchen kann ich es. Die Schreibmaschine ist bereit.

Womit beginnen? Unsere letzte Nacht. Vor zwei Monaten. Nach einem wunderbaren Jahr mit einer Frau, die ich nicht kannte. Und die mich erschießen wollte.

Pedro Alvarez

Sieben Stunden von Lissabon nach Dakar. Acht nach Recife. Nochmals sieben nach Rio. Und dann endlich wieder zuhause. Bei meiner Frau mit dem Babybauch. Ich und Vater.

Weniger Passagiere als Besatzung. Die Armaturen bedienen und dabei mit dem deutschen Reporter reden. Sein Portugiesisch ist nahe bei null, mein Deutsch ganz bei null. Es lebe die englische Sprache!

Verliebt ist er immer noch. Seit einem Jahr. Kinder kann sie nicht bekommen. Was ihm nichts ausmacht. Reporterkinder sind nicht glücklich, meint er scherzend. Sind Pilotenkinder glücklicher? Wir werden sehen.

Von einem Mann erzählt er mir, der mit seiner Katze aus Dresden flüchtete. Nach Berlin West. Wo die Katze bleiben muss. Denn nur Menschen dürfen weiter fliegen nach Düsseldorf. Ganz verzweifelt ist er. Asyl für Katzen gibt es nicht. Sie werden ja nicht verfolgt.

Walter Albers

Von Rio kommt er geflogen. Wollte sie heiraten. Verdächtig wirkt er nicht auf mich. Detailliert erkläre ich ihm, was mir das stumme Mädchen aufgeschrieben hat. Sie hörte Schüsse und Hilfeschreie, betrat die unversperrte Wohnung, sah Blut in Schlafzimmer und Stiegenhaus, aber keine Leiche.

Während meiner Schilderung für den Zurückgekehrten nickt sie, heftige Gurgellaute von sich stoßend. Ein gelähmtes Rachensegel hat die Arme, kein Wort kann sie bilden. Nur schreien und kreischen. Wird eine hübsche Frau werden. Sprachlos schön.

Mir geht es nur etwas besser. Mit der neuen Zahnprothese verlassen die Zischlaute den Mund so, dass mich alle entsetzt anstarren. Ich meide schon die Worte mit S, Z und Sch. Das mindert den Redefluss ordentlich. Und mein Auftreten. Der nuschelnde Kriminalbeamte. Ich bin schon froh, wenn die nicht lachen.

Robert Friedmann

Seit zehn Jahren kenne ich sie. Jetzt, wo sie verschwunden ist, befragt er mich. Er ist der Geliebte. Was soll ich wissen? Per du sei ich mit ihr gewesen. Ja, sie gehörte zu den Leuten, die mich in Berlin halten. London hat mich gerettet. Meine Frau ist tot. Sie blieb hier. Wollte woanders nicht leben.

1946 kam ich zurück. Fühle mich wohl in dieser umzingelten und doch geschützten Stadt.

Sie war eine von uns, die nicht ganz reinen Herzens sind. Und liebte zuletzt nur noch ihn. Davor Männer im Plural.

Ob sie mit Nachrichtendiensten zu tun hatte? Was für eine Frage in Berlin. Wer zahlt, wird informiert. Bundesnachrichtendienst, Staatssicherheit, Washington, Moskau, was die alles wissen wollen.

Vera Langbein

Ich lebe mit einem Mann zusammen, den ich nicht liebe. Aber begehre. Seine Frau mag mich, ist jedoch eifersüchtig. Mein Mann liebt mich, begehrt mich aber nicht. Und zog weg. Und schenkte mir ein Pferd.

Der Geliebte meiner besten Freundin. Die unauffindbar ist. Seit dem Tag, als ich mit ihr in der Konditorei war. Italienische Männer starrten uns dort an. Unangenehm. Sie wollte gehen. Kannte sie die Italiener? Unwahrscheinlich. Doch seitdem ist sie einfach weg. Und sie lebte ein paar Jahre in Rom.

Kein gewinnender Mensch ist er. Wegen ihm reduzierte sie ihre Freundschaften. Ich verstehe sie nicht. Aber gut, verstehe ich mich?

Erna Högl

Anzeige gegen mich wegen kommunistischer Propaganda. Ich fasse es nicht. Meine Schwester meinte, wir müssen ins Fernsehgeschäft einsteigen, Radio allein reicht nicht mehr aus.

Also drei Geräte in die Auslage. Plötzlich stehen Massen vor unserem Laden. Hier in Hof empfangen wir nichts aus München, aber alles aus Chemnitz in der DDR. Olympische Spiele. Fröhliche, die Internationale singende Arbeiter. Hänsel und Gretel. Lächelnde Kinder. Ein Film mit tapferen Chinesen und bösen Amerikanern.

Die Leute kaufen und zahlen. Von Politik habe ich keine Ahnung. Die Polizisten sind freundlich. Ich soll nur noch Sendungen zeigen, die ich mit meinem Gewissen vereinbaren könne. Waren Hänsel und Gretel Kommunisten?

Alice Totenkopf

Grenzen sind die unnatürlichste Erfindung der Menschheit. Sie trennen, was zusammengehört. Und wenn auf beiden Seiten auch noch dieselbe Sprache gebraucht wird, ist es das Allerunnatürlichste. Und Erniedrigendste.

Ja, wir transportieren Waren dorthin, wo die Staatslogik sie nicht haben will. Uniformierte und Zivile werden beauftragt, unser Geschäft zu behindern. Verhindern gelingt ihnen sowieso nicht.

Auch Menschen helfen wir, ihr Ziel zu erreichen. Selbst wenn sie keinen gültigen Pass haben. Erst seit dem 20. Jahrhundert kannst du ohne Lichtbildausweis nicht mehr frei und glücklich sein. Mozart kam leichter als wir von Salzburg nach Bad Reichenhall.

Schmuggler nennen sie uns. Menschenhändler. Weil sie alles im Griff haben wollen. Unter Kontrolle. Und uns verfolgen, die wir nie Gewalt anwenden.

Eine Zeit wünsche ich mir, in der es uns nicht mehr benötigt. Ein grenzenlos schönes Europa.

Petra Wend

Eine der dreihundert Schönen war ich, engagiert vom Reichsaußenminister, zur Auffrischung internationaler Beziehungen. Eine Wohnung in der Via Appia. Abends in gehobenen Kreisen. Ein bisschen lächeln, ein bisschen zärtlich sein, ein bisschen gefällig sein. Mit offenen Ohren. Was reden die Herren? Was planen die Herren? Stets in Verbindung bleiben mit dem Auswärtigen Amt. Abhören für das Vaterland. Gut bezahlt. 1944. In einem Land, in dem es keinen Phosphor regnete. Lieber leben in Rom als sterben in Berlin.

Und jetzt, 1956? Soll ich mich selbst denunzieren als Diplomatenschlampe für Reich und Führer? Meine Vergangenheit gehört mir. Und nicht den Bewältigern. Und schon gar nicht der Justiz.

Sibylle Loredo

Zwei Italiener habe ich ermordet. Den geliebten Sohn im Krieg, seinen Vater heute.

Hat zweifach betrogen damals. Mich mit einer Kollegin und vor allem das Deutsche Reich mit den Amerikanern. Hochverrat. Musste ich melden. War mein Beruf. Tod durch Strang. Die Urne konnte sie haben, die andere.

Und jetzt, zwölf Jahre danach, entdeckte mich des Verräters Vater und wollte die Polizei anrufen und mein neues Leben beenden. Meine zweite Liebe zerstören. Seit einem Jahr lebe ich in Frieden. Und diesen meinen Frieden schütze ich. Mit allen Mitteln.

Walter Ehrlich

Einer der großen Chirurgen Wiens wechselt zu uns. Wo die armen Kinder leben. Und auch sterben. Er glaubt an unsere Idee.

Was kostet eine Operation? Nichts, wenn es um ein mittelloses Menschlein geht. Leben erhalten darf kein Abwägen kennen.

Angst soll der kleine Patient nicht haben. Wir machen ihn zum Mittelpunkt am Tag vor dem Eingriff. Gefeiert soll er werden. Für seinen Mut. Für sein Vertrauen in unser Können.

Viele bleiben bei uns. Auch nach der Krankheit. Wenn ihnen die Eltern nicht Bett, nicht Nahrung und nicht Kleidung bieten können. Mitleid ist kein Luxus. Und stellt keine Fragen.

Alfred Peter

In den Atlantik gestürzt. Östlich von Rio. Und ich besitze das Manuskript. Sein erster Roman.

Erzählen kann er. Eine Mörderin, die liebt und glaubt. Ein Reporter, der liebt, aber nicht glaubt. Und eine Erpresserin, die weder liebt noch glaubt. Und jede Menge Schuldige und Unschuldige.

Bekenntnisse eines soeben Gestorbenen. Von mir entdeckt. Hat zudem keine Angehörigen. Sehr kostengünstig.

Zuerst trauern. Dann dem Verfasser im Wort sein. Und dann? Ich glaube an das leichte Vermitteln brauchbarer Werte. Und an mein Verlegergespür.

Die Kinderbücher

Drei waren es in den frühen Fünfzigern. Ja, Erich Kästners Nachfolger sein, man durfte wohl ein bisschen träumen. Jedoch: Kästner war unerreicht. Und einen Illustrator hatte er! Kinderbücher sind schließlich auch Bilderbücher.

Ein ganz hoffnungsloser Schreibtischpädagoge war ich nicht. Drei narrativ gestaltete Lektionen für Kriegs- und Vorkriegsgeborene. Atemlos buntes Vermitteln der Kardinaltugenden nach Platon: Weisheit, Tapferkeit, Besonnenheit und Gerechtigkeit.

Nie wieder sollten Kinder meine Adressaten sein. Immer stärker setzte sich die Erkenntnis durch: Bücher von Format wenden sich an erwachsene Kinder. Der Kampf für ein Leben in Würde und der Zorn über die Kräfte, die genau das verhindern, sind jedem Lebensalter zumutbar. Mein Glaube: Vor keinem meiner Werke müssen junge Menschen gewarnt werden.

Affäre Nina B. (1958)

Mein letzter Noch-nicht-Bestseller: Die Sehnsucht eines icherzählenden Chauffeurs nach der Frau seines von ihm gehassten Arbeitgebers. Die Geschichte eines guten Mörders oder einer wenigstens nachvollziehbaren Tötung. Einmal durchgeführt und einmal beabsichtigt.

Sterbende, die wir nicht bemitleiden. Mordende, denen wir alles Gute wünschen. Provozieren und vor den Kopf stoßen, das muss uns Autoren erlaubt sein. Ohne Wenn und Aber. Denn leider ist das Böse nicht stets Aggressor und das Gute nicht immer sanft.

Wieder ein Schritt in die Richtung, für die ich stehe wie kein anderer: das erzählende Erforschen und Darstellen der Kräfte, die uns Deutschen zwölf braune Jahre bescherten. Zwölf Jahre, die unsere tapfere, leid- und natürlich auch schmutzerfüllte Geschichte verhöhnten. Die uns zu dem machten, was wir davor und danach nicht waren und nie sein wollten. Scheusale, deren Niederwerfung die ganze Welt ersehnte.

Und noch etwas wird immer klarer: Wer die kreative Raffinesse des Großkapitals aufspüren und durchstöbern will, muss sich in dieses Milieu wagen. Die arrogante Fratze des grenzenlosen und freilich oft gesetzwidrig erworbenen Reichtums kann nicht nur aus der Sicht des hilflos zornigen Existenzminimums beleuchtet werden.

Robert Holden

Er muss sich nicht erkundigen, ich sage es ihm gleich. Ja, ich saß neun Jahre. Totschlag. Meine eigene Frau. Die ich so liebte. Sechs Jahre im Krieg. Bei meiner Heimkehr lag sie im Bett. Mit einem Mann. Mildernde Umstände. Sechs und neun sind fünfzehn Jahre.

Jetzt also Neuanfang. Als Chauffeur. Leute mit meiner Vergangenheit seien treu, weil abhängig. Leider sei er angewiesen auf einen Fahrer. Kein Führerschein mehr. Schwerhörig sei der von ihm Überfahrene gewesen. Direkt vor das Auto gerannt. Alkohol am Steuer. Von einer Feier kam er, da trinkt man nicht nur Wasser.

Schwul sei mein Vorgänger gewesen. Und habe ihn erpresst. Ich sei offenbar nicht schwul und kein Erpresser. Wer so denkt, wird Millionär in diesem Land?

Mila Blehova

Der neue Chauffeur? Soll sich zu mir setzen in die Küche. Der redet wenig, kann also gut zuhören, glaube ich.

Den Gashahn hat sie aufgedreht. Und Veronal geschluckt. Während ich mit dem Hund am Rhein war. Nichts habe ich bemerkt. Und kenne sie seit ihrer Kindheit. Meine Gnädige Frau ist sie und mein Liebling. Aufgezogen habe ich sie nach dem Tod der Herrschaften. Gekocht habe ich für sie über dreißig Jahre.

Verheiratet ist sie mit einem der reichsten Männer Deutschlands. Einen Diener haben wir, Mägde, Autos, die Villa. Warum will sie sterben?

Julius Brummer

Etwas schneller, bitte! Na also. Hat er das Fahren verlernt in der Zelle? Aber höflich ist er. Und denkt, bevor er spricht.

Die Gerichtstermine, die Zeitungen. Machenschaften nennen sie meine Geschäfte. Ob mich das alles nicht belaste? Mit Dreck beworfen werden ist mir eine Ehre. Der Hass der Erfolglosen auf die Erfolgreichen. In der Politik heißt er Sozialismus. Und Sozialdemokratie? Wenn es kein Hass ist, sondern nur Neid. Der mit uns und von uns leben muss.

Mir reicht die Liebe von drei Frauen: meiner Gattin, meiner Köchin und meiner Hündin. Von Männern werde ich lieber gefürchtet. Das bringt mehr Geld.

Nina Brummer

Ich und die Männer. Millionärsgattin bin ich. Reichtum ist erträglich, wenn man sich selbst liebt und sonst niemand. Konnte ich ahnen, wie böse er ist? Gas und Tabletten haben mich nicht erlöst. Täglich schickt er Rosen ins Krankenhaus. Immerhin.

Entfernt hat sich der Mann, der Unbekanntes in mir weckte. Der eine Rhapsodie für mich komponierte. Ohne Abschied. Zehn Jahre jünger als ich. Ein Schmetterling.

Der Fahrer meines Mannes. Wie er mich anschaut. Ich erinnere ihn an jemand. An wen? An seine Frau. Die er getötet habe. Aus Liebe. Ziemlich ehrlich, der Herr. Warum mag ich ihn?

Ein Millionär zuerst. Dann ein Musiker. Und jetzt ein Mörder?

Toni Worm

Versprochen habe ich ihr nichts. Schöne Zeiten? Vielleicht. Mehr keinesfalls. Ich musiziere und komponiere. Das steht über allem.

Sich das Leben nehmen. Wegen mir? In ihrem Brief steht nichts dazu. Sie halte es nicht mehr aus. Damit meint sie wohl ihren Mann. Den würde ich auch fürchten.

In Paris will sie mit mir leben. Was für Vorstellungen! Von einer, die im Krankenhaus liegt und immer noch nach Gas riecht. Französisch verstehen wir beide nicht. Und, es ist nicht zu leugnen, sie ist viel älter als ich.

Wie antworten? Am besten gar nicht. Das ist deutlich genug. Zeit wird es, an mich zu denken. Und an die Musik. Meine wahre Liebe. Die nur gibt und nicht fordert.

Angelika Meuren

Schwester ist meine Berufung, Oberin mein Titel. Liebe ist für mich ein Lebensprinzip und keine Emotion. Die rasch bröckelt. Und sich so oft in Hass verkehrt.

Der reiche Gauner liebt nicht seine Frau, nur ihre Augen, ihr Haar und überhaupt ihren Leib.

Die Frau des reichen Gauners liebt viele Männer, nur den reichen Gauner nicht. Doch die Armut ist bereit zu jedem Kompromiss.

Der Chauffeur des reichen Gauners betrachtet und berührt dessen Frau sehr zärtlich. Liebt er das Risiko? Dreißig rote Rosen legt ihr auf das Krankenbett. Im Auftrag des Gemahls.

Meine Aufgabe ist das Leiten eines Krankenhauses. Im Namen der Barmherzigkeit. Um zu offenbaren, wie sehr Gott durch mich die Menschen liebt. Vor allem die Einfälligen und Bedürftigen. Meinen Kopf können reiche Gauner und Chauffeure nicht verdrehen.

Hilmar Zorn

Auch bei über dreißig Grad trage ich Anzug und Krawatte. Kein Knopf ist geöffnet. Natürlich transpiriere ich nicht. Alles eine Willensfrage.

Der Chauffeur meines Mandanten soll chauffieren. Und keine Dokumente aufbewahren, die ihm nicht gehören. Nur weil er glaubt, sie könnten brauchbar sein.

Zwölf Jahre erhielt er für das Totschlagen seiner Frau. Mit einem Stuhlbein. Drei Jahre wurden ihm geschenkt. Die wird er doch nicht auch noch absitzen wollen. Er zeigt sich einsichtig. Ja, unverschämt sein ist etwas für Raffinierte. Zu denen er nicht gehört.

Täter zu Opfern machen. Vor Gericht. Das ist meine Stärke. Und Leidenschaft. Wenn ich nur nicht stottern würde! Aber selbst daraus ziehe ich Nutzen. Zuerst lächeln sie. Dann staunen sie. Weil meine Wahrheit auch mit wiederholten Silben siegt.

Herbert Schwertfeger

Es stimmt: Als Obersturmbannführer gab ich den Befehl, achtzig Juden einer Sonderbehandlung zuzuführen. Mit fünfundneunzig Schuss Munition wurde diese durchgeführt. Goldzähne wurden vorher noch entfernt. Und richtig: Ein zweijähriges Kind wurde an einem Baumstamm zerschmettert. Die waren alle besoffen. Ohne Schnaps hätten sie gar nichts gemacht. Denn das Töten ist uns Deutschen an sich nicht gemäß.

Dreizehn Jahre ist das her. Mir scheint es genauso absurd wie denen, die heute davon hören. Ich habe einen Eid abgelegt und befolgt. Wie heute jeder Bundeswehrsoldat. Ich diente einem Mörderstaat. Und stellte keine gefährlichen Fragen.

Eintausendvierhundert Menschen erhalten Arbeit durch mich. Und da kommt ein Widerwärtiger und droht mit der Zerstörung von allem, was ich aufgebaut habe. Weil er alles weiß. Und belegen kann. Ruinieren will er mich. Und damit eintausendvierhundert Existenzen gefährden. Inzwischen wird also rechtsstaatlich und ohne Munition vernichtet.

Hilde Lutz

Kinder liebt er über alles. Und ich trage eines von ihm. Im sechsten Monat. Als ich es empfing, wusste ich nichts von seinem früheren Tun.

Zwei Söhne hat er, der eine ist Jurist, der andere Arzt. Er war ein fürsorglicher Vater. Und wird es wieder sein.

Natürlich werden wir heiraten. Sobald das Baby da ist. Er hat es versprochen. Dieser gütige Mann. Und väterliche Freund.

Ein Mensch ist er, der leiten kann. Und motivieren. Damals in der SS, heute in der Industrie. Sie sollen ihn in Ruhe lassen. Sie, die nicht wissen und nicht wissen wollen, was es heißt, einem Verbrecherstaat zu dienen. Die alles verurteilen, was sie nicht verstehen.

Peter Romberg

Wie sollte ich meine Frau nicht liebhaben? Sie sagt, was sie denkt und beleidigt nie. Sanfte Ehrlichkeit.

Unsere Tochter. Will alles wissen. Merkt sich jeden Namen. Und verteilt Komplimente je nach Umfang der Süßigkeiten, die sie erhält.

Meine Tante nennt mich Butzel. Seit meiner Kindheit. Warum soll sie es beenden? Ich bin ja doch erst achtundzwanzig. Und in ihrer tschechischen Muttersprache wird sowieso alles verniedlicht.

Wer so liebevolle Menschen um sich hat, braucht keinen erfüllenden Beruf. Als Polizeireporter hör ich alle Funknachrichten. Und schildere Unfälle, Morde und Einbrüche. Knapp und präzise. Meine Leser sind Exekutivbeamte und keine Poeten.

Jakob Gottholmseder

Die Köchin meines Herrn besucht mich. Ich kenne sie schon lange. Beide waren wir Turner. Trainierten viel. Sangen gern. Schwenkten Fahnen. Vor langer Zeit.

Seit elf Jahren verwalte ich die Villa in Schliersee. Bewohne zwei Zimmer. Habe nicht viel zu tun. Düsseldorf ist weit. Und der Chef ist stets beschäftigt.

Die Journalisten schreiben über ihn, als ob er ein Verbrecher wäre. Und warum sitzt er nicht, liebe geifernde Herren? Was hat er angestellt? Ist er euch zu reich? Will er nichts von euch? Ihr Schuldvermuter!

Entspannen soll sie sich bei mir, die alte Frau. Die so viele Fotos aufstellt von der Herrin. Fast schon eine Art Verehrung. Für die schöne Frau, die wenig lacht.

Der Schulfreund

Der Roman, der zum Drama wurde. Wer außer Goethe beherrschte beide Formen perfekt? Ich natürlich auch nicht. Ein Theaterstück mit zwölf Jahren Zeitspanne. Tatsächlich ist mein Held am Beginn 51, am Ende 63. Und mindestens ein Drittel Kommentar und Erzählung, blieben noch zwei Drittel für Dialoge.

Aber auf die Bühne musste sie, die Geschichte vom Briefträger, der sich schriftlich an seinen früheren Schulfreund Hermann Göring wendet, damit dieser ihn vor dem Todesurteil bewahrt, denn er hatte einen jüdischen Jungen bei sich versteckt. Und der Reichsmarschall tut es mittels Anweisung zur Entmündigung. Er wird nun den Status der Unzurechnungsfähigkeit nicht mehr los, auch nicht in elf Jahren Republik Österreich.

Das Relativieren von Stunde Null und Neubeginn. Dieser schwierige Wechsel von „Heil Hitler“ auf „Grüß Gott“. Die politisch Berauschten wollen sich einüben in die nun führerlose Zeit danach. Und der von ganz oben begnadigte Retter eines Kindes wird die Einstufung als Verrückter nicht mehr los.

1959 Uraufführung in Mannheim, 1960 Kinofilm mit Heinz Rühmann, 1963 Fernsehfilm mit Rudolf Vogel. Ich sah, wie große Schauspieler meine Haupt- und Nebenrollen spielten, interpretierten, lebten. Kein Misserfolg! Aber doch die Erkenntnis, dass ich Erzähler bin und bleibe. Und jetzt reif war für die großen Würfe. Tausende Menschen einladen, mich auf hunderten Seiten zu begleiten, sich mit mir freuen, ärgern, empören, fürchten, leiden und manchmal auch ein bisschen lachen, kurz: mitleben.

Es muss nicht immer Kaviar sein (1960)

Spionieren für drei Geheimdienste und dabei kochen: Das Kaviarbuch. Zehn Prozent der Handlung nehmen die Rezepte ein. Überleben mit Mut, Gelassenheit, Humor und Appetit. Ein Held, der nicht wohnt, sondern logiert. Ein moderner Nomade. Seine Heimat sind die Hotelzimmer Europas.

Einer, der betrogen wird und betrügt, erpresst wird und erpresst, verführt wird und verführt. Alle mögen ihn und niemand liebt ihn. So schummelt er sich durch Krieg und Nachkrieg. Wenn es mit dem Kopf durch die Wand nicht geht, muss eben die Wand verschönert werden.

Das Böse auslachen und nicht fürchten. Das ist das Wesen des Schelmenromans. Grimmelshausen hat so den Dreißigjährigen Krieg geschildert. Grass hat mit dem Blechtrommler die große deutsche Finsternis gestaltet. Ich wollte anders als die beiden ein befreiendes Lachen, das nicht im Hals stecken bleibt. Mit der Leichtigkeit und Eleganz eines von der Spionage getriebenen Friedfertigen.

Die Leserschaft war dankbar. Plötzlich war ich prominent. Bertrand Russell hielt meinen Namen für ein Pseudonym. Dass ein deutschsprachiger Autor so humorvoll schreibt, sei undenkbar. Größeres Lob kann man kaum erhalten.

36 war ich und spürte: Der echte Simmel nimmt Konturen an. Einen Menschen mit klarem Profil und meist allzu vielen Schwächen mitfühlend begleiten sollen meine Leser, mit ihm hoffen und bangen, auf hunderten Seiten. Und jede einzelne dieser Seiten muss schwingen, die Handlung anspannen, den Erzählstrom beschleunigen. Das Ungewisse muss triumphieren.

Penibel recherchiertes Informieren und Vermitteln der uns Menschen definierenden Grundwerte dürfen in keinem meiner Romane fehlen. Und auch der entschlossene, aber doch verständige Blick auf die

Kräfte des Bösen, die genau diese Basis menschlichen Handelns bedrohen. Für den Frieden kämpfen mit freundlicher Gelassenheit.

Thomas Lieven

Zunge und Gaumen sind Geschenke der Schöpfung an uns Menschen. Recht undankbar gehen viele damit um. Nichts ahnen sie von den Millionen Möglichkeiten der Nahrungsaufnahme. Öffnen ihre Münder, um satt zu werden. Und wissen nichts von der Kunst des Zubereitens. Warm und kalt, süß und scharf, weich und hart. Erde, Bäume, Sträucher, Seen, Meere und natürlich auch Schlachthäuser. Alles drängt in unser Atelier zwischen Unter- und Oberkiefer.

Das zweite Mysterium ist wohl des Menschen Haut. Gestreichelt will sie sein, geknetet, massiert, geküsst, geleckt und abgeschnuppert. Und noch unendlich viel mehr.

Des Menschen dritte Kunst verabscheue ich zutiefst: den Krieg. Auch hier haben wir es sehr weit gebracht. Und die Erde zum Ort der Daueraufführung gemacht. Mit ständig variierendem Programm. Auf dass uns die grenzenlose Energie des Tötens und Zerstörens stets aufs Neue unterhält. Das große Heldenmordtheater mit wenigen Regisseuren, vielen Schauspielern und noch mehr Zuschauern.

Wir entgehen ihnen nicht, den Herren am Regiepult. Aber ein bisschen ärgern können wir sie. Denn interessant: Sie bezahlen Unsummen für Informationen über den Feind. Und noch interessanter: Der Feind informiert sich auch und zahlt genauso gut. Und dann gibt es noch zahlende Verbündete des Feindes. Und zahlende Feinde der Verbündeten. Denn informiert sein ist alles.

Hélène de Couville

Einen Agenten gewinnen, als ob das so einfach wäre. Noch dazu einen, der sich von drei Geheimdiensten nicht erwischen ließ.

Körper und Geist als Köder einsetzen. Mehr noch: Dieselben Autoren kennen und mögen, ähnliche Musik und Speisen. Der richtige Einsatz von Augen und Stimme. Und schließlich: erotische Wünsche erraten und erfüllen.

Flüstern für Amerika. Streicheln für Amerika. Lustschreien für Amerika. Auch ein bisschen Geld ausgeben für Amerika. Schöne Autos und Hotelzimmer gibt es nicht umsonst. So widme ich mein Leben dem Land, das mir zweite Heimat ist. Für das ich arbeite, wenn es ruft. Mit Leib und Seele.

Robert E. Marlock

Freilich ist er ein guter Geschäftspartner. Zuverlässig. Ohne Launen. Fast schon sanft. Einen kleinen Gefallen wird er mir wohl tun.

Meine hoffentlich noch treue Freundin soll er in Köln besuchen. In meinem Namen um Verzeihung bitten. Die andere, mit der sie mich sah, sei Geschichte.

Keinesfalls soll er der Gestapo ausgeliefert werden. Die aber meine hoffentlich noch treue Freundin bewacht. Und wartet, bis einer von uns kommt. Ausschließen kann ich leider gar nichts.

Es ist nicht unsere Schuld, dass in Deutschland große Kunst abgewertet wird. Und das Ausland genau diese Bilder aufwertet und sich darum reißt. Und wir das Abgewertete billig kaufen und dort, wo es geschätzt wird, zur Verfügung stellen. Große Künstler als entartet zu beschmutzen und nach uns als Betrügern zu fahnden. Ein verwirrtes Vaterland.

Ich wohne in London. Fernab jedes Zugriffs. Mein Partner in Köln. Hoffentlich im Hotel und nicht in der Zelle. Sonst müsste ich wohl die Bank allein weiterführen.

Bodo Baron von Wiedel

In unsere Verbindung habe ich ihn eingeführt. Nichtschlagend. Christlichen Werten verpflichtet. Damals. Ein bisschen Adelsduft ließ ich ihn schnuppern. Er war ein echter Kamerad.

Etwas distanziert wirkte er, als ich der Partei beitrat. Zwischen Außen- und Finanzministerium pendelte. Gesandter im Auswärtigen Amt wurde.

Jetzt sitzt er in Gestapo-Haft. Handel mit als wertlos eingestufter Kunst. Somit Betrug am deutschen Volk. Was ist zu tun?

Englisch beherrscht er fließend. Französisch auch. Das eröffnet Möglichkeiten. Sich umhören. In London. In Paris. Das Umgehörte der Wehrmacht liefern. Für gutes Geld. Ob er dazu bereit ist? Mein Gott, Christentum und Nation, das lässt sich doch vereinbaren. Ein gutes Gehör für Deutschlands Wohlbefinden. Das scheint mir zumutbar.

Mimi Chambert

Was für ein Mann! Sein Auftreten. Seine Konversation. Sein Geschmack. Arbeitet für die „Deutsche Abwehr", den „Secret Service" und das „Deuxième Bureau". Steht auf drei Gehaltslisten. Und bedient sie alle. Er habe nun einmal eine deutsche, eine englische und eine französische Seele.

Schauspielerin bin ich. Vom Rollentausch verstehe ich etwas. Aber dass einer sich derart durchs Leben spielen kann. Und weiß: Versprecher können tödlich sein. Die Welt ist ihm Kulisse. Und Küche. Spielen und essen. Beides beherrscht er.

Noch nie trug er eine Uniform. Auf Menschen schieße er nicht. Er esse mit ihnen. Und ziehe sie über den Tisch. Muss man ihn nicht lieben?

Jules Siméon

Offiziell soll er uns wirtschaftlich beraten. Dabei füttert er uns mit Nachrichten aus der Deutschen Abwehr. Nicht seine Heimat verrate er, sondern die Gestapo. Das sei für ihn wahrlich kein Problem.

Bedingungen stellt er auch noch: Weder Uniform noch Schusswaffe wolle er je tragen. Er sei ein Mensch des Friedens. Und der Verständigung. Soll er uns ruhig verständigen. Letztlich für den Frieden.

Ich vertraue ihm. Der französisches Essen liebt. Und französische Weine. Und französische Frauen. Und französische Währung.

Erich von Felseneck

Nur von Idioten bin ich umgeben. Der Oberleutnant verhaftet einen amerikanischen Diplomaten und zwei ihn begleitende Franzosen. Wegen einer Aktenmappe. Und findet heraus, dass die Vereinigten Staaten einen Beschäftigten dieses Namens gar nicht kennen.

Von oberster Stelle erhielt der deutsche Geheimnisträger den Auftrag, als Amerikaner Paris zu verlassen. Mit einem Mann und einer Frau vom Deuxième Bureau, die für uns arbeiten. Und an vereinbartem Ort alle französischen Agentennamen mit Adressen übergeben.

Von meinen Leuten festgenommen. Peinlich! Ein Land besiegen ist leichter als besetzen. Natürlich erhalten sie einen Passierschein für ganz Frankreich. Wenn die Wehrmachtsleitung je erfährt, dass ein ihrer Vertrauenspersonen von mir aufgehalten und verhört wurde, bin ich General gewesen.

Er nehme nichts übel. Und verstehe zu schweigen. Ein Mann mit Anstand und Würde!

Fritz Loos

Der spricht akzentfrei deutsch, englisch und französisch. Und ich habe ihm einen Ausweis für unseren Geheimdienst ausgestellt. Der General verschaffte ihm einen Passierschein für das besetzte Frankreich. Eine Tasche besitze er mit einer Liste. Alle französischen Spione. Mit Adresse und Telefonnummer.

Bloß keine Gewalt, wenn wir ihn finden! Geld anbieten. Oder Schmuck. Noch besser: entartete und somit entwertete Kunst. Haben wir ja genug davon. Kann er im Ausland verkaufen an Freunde gegenstandsloser Inspiration.

Wenn wir diese Tasche haben, ist Frankreich erledigt. Wenn wir sie nicht haben, bin ich erledigt. Und der General. Und die deutsche Regierung in Paris. Wir müssen ihn erwischen, der uns stets entwischt. Den Mann, der Lieven heißt. Und Murphy. Und Leblanc. Und Hunebelle. Und Clairmont. Und Scheuner. Und wie noch?

Jeanne Perrier

Zwei Tage vor seinem Tod machte mich mein Halbbruder zu seiner Nachfolgerin. Und weiß jetzt Lebensgefährliches. Das die deutschen Besatzer nie erfahren dürfen.

Mein Vertrauensmann übernahm die Küche in meinem Bistro. Seitdem habe ich doppelt so viele Gäste. Natürlich verlangt er den halben Gewinn. Mir soll es recht sein. Pariser Nobel-Menüs in einer schmutzigen Gasse von Toulouse. Erstaunlich viele deutsche Elemente enthält sein Gekochtes, Gebratenes und Gebackenes.

Meinen jungen Huren ist er Zuhörer, Berater und Tröster, also Freund. Tritt ihnen nie zu nahe. Kann mit Frauenseelen umgehen wie mit Früchten und Gewürzen. Bewundernd, ohne zu begehren.

Maurice Débras

Charmant, freundlich und überaus gefährlich. Er spielt mit uns. Und wir mit ihm. Wer wird gewinnen?

Dass er keine französischen Leichen sehen will, glaube ich ihm. Doch will er gewiss auch keine deutschen Leichen sehen. Wir schon. Möglichst hochrangige. Daher muss ich ihm die Aktenmappe entreißen. In der alle Agenten Frankreichs aufgelistet sind. Die darf nicht von einer deutschen Hand getragen werden. Auch wenn diese Hand an sich lieber kocht und Frauenleiber streichelt.

Mein Problem: Ich bin Geheimdienstchef und somit hochverdächtig. Er ist Koch in Toulouse und somit unverdächtig. So fahre ich wohl bespitzelt nach Lissabon. Und er fliegt unbespitzelt nach Lissabon. Dort übergibt er mir die Mappe und wir retten viele französische Menschenleben. Und blamieren das deutsche Informationssystem. Das ohne diese Liste unser Land nur schwer kontrollieren kann.

Mabel Hastings

Als Stewardess bin ich allerhand gewohnt. Schließlich wählte ich diesen Beruf nicht, um nichts zu erleben. Und ja, ich ließ meinen Lippenstift fallen, und ja, er hob ihn auf, sehr freundlich. Aber einer unbekannten Frau sagen, er sei um 12 Uhr in der Hotelbar zu finden und freue sich auf ein Mittagessen mit mir! Ein paar sanft empörte Gegenworte waren der Situation geschuldet.

Um 12 Uhr 03, immerhin leicht verspätet, betrat ich die Bar. Er freute sich mit der Selbstverständlichkeit des Siegers. Danach gingen wir natürlich nicht ins Restaurant, sondern auf sein Zimmer. Und so wurde eben der andere Hunger gestillt.

Eine schwarze Ledertasche habe er versehentlich in meinem Koffer deponiert. Ich möge sie beim Portier abgeben. Der Tascheninhalt? Ein paar Zettel mit einer Unzahl Namen und Adressen. Franzosen. Fast nur Männer. Keine Fotos. Nicht sehr unterhaltsam. Er gehört wohl zu den Herren, die man genießen soll und nicht durchschauen.

Estrella Rodrigues

Wie ich das Glücksspiel hasse! Es zieht mich an, lässt mich nicht los und nimmt mir alles weg. Was mein Mann mir hinterließ, verwandelte sich in Jetons und ging dahin.

Der nette Fremde schenkte mir einen Abend im Casino und eine Nacht im Bett. Die Nacht lohnte sich, der Abend nicht.

Was bleibt von meinem Gatten, dem Konsul von Costa Rica? Ein Koffer mit abgelaufenen Pässen. Und Stempeln. Damit könne er meine Schulden tilgen, meint der nette Fremde. Viele vor den Deutschen nach Lissabon Geflüchtete könnten wir mit costaricanischer Staatsbürgerschaft ausstatten. Gerettetes Leben kostet Geld. Mir soll es recht sein.

Peter Lovejoy

Beindruckend, wie ein Deutscher das nationalsozialistische Informationsnetz aushebelt. Einen Riesenbetrag zahlten sie ihm für eine Liste mit lauter Verstorbenen. Die sie weder finden noch festnehmen noch hinrichten müssen.

Dass er die Franzosen ebenfalls betrog, zeigt, wie klug er ist. Und unverfroren. Dass er auch das Secret Service hinterging, ist unangenehm. Denn ich bin das Secret Service sozusagen. Dieser Mann ist meine größte Niederlage.

Für wen arbeitet er? Die Antwort scheint verblüffend einfach: für sich. Und schon gar nicht für ein Land. Wer deutsch, englisch und französisch akzentfrei spricht, ist heimatlos. Ohne Feinde und Verbündete.

Einen Gegner schenke ich ihm: mich. Keine Ruhe werde ich geben, bis ich ihn erwische. Wer mit einem geheimen Diener Seiner Majestät spielt, wird verlieren. Muss verlieren.

Walter Lindner

Wie soll ich in Europa von Kreditgeschäften leben? Schon der vorige Weltkrieg zerstörte alles, was irgendwie erspart wurde. Wo Nationen über einander herfallen und sich berauben, haben es Geldscheine schwer.

Einmal noch will ich es versuchen. Und der Herr mit der Bank in London soll mein Partner sein. Er ist genauso auf der Flucht. Vor mordenden Deutschen, imperialen Engländern und nationalen Franzosen. Spanien? Eine Diktatur. Österreich? Nicht mehr vorhanden. Osteuropa? Nicht dran denken!

Buenos Aires ist unser Ziel. Lissabon der Ort des Aufbruchs. In ein anderes Land. Mit anderer Zukunft. Wo wir Menschen helfen können, die sich etwas zutrauen. Wo das Geld in Ruhe sich entwickeln kann.

Lazarus Alcoba

Halb Europa kenne ich. Aber nicht die Strände und Berge, sondern die Gefängniszellen. Die keinesfalls überall gleich aussehen. Sie widerspiegeln Wohlstand und Sitte eines Landes.

Leichter kommt man hinein als heraus. Aber unmöglich ist es nicht. Sehr schwierig in Deutschland. Ganz leicht in Portugal.

Mein Mitbewohner ist schon verzweifelt. Hat Bargeld, aber keine Geduld. Ich besorge ihm einen Entlassungsbefehl. Vordrucke und Stempel liegen unverschlossen im Keller des staatseigenen Hotels. Die Anwaltsunterschrift ist kein Problem. Doch Vorsicht vor den Herren aus Berlin oder London oder Paris, die draußen auf ihn warten!

Jetzt muss er sich nur noch als mich ausgeben. Und sich kleiner machen. Und hinken. Und bucklig werden. Mein Mundwinkelzucken üben. Für die Pausbacken eignen sich Brotkrümel. Und meine Glatze? Schere haben wir keine. Rasiermesser auch nicht. Aber eine Kerze. Und Streichhölzer.

Die Flucht bin ich ihm schuldig. Als Dank für die Mahlzeiten. Die er kreierte. Oder dem Koch genau beschrieb. Hochgenüsse, vom Wärter serviert. Alles Gute wünsche ich meinem Freund, der Gitterstäbe nicht erträgt.

Chantal Tessier

Zuerst rettete ich ihn, dann verführte ich ihn, zum Schluss verriet ich ihn. Und übergab ihn dem sicheren Tod. Französische Kugeln sollten ihn durchsieben, keine englischen. Und keine deutschen.

Alles im Auftrag. Ich führe durch, was sie befehlen. Denn vieles wissen sie, was besser unbesprochen bleibt. Und Angst ist stärker als Liebe.

Dreck und Gestank sind meine Herkunft. Er ist ein Mann mit Duft und Eleganz. Und zeigte mir, was alles möglich wäre. Ohne Dreck und Gestank.

Sie haben ihn nicht erschossen. Weil er uns leichten, den Feinden schweren Schaden zufügte. Und weiß: Die Gestapo ist nicht Deutschland. Sie zu ärgern ist ein ehrenhafter Friedensdienst.

Fünfzehn Ganoven hören auf mich, mein Freund hört auf sich.

Dantes Villeforte

Diese Frau will mit ihrer Bande ganz Marseille beherrschen. Zuerst die Gastronomie. Dann den Handel. Und seit Jahren die Menschenflucht.

Die Stadt gehört mir und meinen Leuten. Wer daran rüttelt, wird vernichtet. Leicht wird es nicht. An sie selbst kommt keiner heran.

Ihr den neuen Gefährten entreißen. Er machte sie noch unverschämter. Grenzenlos raffend.

Französische Informanten unterstützt sie. Und zwingt mich so zur Arbeit für die Deutschen. Diese haben, vermute ich, reges Interesse an ihm, für den sie alles tut.

Ihn vernichten, schlagen meine Freunde vor. Wie primitiv! Ausliefern bringt Geld. Sollen die Mächtigen in Paris ihn so behandeln, wie er es verdient. Und im Süden herrscht wieder freier Wettbewerb.

Walter Eicher

Uns beschummeln ist ein Schwerverbrechen. Uns blamieren macht mich sprachlos. So muss ich dafür sorgen, dass auch ihm die Worte fehlen. Nur Namen soll er nennen.

Seit sieben Wochen lassen wir ihn hungern. Ihn, der es gewohnt ist, Probleme hinwegzukochen. Seit sieben Wochen erleidet er Brüche bei Verhören. Der feine Herr mit der eleganten Gestik.

Aber kein Name kommt aus seinem Mund. Das müssen gute Freunde sein. Die wahren Kontrollore von Marseille. Zehn soll er uns nennen und wir haben die Stadt im Griff.

Und jetzt dieses Papier von der Abwehr. Die alles besser kann und weiß als wir von der Sicherheit. Unterschriften von Stellen, mit denen ich mich nicht anlege. Unverzüglich entlassen muss ich ihn. Die kriegswichtige Person.

Meinetwegen: Soll er wieder Menüs erstellen, schnüffeln und betrügen. Und uns die Zunge zeigen. Alles kriegswichtig. Jawohl, Herr Oberst! Selbstverständlich, Herr Admiral! Ich bin ja nur ein Sturmbannführer.

Bastian Fabre

Orang-Utan nennt er mich, Ganove, Kindskopf. Nichts nehme ich ihm übel. Seit siebzehn Jahren diene ich ihm. Er denkt und plant, ich besorge alles, führe alles durch. Bin ihm Leibwächter, Freund, Vertrauter. Mit Frauen kann er spielen, auf mich kann er sich verlassen.

In Marseille hat er mich gefunden. Unzertrennlich sind wir. Seine Geschäfte durchschaue ich nicht einmal im Ansatz. Ihm müssen sie gelingen, nicht mir. Wenn er mich braucht, bin ich da.

Ja, er ist mein Herr. Gibt mir Arbeit. Und schönes Geld. Er weiß genau, was ich kann. Ich weiß genau, was er will. Er ist das Hirn, ich bin die Kraft.

Elfriede Bieselang

Feldwebel ist mein Vater, mehr nicht. Aber Fallschirmspringer ausbilden kann er, wie es scheint. Befehlen, treten, beleidigen, das ist seine Methode. Und was ihn stolz macht: Sie gehorchen.

Zwölf Männer, elf davon freiwillig: Deutsche, Inder mit Turban, ein Norweger, ein Italiener, ein Ukrainer. Alle fürchten ihn, nur die Nummer sieben nicht, der Unfreiwillige.

Sprung aus ein paar Metern Höhe auf den Boden, dann Sprung aus zweihundert Metern Höhe, mit Maschinenpistole und Fallschirm. Und er stets dabei. Kommandieren macht glücklich.

Meine Mutter hörte ihm nie zu. Kaum sprach er, stand sie auf und ging. Ich habe viel von ihr gelernt.

Elf Männer berieten, ob sie ihn ganz totschlagen oder nur halb. Der Gezwungene entschied: Weder noch. Härte wird weichgekocht. Drei Gänge. Von mir serviert. Anschließende Dankesrede des Küchenmagiers. Ein Stein wurde zu Butter. Mit Tränen. Kaum zu glauben. Danke, Nummer sieben!

Yvonne Dechamps

Was gefiel mir nicht am englischen Verbindungsmann? Von Anfang an? Vielleicht war er mir zu englisch.

Es folgte Vertrauen. Und dann die Einladung in mein Zimmer. Ich war bereit. Und wurde abgewiesen. Dies geschah mir. Die nur kämpfen und nicht lieben kann.

Es kam schlimmer. Er war kein Engländer, sondern Deutscher. Übergab uns alle der Wehrmacht und nicht der Gestapo. Als Kriegsgefangene. Und nicht als Widerstandskämpfer. Weil er unseren Tod nicht wollte.

Mich ließ er flüchten. Auch die anderen überlebten. Seit 1945 sind wir Helden. Von ihm betrogen. Dann gerettet. Jetzt gefeiert.

Soll ich dankbar sein? Dem Mann, der mich damals begehrte? Eine Nacht verbrachte er dann doch mit mir. Er hatte dieselben Folternarben wie mein Bruder. Immerhin.

Fritz Brenner

Warum wir zwei harmonieren, weiß ich nicht. Er verachtet alles Militärische. Ich bin Soldat. Im Majorsrang. Wohl bald Oberstleutnant. Mit seiner Hilfe.

Heimat und Vaterland sind ihm absurd. Mir nicht. Ich will wissen, wo mein Platz ist.

Was für mich Hochverrat wäre, ist für ihn Ehrensache. Ein Schritt zum Frieden auf Erden.

Jedes seiner Verbrechen wirkt irgendwie rechtens. Fast wie eine gute Tat. Der Mann, der die Betrüger betrügt. Und die Hassenden hasst.

Erich Werthe

Aus der Zelle des Sicherheitsdienstes habe ich ihn gerettet. Abgemagert, schwer verwundet, aber am Leben. Den Pariser Schwarzmarkt sollte er für uns unter Kontrolle bringen. Er tat es.

Mit ihm an der Seite konnte ich Oberst der Wehrmacht sein. Und nicht Nazi. Ich wollte zeigen: Besetzen heißt nicht plündern.

Jahre später holte er mich aus amerikanischer Haft. Konnte beweisen, dass mich die Uniform verpflichtete und nicht verblendete.

Noch später ermittelte er gegen die Kumpel, die mein Weingut ruinierten. Um es zu übernehmen.

So überlebte ich Diktatur, Krieg und Nachkrieg. Und lernte viel über das Vereinbaren von Freundschaft und Geschäft.

Lucie Maria Wallner

Blond bin ich, die „Schwarze Lucie" nennen sie mich. Oder auch die Schwarzmarktkönigin. Freundin eines Gauleiters war ich einst, Geliebte eines Captains bin ich jetzt.

Flüchtende SSler und SAler aus den Zügen holen ist ein gutes Werk derzeit. Ihnen Gold und Juwelen abnehmen fast schon ein Dienst an der Gemeinschaft. Sie ins Internierungslager stecken lassen und unter das Kommando meines geliebten Captains stellen recht und billig.

Was mir noch fehlt, ist das Bristol. Was für ein Ort für ungestörtes Handeln! Der frühere Chef war ein Bevorzugter des Hakenkreuzes. Derzeit gehört es dem „Property Control Office". Noch. Denn mir gehört der Captain.

Dieser Schnüffler gefällt mir nicht. Behauptet, mein Captain sei SA-Sturmführer, geflüchtet 1934 nach Amerika. Röhm-Putsch. Ein böses Gerücht ist das. Möge es auch ein falsches sein. Betrügen will ich, nicht betrogen sein.

Christine Troll

Nur weil ich mit ihm besoffen eine Nacht verbrachte, muss ich ihn nicht duzen. Er mich auch nicht. Wir wissen nicht einmal mehr, ob es schön war. Jedenfalls: Ganz furchtbar kann es nicht gewesen sein.

Die Eltern sind tot, die Fabrik geplündert. Von den Befreiern aus Amerika. So erbe ich denn alles, nämlich nichts.

Das Chemiestudium kann mir keiner nehmen. Jetzt bräuchte ich noch Kapital. Der Freudenspender, den ich sieze, hätte es.

Seife, Duftwasser, Körpermilch und vieles mehr. Die Menschen wollen gut riechen. Selbst die Ärmsten ziehen sich Würde durch die Nase ein. Wer stinkt, hat verloren.

Das ist der Preis, den er entrichten soll. Für die Nacht, von der wir beide nicht mehr wissen, wie sie war. Da muss ich wohl noch ein paar Nächte folgen lassen. Was kein Grund ist, ihn zu duzen.

Pamela Faber

Für einen anderen Staat als den der Sterne und Streifen könnte ich nicht arbeiten. Er schon. Drei Nationen hat er gedient und geschadet. Denn er glaubt an keine von ihnen

Mein Land ist sein viertes. Für das er den größten Spion des größten Feindes enttarnte. Dessen Tod er jedoch verhinderte. Lebende Spione, so sagt er, bringen mehr als tote. Vernichten ist schlecht, benutzen besser.

Er glaubt an das erfüllte menschliche Leben. Und überlistet die, die uns davon fernhalten wollen.

Wie ich ihn liebe! Das taten viele Frauen vor mir. Doch ich werde seine letzte sein. Auch die Liebe macht etwas müde mit der Zeit. Was er braucht, ist eine Gattin. Und kein Vaterland.

Bis zur bitteren Neige (1962)

Dem humorgewürzten Schicksal des Dreifachspions folgte die bittere Beichte eines Trinkers. Meines Wissens der bisher einzige gesprochene Roman, denn er besteht nur aus Tonbandaufnahmen. Ein klinischer Bericht für zwei Personen: Arzt und Richter.

Mit welcher Vehemenz ich mich schon 1962 für das Recht auf die abgebrochene Schwangerschaft einsetzte. Nur: Die neunzehnjährige Schwangere ist katholisch und will – aus ihrer Sicht – nicht morden.

Wie viele der von mir Geschaffenen sind ungläubig! So wie ich. Natürlich bevölkern auch Konfessionelle meine Bücherwelt. Ich hoffe, auch sie glaubhaft gezeichnet zu haben.

Worauf ich stolz bin: mein Plädoyer für einen neuen Umgang mit gehörlosen Kindern. Worauf ich nicht stolz bin: das Adjektiv taubstumm. Mir klang es damals nicht abwertend. Jahrzehnte ändern Worte und ihre Bedeutung.

Der Kinderfilmstar, der sich später im Whisky ertränkt und mit 37 ein Comeback versucht. Der seine 10 Jahre ältere Frau mit seiner 18 Jahre jüngeren Stieftochter betrügt. Zweifachliebe zwischen Hamburg und Pacific Palisades. Eine wahre Fernbeziehung.

Es ist die Geschichte eines Entzugs. Die langsam ruinierende Abhängigkeit von Gebranntem. Weder Vampire noch Monster benötigte ich zur Darstellung des Horrors. Doch ist es auch die Geschichte einer Heilung. Keiner Selbstheilung. Wie beglückend die helfende Kraft von Menschen sein kann!

Peter Jordan

Einem Tonbandmikrophon soll ich die Geschichte meiner Aufstiege und Abstürze berichten. Für zwei Personen: meinen Arzt in Rom und meinen Richter in Hamburg. Ausgeliefert nach Deutschland werde ich erst, wenn der Professor sagt, es sei zu verantworten. Bis dahin Bewachung durch Carabinieri. Rund um die Uhr.

Scheinbar bin ich ein böser Mensch. Und gefährlich. Der Mediziner glaubt an meine Heilung. Bereit müsse ich sein, mich an alles zu erinnern. Und dem Aufnahmegerät anzuvertrauen. Worte können heilen. Und den Helfer unterstützen. Und den Richter überzeugen.

Beginnen soll ich mit dem Oktober 1959, als ich von der Schwangerschaft meiner geliebten Stieftochter erfuhr. Ich aber fange früher an. Als mich der Film entdeckte. Und mich zum süßesten Jungen dieser Erde machte. Der Mitleid erregte, Sehnsüchte stillte, Herzen erweichte. Und Kritiker lähmte. Wer kann schon ein Kind abwerten, verspotten, verurteilen?

Es folgten zwanzig Jahre. Ich erregte wenig Mitleid, stillte wenig Sehnsüchte, erweichte wenig Herzen. Und trank rauchiges, destilliertes und holzfassgelagertes Gerstenmalz aus Schottland. Zuerst in Gläsern, dann in Flaschen. Es war mir Heil- und Lebensmittel.

Bis sich der Film an mich erinnerte. Mit siebenunddreißig sollte ich wieder spielen. Mein eigenes Leben. Der Titel stand fest: „Come back". Dreharbeiten in Hamburg. Es musste gelingen.

Jetzt, im März 1960, sitze und noch mehr liege ich in einer Klinik in Rom. Mit Blick auf das Kolosseum. Was geschah in diesem halben Jahr? So lasset uns denn erinnern.

Shirley Bromfield

Als ich vier war, wurde Peter Dads Nachfolger. Als ich sechs war, heiratete er Mammy. Nie würde ich ihn Dad nennen, sagte ich. Von mir aus Paddy. Als Kompromiss. Mit dreizehn legte sich mein Hass auf ihn. Langsam.

Jetzt, mit neunzehn, liebe ich ihn. Und bin schwanger. Bringe es natürlich zur Welt. Bin katholisch getauft. Und gläubig. Noch ist er ohne Worte, mein Geliebter. Das wird sich legen. Wann soll ich es Mammy sagen? Sie hat kein Kind von ihm, ich schon.

Für den Staat bleibt der Vater unbekannt, selbstverständlich. Sex eines Erziehungsberechtigten mit seiner minderjährigen Stieftochter. Nicht denkbar. Nur machbar.

Joan Bromfield

Zehn Jahre älter als mein Mann bin ich. Nie hat er das je erwähnt. Einen Mädchenkörper habe ich, sagt er. Für das Gesicht gibt es Ärzte.

Und meine Tochter mag ihn auch, scheint mir. Ihr hasserfüllter Blick, das ist schon lange her. Keine schnippischen Bemerkungen mehr. Was lange währt, wird endlich gut.

Männer bedeuten ihr offenbar nichts. Verabredungen? Besuche? Nichts dergleichen. Mein katholisches Mädchen.

Wie freue ich mich für ihn. Endlich wieder Dreharbeiten. Nach zwanzig Jahren. Das berühmteste Filmkind Amerikas war er. Stimmbruch, Bartwuchs, alles aus. Später wurde er zum Whiskyfass ohne Boden. Doch ich wusste sofort: Dieser und kein anderer soll mein Leben begleiten. Und seit zwei Jahren sehe ich keine Flaschen mehr im Haus. Mir zuliebe. Darauf darf er stolz sein. Und ich auch.

Joe Schwartz

Kein Mensch ist ausschließlich schön. Wer soll das besser wissen als ich, der Pressefotograf in Hollywood?

Unebenheiten mögen individuell entzückend sein. Aber nicht, wenn sie für Millionen Augen bestimmt sind.

Zähne müssen glänzen. Sie zu verstecken bietet sich nicht an. Auch Fältchen in Augennähe werden nicht verziehen. Haarfarbe? Ein eher geringes Problem.

Der Siebenunddreißigjährige entzückte einst als Kind. Ich mache ihn zum Dreißigjährigen. Die Wahrheit ist nicht immer zumutbar.

Zwei Jahrzehnte Whisky, Nikotin und sportliche Nächte. Wie soll ich da berührendes Wiedererkennen vermitteln?

Jetzt beginnt sein zweiter Lebensabschnitt. Filmisch gesehen. Attraktiv muss er sein und nicht mehr putzig. So wollen es die Massenblätter. Ich bediene die Wünsche der Macher und die Sehnsüchte der Leser.

Hermine Gottesdiener

Was will ich noch vom Leben? Nicht in der Armenfürsorge landen. Ein Kleid habe ich noch. Einen Hut. Verdecken soll er meinen kahlen Kopf. Was habe ich noch? Hunger. Einen zweiten Teller hat er schon bestellt für mich. Vielleicht noch einen dritten?

Vor allem aber habe ich drei Fotoalben. Von meinem Mann erstellt, vor zwanzig Jahren. Der Kinderstar. Als Oliver Twist. Als Huckleberry Finn. Als Jim Hawkins auf der Schatzinsel. Mit Staatschefs. Bürgermeistern. Mit Prominenz in Hollywood. Und mit seiner Mutter. Ein Bildarchiv.

Mein Mann. Eine Firma hatte er. Büros in Übersee. Eine Villa in Cuxhaven. Und Schulden.

Meine Tochter. Heiratete einen betrügenden Morphinisten. Wurde betrogene Morphinistin. Ging in die Elbe. Mit dem Begräbnis verschwand das allerletzte Geld.

Retten soll er mich! Den wir so verehrten. Lebt in Pacific Palisades. Dreht in Hamburg. Logiert im feinsten Hotel. Ein fotografisches Vermächtnis für fünfhundert Mark.

Walter Schauberg

Dreiundvierzig Drehtage? Keine Szene schafft der ohne mich. Dafür will ich fünfzigtausend Mark. Zwanzigtausend bietet er. Ich bleibe bei fünfzigtausend. Bin nicht erpressbar. Von einem Wrack schon gar nicht. Wenn der Film fertig ist, verdient der eine halbe Million. Mindestens.

Angst hat er? Kein Problem. Sein Herz wird von einer Faust umklammert? Kein Problem. Depressionen? Kein Problem. Wird alles weggespritzt.

Ödeme hat er am ganzen Körper. So will er vor die Kamera? Zwei Tabletten alle drei Stunden zum Ausschwemmen. Und zum Verkleinern nochmals zwei Pillen alle sechs Stunden.

Sein Herz wird es schaffen. Die Leber freilich... Doch Blutbefunde kann man korrigieren. Eine Ampulle von einer gesunden Bordellnymphe für ein paar Mark. Dieselbe Blutgruppe muss es sein, das ist alles.

Aufputschmittel braucht er. Im Halbschlaf kannst du keine Filme drehen. Und Blutdrucksenker. Zum Stabilisieren.

Schluss mit Whisky? Jetzt? Keinesfalls! Ein Entzug strengt an. Mindert die Leistung. Senkt die Laune. Alles zu seiner Zeit.

Das wird ein Happy End für ihn und mich. Und dann weg aus Deutschland. Kontrollen, Klagen, Praxisschließung, Behandlungsverbot, kein Land für mich.

Herbert Kostasch

Deutscher Meister im Mittelgewicht. Schon als Boxer hatte ich Erfolg. Dann Gefreiter der Wehrmacht. Bei der Vernichtung Berlins lagen Millionen Reichsmark in der Deutschen Bank herum. Zwei Koffer und einen Rucksack füllte ich. Tauschte sie später in D-Mark um. Die einen retteten ihr Leben, ich etwas mehr.

Operetten produzierte ich. Unbeschwertes in schwerer Zeit. Liebte Casinos. Verlor und gewann viel.

Und jetzt Filme. Drehen in Deutschland, verkaufen nach Amerika. Am Pazifik Millionäre ködern mit der Behauptung, ich könnte mich auch mit deutscher Währung finanzieren lassen. An der Elbe von dollarschweren Förderern erzählen. Beides zusammen ergibt eine schöne Summe. Die benötige ich auch für „Come back". Mit dem liebevollsten Filmkind aller Zeiten. Dann wurde er größer als hundertsechzig Zentimeter. War kein Kind, nicht liebevoll und ohne Film. Spielen wird er ja wohl nicht verlernt haben.

Im Grunde bin ich Sportler mit Faust geblieben. Kampfbereit und großzügig. Den ganzen Ruhm soll er kassieren und das halbe Geld.

Käthe Mädler

Meine Kunden besuchen das sächsische Mädchen. Sächsisch geht leicht, ich bin aus Leipzig geflohen. In meiner Mundart schmeicheln, flüstern, stöhnen, keuchen, schreien, dafür zahlen die.

Mädchen ist schon etwas schwieriger mit fünfundzwanzig. Doch Kleider und Frisuren können helfen. Und tollpatschige Schüchternheit.

Für einen Riesenbetrag begleitet mein Freund die Drehtage eines ruinierten Schauspielers. Danach verlassen wir Deutschland. Ihm entzogen sie die Arztlizenz. Weil er betäubende Mittel nimmt. Und ich muss Männer kindlich animieren. Weil ich nicht mehr Schaffnerin sein wollte. Auf Leipziger Schienen.

Erst bei Drehschluss gibt es Geld. Ich trinke auf den Erfolg des trinkenden Hauptdarstellers. Möge seine Leber noch zwei Monate lang durchhalten. Dann soll er sich verabschieden vom Whisky. Und mein Partner vom Morphium. Und ich von infantiler Lusterzeugung.

Thornton Seaton

Dieser Film ist meine letzte Chance. Wie auch für ihn. Das verbindet. Beide sind wir Menschen mit großem Können und kleinen Schwächen. Er kommt nicht los vom gebrannten Malz, ich nicht von den schönen Knaben. Sein Laster ist billiger. Und leichter erhältlich.

Ich war der gefeiertste Regisseur. Alle großen Namen wollten mit mir drehen. Mein Gespür für Bilder, Sätze, Wörter und Blicke wurde gut bezahlt.

Ein einziger Prozess und ich war weg. Jahrelang. Jetzt begegnen sich unsere Schicksale. Er verbrachte seine Zeit nicht vor der Kamera, ich nicht hinter ihr.

Etwas unflexibel wirkt er. „Gottverdammtes Geld" soll er in einer Szene nicht mehr sagen, sondern „elendes Geld". Gottverdammt fällt unter die amerikanische Filmzensur. Zuerst vergaß er, dann versprach er sich, dann kam es korrekt, aber gestottert. Jedenfalls mussten wir diese Aufnahme mehr als zwanzigmal drehen.

Es ist ein kleines Problem. Verglichen mit meiner Gage. Nur ein Bruchteil der prominenten Darsteller. Ich verleihe ihnen Glanz. Verschaffe ihnen Koffer voller Dollarnoten. Und erhalte dafür Schulterklopfen.

Henry Wallace

Zwei Männer müssen wir spielen, die sich auf den Tod nicht leiden können. Sprichwörtlich. Denn ich muss ihn ermorden. Viermal tat ich es, dann war der Regisseur zufrieden.

Meine Frau betrügt mich mit ihm. Im Film. Außerhalb wäre das schwer vorstellbar.

Die Männerfeindschaft gelingt uns leicht. Denn ich kann ihn auch so nicht ausstehen. Er mich auch nicht. Das motiviert zu zügigem Arbeiten bis zu möglichst raschem Ende.

Erstaunlich wenig Intellekt bietet Amerikas Filmwelt. Mit wem könnte ich mich über James Joyce unterhalten? Über atonale Musik?

Mein Drehbuchgegner wirkt ausgelaugt. Überarbeitet kann er nicht sein. Ist seit Jahren ohne Anstellung. Brachte Kinder, Mütter und Großmütter in die Kinosäle. In den dreißiger Jahren. Und jetzt soll er eine Gefahr für meine Ehe sein?

Belinda King

Bis jetzt traut er sich nichts zu. Sagt selbst, er sei ein Verlierer, der sich noch nicht einleben könne ins Verlorensein. Ein ehemals hübsches Kind mache noch keinen Schauspieler.

Ich glaube an ihn. Langsam begreift er, dass er nicht sich selbst spielen soll. Man muss nicht frisch verliebt sein für die Rolle eines Frischverliebten. Nicht verzweifelt für die Rolle eines Verzweifelten. Und nicht nur Mörder dürfen im Film zu Messer und Revolver greifen.

Seit Kurzem befolgt er einfach das Drehbuch. Lacht, wo er lachen soll. Flucht, wo er fluchen soll. Schweigt, wo er schweigen soll.

Wir Schauspieler müssen Ideen umsetzen, nicht produzieren. Den Vorstellungen anderer entsprechen und uns nicht ständig selbst einbringen.

In den nächsten Wochen soll ich einen Zerbrochenen liebend zum Glauben an sich selbst bringen. Und dabei meinen rasenden Ehemann zum Mörder machen. In den nächsten Wochen. Und danach? Nichts dergleichen. Kein Glauben, keine Raserei. Erholsame Langeweile.

Harry Silbermann

Garderobier heißt mein Beruf offiziell. Ich würde es Betreuer nennen. Es gibt kaum einen männlichen Filmhelden, der meine Ratschläge und Besorgungen nicht schätzt.

In den paar Drehwochen sorge ich praktisch für alles. Ich weiß, wie der mir Anvertraute sich anzieht, auszieht und umzieht. Was und wieviel er isst und trinkt. Wo und mit wem er schläft. Vorlieben, Ängste und Peinlichkeiten überraschen mich nicht. Niemand wird je davon erfahren.

Für mich gibt es kein Pensionsalter. Meine letzte Liebe ist dreiundsiebzig. Auch ich bin ihr letztes aufflammendes Geschenk, sagt sie.

Meine Kinder hassen sie. Ihre Kinder hassen mich. Belegen uns unverfroren mit Liebesverbot. Natürlich haben wir sie enterbt. Ihnen zum Trotz wird nicht einmal geheiratet. Ja, liebe Söhne und Töchter, erziehen könnt ihr euren Nachwuchs, nicht uns!

Jerome Wilson

Die glauben alle, ich denke mit dem Unterleib. Nur weil ich ab und zu Freude haben will. Mit jungen Frauen. Die männliches Fett nicht verabscheuen. Und männliches Geld auch nicht.

Der deutsche ehemalige Boxer will die Hälfte des Gewinns. Vertraglich vereinbart. Mit meinem Bruder. Der leider herzkrank ist.

Meine Waffe: ein uralter Film, dasselbe Thema. Rückkehr eines vor langer Zeit erfolgreichen Nachwuchswunders. Wenn der zur selben Zeit im Fernsehen läuft wie unser Werk, war alles umsonst.

Nur eine Lösung kommt in Frage: Die längst vergessene Geschichte aufkaufen. Mit allen Kopien. Das kostet viel. Der deutsche Wichtigmacher wird sich das nicht leisten können. Wir schon.

Lästig ist der wiederauferstehen Wollende. Ob ich das nicht alles arrangiert habe? Und somit ein Erpresser sei? Der traut sich was. Noch schlimmer: Der Säufer durchschaut mich. Aus meinem Hotelzimmer kann ich ihn entfernen. Aus dem Vertrag eher nicht.

Jan Hüllwer

Ein Mann, eine Frau, ein Kind. Wunderbar. Eine Frau habe ich auch. Aber kein Kind. Das erste starb. Ein zweites wird es nicht geben. Auskunft des Arztes.

Der Kleine kann weder hören noch reden. Aber das Steuern unseres Dampfers macht ihn glücklich. Weitblickend steht er wie ein Erwachsener.

Die Mutter tränt. Vor Stolz? Jetzt geht der Bub zu beiden. Hält sie mit seinen Händen. Drei, die zusammengehören.

Man kann nicht alles haben. Immerhin bin ich verehelichter Kapitän in meinem kleinen schwimmenden Reich. Im Hamburger Hafen.

Er zahlt. Sie verlässt ihn. Ohne Handschlag. Ohne Kuss. Ihr folgt das Kind, das nur mit Zeichen spricht. Ist er der Vater? Wäre er es gern?

Gregory Bates

Freundschaftsdienst, jetzt weiß ich, was das heißt. Ich musste es tun. Und hatte keine Ahnung, was daraus wird.

Einen Arzt auftreiben. Für eine Schwangere. Sie will ein Kind, der Zeugende nicht. Später vielleicht.

Minderjährig ist sie. Die Tochter seiner Frau. Also zweimal Gesetzesbruch. Ich sage, ich sei der Vater. Damit sie ihn nicht suchen. Der in Hamburg einen Film dreht.

Die Gattin weiß nichts. Sagt er. Ich aber sah einen Ermittler bei ihr.

Möge ihm der Auferstehungsfilm gelingen. Mit einer kinderlosen Geliebten. Und einer ahnungslosen Ehefrau. Und einem mutlosen Freund.

In der Wahrheit leben. Denken, was man fühlt. Sagen, was man denkt. Tun, was man sagt. Ein schönes Ziel.

Werner Hennessy

Für mich ist er ein Mädchenmörder. Und ich für ihn.

Er schwängerte ein Kind. Zwang es zur Entfernung der Leibesfrucht. Eine Tat, die sie nicht wollte.

Mein Bruder ist Pfarrer. Und erklärte ihr die Bedeutung der Sünde. Die Gott verzeiht, wenn sie ein Opfer bringt. Den Schwängerer verlässt für immer.

Nichts wollten wir als ihr Gewissen beruhigen. Sie wegbringen von dem Mann, der ihr nur schadete. Und mir die Nase blutig schlug. Natürlich wehrte ich mich nicht. Obwohl ich jünger bin und kräftiger. Meine Waffe ist die Reinheit der Seele.

Auf der Flucht vor ihm wurde sie überfahren. Schuld soll ihn plagen sein Leben lang!

Wanda Norden

Eingesperrt bin ich im Hotel Adlon. In meiner Heimatstadt Berlin. Hier sei ich sicher. Bald komme er wieder.

Unser Haus wurde zerstört. Von jungen Männern in braunen Hemden. Dabei sangen sie von der hohen Fahne und dicht geschlossenen Reihen. Und mutig festem Schritt. Von erschossenen Kameraden, die im Geiste mitmarschieren.

Mein Vater galt als wehrwirtschaftlich wichtiger Jude. Und ging nach England. Was er nicht durfte. Als Geheimnisträger. Jetzt brauchen sie mich. Um ihn zurück zu zwingen.

Wird mich mein Geliebter schützen können? Einen Film drehen wollen sie mit ihm. Dem in Amerika Verschmähten, in Deutschland immer noch Verehrten. Akzeptieren sogar mich, des Siebzehnjährigen jüdische Freundin. Bis jetzt. Die schmeichelnden Massenmörder.

Edgar Schapiro

Tatsächlich haben sie ihn ins Zimmer 17 gesteckt. Zu den Schlägern. Und Schreiern. Und Kommandierenden. Die glauben immer noch, sie müssen das Dritte Reich retten. Das seit vierzehn Jahren nicht mehr existiert.

Jetzt ist er bei uns in Zimmer 16. Wir sind die Ruhigen. Dürfen sogar Radio hören. Einer kotzt dauernd. Einer schreibt Briefe an eine Frau, die ihn nicht kennt. Einer starrt die Wand an. Die anderen schlafen meistens.

Die Raben im Hof sind so fett, weil viele von uns ihr Essen aus dem Fenster werfen. Verständlich, aber falsch. Wer nicht isst, gibt sich auf.

Auf hundert Patienten kommt ein Arzt. Und zwei Wärter. Zweitausendsiebenhundert sind wir. Die erlaubte Höchstzahl ist tausendfünfhundert. Ich weiß Bescheid. Bin nicht verrückt. Wie fast alle anderen. Es heißt ja Heil- und Pflegeanstalt. Ich fühle mich geheilt und gepflegt.

Der Neue macht mich ratlos. Zuerst war er bei den Tätern. Dann bei uns Opfern. Jetzt ist er verschwunden. Schade.

Natascha Petrowna

Viermal habe ich ihn gesehen. Bisher. Beim ersten Mal als Notfall. Herzattacke. Schweißausbruch. Alkohol im Blut. Beim zweiten Mal wollte er meinen Körper. Vehement. Nur mit Fuß und Ellbogen war es zu verhindern. Beim dritten Mal wünschte ich ihm fröhliches Ertrinken im Scotch mit Eis.

Heute läutete er und ging mit mir spazieren. Im Regen. Ohne Worte. Ich nahm ihn mit in die Wohnung. Und zeigte ihm meinen Sohn. Der taub ist. Und stumm.

Die Wahrheit ist: Auch ich wollte seinen Leib. Doch sah ich in seinen Augen den Vater meines Kindes. Der mit neununddreißig starb. An Alkohol. Das große Nichtschonwieder verhinderte alles.

Verraten fühlte ich mich, als er den Arzt wechselte. Er braucht einen dopenden Fitmacher. Für seine letzte Chance. Glaubt er. Ich habe ihm die Gifte verweigert. Und von Filmaufnahmen abgeraten.

Wie er mein Kind ansieht. Beide lächeln. Beide sind krank, beide hilflos. In einem russischen Lied heißt es, man liebt nur die Menschen, die man braucht. Ich glaube, er wird mich noch brauchen.

Liebe ist nur ein Wort (1963)

Der Autor als Baumeister. Ich wollte nicht nur schildern, sondern auch entwerfen. Mein nächstes Buch: Prolog und Epilog in meterhohem Jännerschnee, dazwischen das Manuskript eines jugendlichen Selbstmörders.

Einer der wenigen Romane mit eher ländlicher Lokalität. Aber ohne Bauern. Dafür mit vielen Lehrern und Schülern: ein abgelegenes Internat. Insgesamt ist meine Welt urban. Ein Gegenentwurf zu den Stifter- und Ganghofer-Welten.

Der tragisch Liebende steht für eine orientierungs- und somit respektlose Jugend. Wenig zu wissen und zu können ist ihm fast eine Ehre, weil er alles Wissen und Können der ihn Erziehenden verabscheut. Die Arroganz des Jaguar fahrenden Schulabbrechers ist letztlich das Abwehrverhalten eines zutiefst Verletzbaren.

Er ist 20, sie 33. Ja, Alterstabus haben keinen Platz in meiner Liebeswelt. Wir haben genug geschriebene Gesetze, wozu die ungeschriebenen?

Skizziert wird das wiederaufgebaute Deutschland, in dem nach vorne geschaut und das Erinnern aggressiv verweigert wird. Aber auch zwei achtzehnjährige Freunde, der eine Kind einer ausgelöschten Familie, der andere Kind eines später in Nürnberg hingerichteten Auslöschers. Ausblick auf ein Deutschland, das Gegensätze zu versöhnen sucht.

Der spielerische Reiz für den fast Vierzigjährigen, ins übertreibend rebellische Vokabular eines Zwanzigjährigen zu tauchen. Mit der Bedingungslosigkeit des jungen Menschen die Kompromisse meiner Zeitgenossen als Verlogenheit zu demaskieren. Mit dem Präsens als Erzählzeit scheinbar auf Zukunft und Vergangenheit verzichten.

Werk für Werk entwickelte sich auch formal die Botschaft meines Schreibens: Gegensätze formulieren, den Superlativ nicht scheuen. Bilder mit Konturen erzeugen. Öl? Wasserfarbe? Bleistift? Das darf und soll variieren. Und mein Zauberstab: der kurze Satz. Er ist und bleibt die Basis der Präzision. Mit ihm führte ich arbeits- und sorgenmüde, doch lesewillige Menschen durch das damals beginnende Zeitalter des Fernsehens.

Oliver Mansfeld

Alles von vorn. Ich schreibe den ersten Roman meines Lebens, der Anfang ist fertig. Sätze wie bei Thomas Mann. Zumindest annähernd. Aber es geht nicht. Tote Konstrukte. Ich bin jung, blicke scharf, weiß alles besser. Und so muss ich schreiben. Nicht mögen müssen mich die Leute. Verstehen würde mir reichen.

Grenzen sind mir leider gesetzt. Kann nicht in Worte fassen, wie sehr ich meinen Vater hasse. Versuche ich es, sperrt sich alles. Etwas blamabel für einen, der Autor werden will. Geduld, Geduld, die ersten Meter eines Marathons sind nicht entscheidend. Jedenfalls: Irgendeinen Krebs wünsche ich ihm mindestens.

Die bewährte Zeitform des Romans ist das Präteritum. Meine Geschichte sträubt sich dagegen. Ich liebte diese Frau nicht, ich liebe sie. Jetzt. Wenn ich sie liebte, Präteritum, will ich nicht mehr leben. Im Präsens aufschreiben, was ich will, was ich kann und was mir versagt bleibt. Bisher.

Ihr Lächeln ist eine in alle Ewigkeit geheiligte Handlung. Ich kniee nieder. Beuge mein Haupt. Und bete. Amen.

Albert Lazarus

Schlafwagen, fremde Toilette. Wasser von Zuhause. Für die Kapseln. Der Anzug schlottert zu wenig, wie soll man da atmen? Der nächste muss großzügiger sein. Leib wie ein Eber, Gesicht wie ein Säugling.

Der Heizungsregler nur auf halb. Im Jänner. Wenigstens funktioniert er. In zwei Jahren ist der Waggon im Schrott. Und ich im Ruhestand.

Vierzehn Jahre Cheflektor war ich dann. Ohne Frau. Ohne Kinder. Leider krank. Falsch ernährt. Süßes und Tabletten.

Was macht der Verlag ohne mich, den Unbestechlichen? Den Entdecker und Förderer nicht weniger Begabungen?

Ein ziemlich dickes Manuskript. Bis Wien müsste es sich ausgehen. Ein Stück Nougat für die ersten Seiten. Versuch eines Einundzwanzigjährigen. Ein unverschlüsselter Schlüsselroman sei es. Will der Sensationen liefern? Mein Interesse wecken?

Noch eine Kognakkirsche. Die Wahrheit, wie er sie erlebte. Was weiß der Pickeljunge von der Wahrheit?

Mit Billigung der Frau, für die es geschrieben wurde. Wird das pornografisch? Der Verlagsleiter meint, es wäre auch bei uns einmal Zeit für etwas Säuisches. Und zwar mit ganzen Wörtern, nicht erster und letzter Buchstabe und dazwischen Punkte. Soll sich mein Nachfolger austoben.

Naiv und unanständig, passt das zusammen? Der führt sich auf wie Gulliver unter Zwergen und am Schluss ist es doch eine gottverdammt echte Liebe. Die meinen Gefühlspanzer knackt. Das hat schon lange keiner geschafft.

Verena Lord

Vor einer halben Stunde kannte ich ihn nicht. Fragen stellt er. Und ich beantworte sie alle.

Wie lange ich verheiratet sei. Ist das ein Verhör? Drei Jahre. Wie alt ich sei. Fragt mich der Unverschämte. Dreiunddreißig. Meine Tochter? Fünf. Mein Mann? Einundfünfzig. Er soll weiter fragen. Ich mag seine Stimme. Seine freche Art. Eigentlich alles. Was ist los mit mir?

Meine Hand liegt auf seiner Schulter. Er sei immer noch Schüler. Das Internat in unserem Ort nimmt ihn auf. Als letzte Schule Deutschlands. Der Leiter behauptet, die besonders Schwierigen reizen ihn besonders. Für ein paar tausend Mark im Monat.

Wir verstehen uns. Auch mit Gestammel. Ob er schon Mädchen hatte, frage ich. Viele, sagt er, doch keine Frau. Ob ich schon einmal liebte, fragt er mich, die Verheiratete. Liebe, für mich etwas Leibliches, Banales, nur ein Wort. Doch der junge Mann verwirrt mich. Sagt einfach, was er denkt. Ein mich nach Hause fahrendes Kind.

Teddy Behnke

Drei Dinge beherrschte ich nahezu perfekt: Tennis, Golf und Fliegen. Die ersten zwei nicht mehr seit 1945. Kurz vor Kriegsschluss fand ein Geschoss mein Knie.

Mein Chef lebt in Luxemburg. Ein Deutscher, der Deutschland nicht betreten darf. Gilt als hochkriminell. Wartet auf Verjährung. Besitzt zwei Flugzeuge. Und mich, den Flieger.

Seine Frau bewohnt ein Pflegeheim. Seine Geliebte bewohnt die Villa. Sein Sohn bewohnte viele Internate. Im Taunus steht das letzte, das ihn aufnahm. Freundlich ist er. Unterhaltungen mit ihm sind ein Gewinn.

Sein Hass auf den Vater verschafft sich ein reiches Vokabular. Ich gebe ihm immer Recht. Wenn sich mein Herr über den Sohn lustig macht, gebe ich ihm auch Recht. Und wenn sich die abservierte Gattin über den Mann beschwert, gebe ich ihr auch Recht. Ich liebe das Fliegen. Dazu braucht es keine eigene Meinung.

Walter Mansfeld

Warum hat alle Welt entschieden, dass ich ein Verbrecher bin? Die Republik verfolgt mich. Weil ich viel Geld verdiene und den Staat nicht nach seinem Wunsch daran beteilige. Wer mir nur nehmen und nichts geben will, kann mit meiner Mitarbeit nicht rechnen.

Was geht die Zeitungen mein Liebesleben an? Bin ich der erste ehemüde Mann der Weltgeschichte? Meiner Frau geht es nicht schlecht. Wo sie jetzt ist, wird allen Bedürfnissen entsprochen. Für viel Geld. Das ich bezahle. Aber ihre Melancholie soll sie ohne mich ausleben.

Die Frau, die ich liebe, ist das Gegenteil von der Frau, die ich liebte. Sie macht mich stark, hält mich vital. Nimmt mich so, wie ich bin. Ist so, wie ich bin.

Mein Sohn verabscheut mich. Verweigert schulischen Erfolg. Um mich zu ärgern. Dem traue ich noch Schlimmeres zu. Stets als Botschaft an mich: Das hast du nun davon, dass du mir Familie verweigerst.

Jetzt schreibt er sogar an einem Buch. Über mich. Ohne Namensänderung. Der junge Mann will mich rufmorden, wie es scheint. Und schickt mir die Rechnung für seinen Sportwagen.

Lizzy Stahlmann

Heirat ohne Liebe ist ein Strafgericht. Er musste es erdulden. Anders war die Firma nicht zu haben. In sechs Jahren machte er aus einer Werkstatt einen Konzern mit zweitausend Arbeitnehmern.

Liebe ohne Heirat ist erträglich. Ich begleitete ihn, half ihm, beriet ihn. Gab ihm alles, was seine Frau verwehrte. Für ihn nur lebe ich. Auch ohne Ringtausch.

Sein Sohn wünscht mir den Tod. Schätzt nicht den Luxus, in dem er lebt. Dank mir. Von einem Arbeitsscheuen verachtet werden ist nicht schön, jedoch erträglich.

Lieben heißt einen Menschen nicht im Stich lassen. So wählten wir gemeinsam den Weg ins Exil. Als man uns in Deutschland plötzlich als Verbrecher sah. Uns, die wir die Wirtschaft eines Landes wiederbelebten. Danke ist ein Wort, das unternehmende Personen selten hören.

Viel Geduld hat er mit seiner weinend schweigenden Frau. Der Mutter des Schulversagers. Der sehr gut formulieren kann. Sonst nichts. Wird er böse Worte finden über mich?

Geraldine Reber

Luxusnutte werde ich genannt. Falscher kann ein Begriff nicht sein. Nutten nehmen Geld.

Männliche Körper sind meine Sucht. Wie Zigaretten. Habe ich einen, nehme ich ein paar Züge. Dann ist er verraucht. Und gehört in den Aschenbecher.

Der Neue wird mein Nächster. Inhalieren werde ich ihn. Selbst gedreht. Ohne Filter. Unparfümiert. Der reine Geschmack. Mein Feuerzeug steht bereit.

Lieben muss er mich nicht. Das wäre auch schwierig. Sehnsucht schimmert in seinen Augen. Nicht nach mir, nach einer Ehefrau. Was er an der findet? Geht mich nichts an.

Seine Zunge muss mir gehören, seine Hände, Lenden, alles. Bisswunden, Kratzwunden. Keuchen will ich, stöhnen, schreien. Ein paar Mal. Bis es verglimmt ist, das Feuer. Dann ist es gut. Dann kann er gehen. Zu seiner Kostümschönheit.

Mich verabscheuen kann er. Mir widerstehen nicht.

Friedrich Südhaus

Jetzt zitiert er aus Schillers „Wallenstein“: „Bei Stralsund verlor er fünfundzwanzigtausend Mann.“ Verlor hier einer seinen Besitz oder starben fünfundzwanzigtausend Menschen? Die meisten nicht sofort, sondern langsam. Sie konnten noch an ihre Frauen denken, vielleicht an ihre Mütter, Geschwister oder Kinder. Dazu kamen noch ein paar tausend mit einem Arm, einem Bein oder einem Auge. Und waren froh um dieses eine.

Sehr bildhaft, unser Geschichtelehrer. Hinkt durch die Klasse und predigt gegen alle Kriege. Friede seiner Seele. Macht Wallenstein zum Massenmörder. Ausgerechnet den ersten Feldherrn, der Plündern und Vergewaltigen unter Strafe stellte. Mehr erklären und weniger belehren, Herr Doktor!

Und jetzt plant er mit uns eine Fahrt nach Dachau. Das Dritte Reich sei nicht geeignet für Märchenstunden. Er muss es wissen, der von der Gestapo verhörte Klassenkämpfer.

Konzentrationslager seien keine Ausflugsziele, sage ich. Die Teilnahme sei freiwillig, sagt er. Ich könne mich abmelden. Noah tut es auch. Seine Eltern kamen aus Auschwitz nicht zurück. Wolfgang, Sohn des Kriegsverbrechers, applaudiert dem Herrn Doktor und findet die Idee großartig. Dachau also, meinetwegen.

Wolfgang Hartung

Ich war drei, als mein Vater hingerichtet wurde. 1947. Er war in der Judenvernichtungshierarchie ganz oben. Wollte vor dem Erhängen noch Tschaikowskij hören. Es wurde ihm nicht genehmigt. Sorgen hatte der.

Heute noch sehe ich beim Nennen meines Namens Abscheublicke. Bisweilen auch bewundernde. Am liebsten wären mir gleichgültige. Ich bin Tätersohn und nicht Täter.

Der neue Mitschüler wiederholt zum dritten Mal. Fünfmal wurde er der Schule verwiesen. Mädchengeschichten. Aber keine Frauengeschichten.

Was Lesesucht ist, weiß ich. Alles in Buchform Gedruckte ist mir ein Mysterium. Vorwiegend Amerikaner, Engländer und Franzosen. Auch Russen. Irgendwie alle, die gegen uns mindestens zwei Kriege führten. Zufall?

Mein bester Freund ist Jude. Und das ist keine Wiedergutmachung. Ich erzähle ihm von meinen Büchern so, dass er sie gar nicht lesen muss. Er hätte auch keine Zeit dazu. Denn die gehört seiner Hingabe zum Jazz. So ergänzen wir uns in der Welt der Worte und der Rhythmen.

Noah Goldmund

Etwas unerfahren wirkt der Herr, der angestellt wurde, um uns zu erziehen. Er muss noch getestet werden. Durch übertriebenen Gehorsam. Fühlt er sich verarscht und wehrt sich, ist er dumm. Geht er schelmisch auf uns ein, hat er Sinn für Ironie. Und wird akzeptiert.

Meine Eltern durfte ich nicht kennenlernen. Sie gehörten zur falschen Rasse. Deutsche Menschen haben mich versteckt.

Unser Schulleiter hat keine Kinder. Ein Schuss im Krieg nahm ihm die Zeugungskraft. Wir dreihundert Schüler sind ihm genug Erziehungsauftrag. Ein feiner Mensch. Duldet alle Schwächen. Versteht viele Laster. Nur die Lüge bekämpft und bestraft er mit Leidenschaft. Wo immer er sie antrifft. Viel Spaß mit der Wahrheit, Herr Doktor!

Drei Jahre verbrachte unser Geschichtelehrer im Konzentrationslager. Als Nichtjude. Litt für Toleranz, Freiheit und Gerechtigkeit. Als diese drei nicht hoch im Kurs standen. Er glaubte an sie. Auch eine Art Frömmigkeit.

Walter Colland

Problemlos ist es nicht, in ein Mädchen derselben Klasse verliebt zu sein. Ich hatte keine Wahl. Emotionen machen wehrlos.

Ich muss ihr helfen. Flüsternd. Ein Satz von Tacitus, das schafft sie nie allein. Warnung des Lateiners. Bei der Schulleitung werde er mich melden. Im Wiederholungsfall.

Das ist ein Mahner und kein Durchführer. Und aus Zuneigung haben Männer schon mehr riskiert. Er soll sie einfach in Ruhe lassen.

Oder spielt sie die Ungeschickte, um ein Lehrerhirn zu verdrehen? Möglich wäre es. Ihr Feuer kann schnell erkalten. Einen verließ sie wegen mir. Werde ich mich bald entlieben müssen?

Carla Honigstein

Ein deutsches Internat hat uns ausgeschlossen. Weil wir uns lieben. Unser Verhalten ist offensichtlich untragbar.

Ich bin fünfzehn, mein Freund achtzehn. Zweimal wurden wir ermahnt. Ein drittes Mal Liebhaben könne man nicht durchgehen lassen.

Entfernt müssen wir werden, damit dreihundert Schüler beispielhaft verstehen: Es gibt nichts Bedrohlicheres als die Liebe. Sie ist die Energie, die unser Schulleben zusammenbrechen lässt.

Liebe Erwachsene, die ihr zärtlich Keimendes vernichtet, wie habt ihr eure Kinder eigentlich gezeugt? Eheliche Pflichten erfüllend? Zielorientiert?

Euch stört, dass wir uns gefunden haben. Mit Leib und Seele. Er muss zurück nach Paris. Ich nach Wien. Wenn wir uns verlieren, seid ihr dann zufrieden?

Der Direktor sagt, wir seien hier in einer Schule und nicht in einem Puff. Somit macht er ein junges Paar zu Hure und Zuhälter. Der Gerechte wird er genannt. Von uns Schülern. Nicht mehr lange.

Friedrich Haberle

Frettchen ist kein schöner Spitzname. Es ist ein geruchsintensives Tier. Und ich habe aktive Schweißdrüsen. Was soll ich machen? Keiner wäscht sich häufiger als ich.

Eine Frau, drei Kinder und jetzt auch ein Haus. Angespart. Am Ziel.

Ein Glücksfall bin ich für alle jungen Freunde der lateinischen Sprache. Wie gern vermittle ich die Mutter aller romanischen Kulturen.

Die meisten Jugendlichen teilen diese Liebe nicht. Behandeln mich abschätzig. Machen mir das Unterrichten schwer.

Sie sollen nicht mit meinem Mitleid rechnen. Wer antike Größe verspottet, soll weder Gegenwart noch Zukunft mitgestalten. Mich verachten ist vielleicht lustig, aber fahrlässig.

Peter Frey

Alle wissen von meinen Jahren im Konzentrationslager. Weil ich sie nicht verschweige. Und gute Zuhörer finde. Erstaunte, Entsetzte, Erschütterte.

Die meisten Kollegen überspringen zwölf Jahre deutscher Geschichte. Ich nicht. Doch frage ich die Schüler, ob sie davon hören wollen. Zweiundzwanzig sind dafür, zwei dagegen.

Der eine Gegner hat einen Vater, der vor 1945 Karriere machte und jetzt ebenfalls. Kein echter Nazi. Einer, der stets gewinnen will. Egal, wer herrscht.

Der Sohn meint, es müsse endlich Schluss sein mit Selbstbezichtigung. Meine Antwort: Ich wolle informieren, nicht anklagen. Seine Antwort: Information über das Dritte Reich sei Anklage, das gehe gar nicht anders.

Der zweite Gegner verlor seine jüdischen Eltern als Einjähriger. Sein Einwand: Man könne Unbelehrbare nicht belehren. Das sei Zeitverschwendung. Ich soll von großen Leistungen berichten und nicht von großen Zerstörungen. Aber, räumt er ein, die Mehrheit von zweiundzwanzig Mitschülern sei als Auftrag anzusehen.

Ginette Duval

Jetzt unterrichte ich Französisch in dem Land, das uns besetzte. Und Vater und Bruder ermordete. Weil sie widerstanden. So sehr hänge ich an diesem Beruf. Hier brauchen sie mich, zuhause nicht.

Die Schüler wirken freundlich. Bemühen sich um meine Sprache. Ich werde sie gerecht behandeln. Herzlich geht nicht. Leider.

Einer von ihnen fragt mich in der Pause, warum ich traurig sei. Er sei Jude, habe die ganze Familie verloren und könne trotzdem lachen. Es gebe genug nette Menschen hier.

Muss ich belehrt werden von einem, der halb so alt ist wie ich? Muss ich daran erinnert werden, dass nicht alle Deutschen Nazis waren? Und nicht alle Franzosen bei der Résistance? Wie soll man umgehen mit den unschuldigen Landsleuten der Schuldigen? Eine Mauer der Korrektheit werde ich errichten. Alles andere ergibt sich.

Olaf Südhaus

Das wäre ja noch schöner! Der Geschichtelehrer fährt mit der Klasse meines Sohnes nach Dachau. Tut so, als ob dieses Lager das Gesicht Deutschlands wäre.

Natürlich musste ich die Schülereltern informieren. Zwei Drittel fordern die sofortige Entlassung.

Der Direktor soll nicht ungeschoren bleiben. Stellt Lehrer an, die jeden Stolz auf unser Land mit Füßen treten. Nimmt einen italienischen Kommunistensohn auf. Mit staatlichen Hilfsgeldern für Bedürftige. Zeit wird es, dass wir uns zur Wehr setzen. Die Pädagogen darauf hinweisen, dass sie unsere Jugend zu gültigen Werten und nicht zu deren Verspottung führen sollen.

Jetzt haben die Schüler unter sich abgestimmt. Und streiken für den Verbleib des Dachaubesuchers. Noch schlimmer: Sie schlugen meinen

Sohn und reden nicht mit ihm. Dem Klassenbesten, der mir alles anvertraut.

Sie seien keine Nazis, schreien diese Kinder. Keine Ahnung haben sie. Sehen Deutschlands Vergangenheit als Gruselkabinett. Und reißen alles nieder, was uns Halt gab.

Drei englische Reporter befinden sich auf dem Schulgelände. Morgen berichten drei Londoner Tageszeitungen. Auf Seite eins. Mit Fotos. Sie ergreifen Partei für die Schüler. Und feiern den geifernden Lehrer als Beispiel für engagierten Umgang mit vergangenen Jahrzehnten. Wie reagieren deutsche Medienmacher? Und wo bleiben die Rechte besorgter Väter und Mütter?

Das Ergebnis ist absehbar. Der Völkervereiniger darf weiter unterrichten. Aber sicher nicht meinen Jungen. Dem sie zeigten, wie die neue Menschlichkeit aussieht.

Enrico Sabbadini

Ein echter Freund kann nie verlorengehen. Ein Geschäftsfreund schon. Uns verbinden nicht Emotionen, sondern Geldbeträge.

Ständig fühle ich mich belauert. Wieviel weiß er über mich und seine Frau? Nichts? Alles?

Wenn er es weiß, warum ist er so freundlich? Demütigt es ihn nicht, dass ich ihren Körper besser kenne als er?

Natürlich kann er seine Pläne in Italien nur mit mir umsetzen. Und überlässt mir deshalb die Frau, die ihm Treue schwor, bis der Tod sie scheide? Ist sie ihm nur Kapitalanlage?

Auszuschließen ist nichts. Stolz präsentiert er sie. Wie die Bilder großer Meister. Wie einen alten Kognakjahrgang. Als angetrautes Inventar.

Manfred Lord

Meine Gattin liebt mich nicht, aber sie braucht mich. Das ist eine ausreichende Basis. Aus dem Dreck zog ich sie mit ihrem Töchterchen. Dorthin will sie nicht mehr zurück.

Sie liebt alles Männliche. Außer mir. Das ist kein Problem. Mich hat noch nie jemand geliebt. Gefürchtet sein befriedigt auch.

Ihr Feuer für den Italiener, der meine Kredite benötigt, glimmt schon schwächer. Ein bisschen eifersüchtig wirkt der eitle Herr. Auf den Sohn meines besten Freundes. Der so schön ist wie erfolglos. Wird den Betrieb des Vaters niemals übernehmen. Tauscht Blicke mit der Frau, die ich erworben habe. Die achtzehn Jahre jünger ist als ich, aber doch viel reifer als der prachtvolle Knabe.

Was er von ihr will? Mütterliche Zuwendung? Orientierungshilfe zu unbekannten Wegen des Lustgewinns? Oder versucht er mir eins auszuwischen? Weil er abhängt von dem Mann, der wiederum von mir abhängt?

Der soll Mädchen und nicht Ehefrauen glücklich machen. Und zählen, wie viele es waren. Mehr als addieren kann er sowieso nicht.

Leo Galler

Ich bin Diener von Beruf. Führe Wünsche unverzüglich durch. Zur vollen Zufriedenheit. Doch ohne Leidenschaft.

Lieber wäre ich selbständig. Herr sein, nicht einen haben. Den einen fliegt alles zu, den anderen nichts.

Der junge Mann, der viel Freude mit der Gattin meines Chefs hat, soll wissen, dass alles einen Preis hat. Einen Betrag soll er entrichten, der ihn kaum belastet. Gerechtigkeit muss man sich selbst verschaffen.

Freiwillig würde der Schöne nichts hergeben. Ich biete ihm acht Liebesbriefe der Frau, die ihn verwöhnen und mir befehlen kann. Und noch acht leidenschaftliche, von mir aufgenommene Telefondialoge. Wird alles ausgehändigt für ein bisschen Bargeld.

Erpresser nennt er mich. Das ist das Recht der Privilegierten, die mit uns Vergessenen nicht teilen wollen. Die großen Betrüger verachten stets uns kleine Gauner. Weil wir nach Existenzkampf riechen.

Jürgen Fielding

Warum lädt sie mich ein? Mit meiner Frau? Zu ihrem Geburtstag? Muss sie es tun? Weil er es so will?

Ehefrauenbewachung als Freundschaftsdienst. Wie die beiden tanzen! Aufregend und erregend. Ungerührt berührt führe ich viele geschmückte Arme durch den Saal. Die zwei schönsten, schmucklosen, widmen sich nur dem jungen Erreger.

Der Ehemann ist verhindert. Morgen wird er mich fragen, wie es war. Was soll ich dann sagen? Dass einer intensiv das tat, was mir verwehrt blieb?

Meine Gattin drängt zum Aufbruch. Ich kann sie verstehen. Unbeachtete Frauen sind sehr gute Beobachterinnen.

Otto Willfried

Die Firma meines Vaters hätte ich übernehmen sollen. Als einziger Sohn. Die Schwester war älter, robuster und tüchtiger. Aber eine Tochter.

Alle Erbfragen erledigten sich 1945. Russische Flieger zerstörten die schlesische Fabrik, Vater flüchtete und Mutter starb. Die Schwester und ich landeten in Frankfurt.

Sie war sehr nett zu den amerikanischen Befreiern. Die dankten es ihr großzügig. Einer von ihnen rettete mich vor langem Wohnen in der Zelle.

Damals war nichts erhältlich. Wir besorgten alles. Natürlich illegal. Wer sich an das Gesetz hielt, hungerte. Wer nicht hungern wollte, war verdächtig.

Jetzt ist sie Bankiersfrau. Lebt in einer Land- und einer Stadtvilla. Und will von ihrem Bruder nichts mehr wissen. Ich wirkte leider nicht anziehend auf amerikanische Offiziere und deutsche Kreditgeber.

Elizabeth Durham

Der junge Deutsche, den ich mitnahm von Florenz nach Elba, weiß alles über mich. Er trank Whisky mit mir. Das hat meine Seele weit geöffnet.

Und trotzdem weiß er nichts. Alles von mir Gesagte ist erfunden. Nicht wahr. Aber es wäre schön. Ein mich liebender Mann und eine mich liebende Tochter. Das wären dann zwei Liebende. Mir würde es reichen.

Der Major mit dem Churchill-Gesicht mag mich. Kann mich gut leiden. Immerhin. Er lädt mich und meinen Reisegefährten ein.

Das italienische Fernsehen unterbricht sein Programm. In Berlin wird eine Mauer gebaut. Wir sehen ostdeutsche und westdeutsche Uniformen. Häuser mit zubetonierten Türen und Fenstern. Die Welt staunt. Was soll man machen. Den Krieg erklären?

Ich präsentiere den jungen Begleiter. Dem Hausherrn und seinen Gästen. Alles Deutsche. Die kennen ihn. Er starrt entsetzt. Auf die Mauer? Oder auf die Gäste?

Lieb Vaterland, magst ruhig sein (1964)

Ein zerrissenes Berlin und ein geteiltes Deutschland präsentierte ich drei Jahre nach dem Mauerbau.

Wie oft in der Literatur ist das Geschehen geografisch austausch- und variierbar? Hier nicht. Kulisse dieses achtundzwanzig Jahre währenden Verbrechens, verursacht von zwei unversöhnlichen, durchgeführt von einem dieser Systeme, konnte nur Berlin sein.

Präzision im Detail, Gerechtigkeit im Urteil war mein Ziel in diesem unvermeidbar hochpolitischen Aufreger. Und vor allem Unerschrockenheit. Schreiben, was geschrieben werden muss. Heute noch bin ich stolz auf diesen meinen deutschesten Roman.

Der nicht sehr heldenhafte Held liefert eine Art Berliner Mundartenkunde. Für Übersetzungen in andere Sprachen eine Hürde, kaum zu überspringen. Für Deutschsprachige vergnüglich, so hoffte ich.

Vielleicht stärker noch als in anderem von mir Kreiertem mussten schräge Vögel Akteure und vor allem Opfer sein im Zusammenprall von West und Ost. Sie handeln, streiken und exekutieren. Mit und ohne und gegen ihre Überzeugung.

Die DDR reagierte mit Liebesentzug. Ab jetzt war ich nicht mehr existent östlich des Stacheldrahts. Schade, aber nicht zu verhindern.

Plötzlich beherrschte ich die Bestsellerliste des „Spiegel". Wie kein zweiter Autor deutscher Sprache. Und das sollte so bleiben mit fast allem, was ich publizierte. Geschmeichelte Eitelkeit. Vor denen zu liegen, die mir Konkurrenz und Maßstab waren.

Bruno Knolle

So viele Menschen! Alle in Eile. Ist Lachen verboten hier? Im Knast war es weniger hektisch. Und Witze gab es kiloweise. Trotzdem: Viereinhalb Jahre sind genug. Für das bisschen Betrug.

Das also ist sie, die Mauer. Endlich sehe ich sie, über die ich alles weiß. 9.500 Kubikmeter Material, das wären zirka fünfundfünfzig viergeschossige Wohnhäuser. 15 Kilometer lang. 130 Kilometer Stacheldrahtverhau. Verwendeter Stacheldraht insgesamt 120.000 Kilometer. Mein Zellennachbar, gescheiterter Republikflüchtling, hat uns informiert.

Eine Kneipe. Heimelig. Zuerst ein Schnaps. Magen anwärmen. Jetzt ein Bier. Und noch eines. Durstig macht der Juli.

Der Friedhof. Auch geteilt. Vater ruht in West-Berlin, Mutter im Osten. In einem deutschen demokratischen Grab. Und ich? Eigentlich sollte Mutti zwischen mir und Vati liegen. Ich also noch östlicher als sie. Das kann nicht sein. Im Westen will ich liegen. Aber nicht gleich. Das hat noch Zeit.

Horst Lutter

Das Wesen aller Mauern ist es, dass sie fest in der Erde stehen. Aber nicht unter der Erde. Dort befinden sich Keller. Von staatlich getrennten Häusern.

Wir bohren westöstliche Kellerlöcher. Und organisieren ostwestliches Fliehen.

Heute ist der dritte Jahrestag des Mauerbaus. Ein günstiger Tag. Alles, was bewaffnet ist, steht stramm. Da fallen kleine Ereignisse nicht auf.

Mehr als vierzig Menschen machen wir zu Westdeutschen. Arbeiter, die den Arbeiterstaat verlassen. Ich verstehe sie. Kartoffelbauern essen auch nicht nur Kartoffeln. Und Apfelbauern nicht nur Äpfel.

Jetzt steckt eine Dicke fest. Kommt nicht vor und zurück. Beginnt zu weinen. Die hinter ihr sind unduldsam. So kurz vor dem Ziel. Fettleibigkeit ist nicht nur Privatsache, wie es scheint.

Wassili Gorokin

Im August 1941 sah ich die ersten Deutschen meines Lebens. Sie erschossen Vater und Mutter, Onkel und Tante. Und meine Schwester. Mich nicht. Ich war drei Jahre alt.

Das Haus ist abgebrannt. Mich hat der Staat versorgt. Zuerst Waisenhaus, dann Rote Armee. Ich kann mich nicht beklagen.

Die Felder tragen wieder Früchte. Das Haus steht wieder. Ich habe eine Frau und einen Sohn. Er ist drei Jahre alt.

Jetzt schütze ich Deutsche vor Deutschen. In Berlin. So lange sie sich bedrohen, marschieren sie nirgends ein.

Günther Polzin

Westliche Faschisten sollen ruhig protestieren. Die Mauer hält das aus. Sie schützt uns vor Sabotage und Spionage.

Ärzte, Lehrer und Anwälte: Können und wissen alles besser. Intellektuelle Türme, die auf uns herunterschauen. Leider sind sie unverzichtbar.

In Scharen hätten sie uns verlassen. Wollten lieber für westliches Geld arbeiten. Doch hiergeblieben, meine akademischen Damen und Herren! Und beitragen zum Aufbau eines besseren Deutschland! Wo Gerechtigkeit und Frieden herrschen.

Die Eltern hören westliches Radio. Ungeniert. Drehen nicht ab, wenn ich komme. Lachen mich aus, wenn ich mit Anzeige drohe. Die werden noch staunen. Meine neue Familie ist sehr groß. Sie heißt Deutsche Demokratische Republik.

Jack Ebony Clark

Vor einem Jahr war unser Präsident in Berlin. Machte den Menschen Mut. Sagte, er sei einer von ihnen. Ich hatte Dienst. Und sah ihn aus der Nähe. Und war stolz auf ihn.

Vor einem halben Jahr haben sie ihn ermordet. Den freundlichen, ehrlichen und anständigen Mann. Was hätte er alles erreicht! Es sollte nicht sein.

Er war ein Weißer und kämpfte für uns Schwarze. Arbeiten, wohnen, lernen, studieren, alles sollte für uns besser werden. Damit auch wir aufrechte Amerikaner sein können.

Unsere Stationierung hier wird wohl noch länger dauern. Damit sich keiner fürchten muss vor der Diktatur des Proletariats.

Louis Tilmant

1871 fiel mein Urgroßvater im Krieg gegen die Deutschen. 1916 fiel mein Großvater im Krieg gegen die Deutschen. Und 1940 fiel mein Vater im Krieg gegen die Deutschen.

Heute sind wir befreundet. Und können nicht verstehen, warum die Vorfahren sich vernichten wollten.

Wahr ist: Nur die westlichen Deutschen verbünden sich mit uns. Die östlichen lernen lieber Russisch als Französisch. Und brauchen Stacheldraht und eine Mauer, damit das so bleibt.

Uns haben sie nur bedroht, wenn sie vereinigt waren. Meinetwegen sollen sie geteilt bleiben. Lieb haben sie uns erst, seitdem sie sich vor den Russen fürchten.

Herbert Wagner

Dieses Protestgeschrei im Westen! Ich sitze im Wachtturm und beobachte. Zornige Menschen mit Transparenten und Megaphonen. Will ich von denen befreit werden?

Vor drei Jahren errichteten Arbeiter eine Mauer, weil wir bewaffnet hinter ihnen standen. Wir taten es, weil die Staatssicherheit hinter uns stand. Nicht mit Gewehr, sondern mit Notizblock. Eine ganz gefährliche Waffe.

Der eine behauptet, ich hätte zweimal nur in die Luft geschossen, als einige die Mauer überstiegen. Ein Arschloch, das leider Recht hat.

So viele versuchen uns zu verlassen. Was wollen sie drüben? Die westliche Freiheit oder die westliche Währung?

Karl Zschinschke

Wie lange hält eine Macht, die Angst verbreitet? Und sich selbst fürchtet? Öffentlich vor Bonn und Washington, in Wahrheit vor Moskau? Wo noch mehr Angst verbreitet wird?

Was geschieht, wenn die Angstverbreiter in Moskau fallen? Und unser Angstverbreiter stürzen?

Der neben mir sieht Flüchtende, schießt und trifft bei Weitem nicht. Das sage ich ihm auch. Ich soll das Maul halten.

Er glaubt, ich sei ein Hundertprozentiger. Die Wahrheit ist: Ich bin ein Nullprozentiger. Möge er auch dann verfehlen, wenn er auf mich zielen muss.

Tommy Payne

Mein Coventry haben sie zerstört. Nahezu restlos. Aufgewachsen bin ich in der größten Brandruine Englands.

Unsere haben Explosives über Hamburg abgeworfen. Und über Köln. Und Frankfurt. Und viele mehr. Und ganz besonders über Dresden.

Das alles ist wahr. Und es tut mir leid für diese Städte. Aber ich bin aus Coventry. Kann man verzeihen lernen?

Und jetzt schützen wir die Westberliner. Vor den Ostberlinern? Die sich noch mehr vor den Westberlinern fürchten? Nur Fürchtende bauen Mauern.

Josef Schulz

Langsam lösen sich die Proteste auf. Wie viele Menschen? Weniger als in Frankfurt, wo sie gegen Dortmund spielen.

Die eine winkt uns zu. Aus einem östlichen Fenster. Das sollte sie nicht tun. Wird alles vermerkt.

Redner suchen nicht den Frieden. Fühlen sich im Stich gelassen. Von der Regierung. Und vor allem vom Bürgermeister. Der hat aber die Mauer nicht gebaut, meine Herren!

Die Demonstrierenden: Einfache Leute. Armut ist laut, Dummheit noch lauter. Und wir sind beruhigende Exekutive. Freundlich, so lange es geht. Energisch, wenn es nicht mehr anders geht.

Hier hoffen sie auf den Abbau der Mauer, in Frankfurt und Dortmund auf viele Tore.

Margot Heisterberg

Frauensüchtig ist er. Konnte ich das ahnen als Jungverliebte? Voriges Jahr, nach seiner Thrombose, schien es vorbei zu sein. Und jetzt die Rothaarige, in unserer Wohnung. Er antwortet dreist: Was für eine Rothaarige? Den Namen der Schönen brauche ich noch und die Adresse. Und erwischen muss ich die beiden. Dann wird schuldig geschieden.

Kein Streit mehr nachts um zwei, dann kann der Sohn auch wieder schlafen. Lernen muss er, darf nicht Opfer des Hurenbocks werden.

Fernsehabend. Der Gatte stinkt nach der Roten. Der Junge macht Bemerkungen, jeder Schuss ein Treffer. Gedenktag: drei Jahre Mauerbau. Golo Mann, der Sohn des Dichters, zuständig für innerdeutsche Fragen, meint, man dürfe nicht alle Kommunisten rundweg verteufeln, ist wohl selber einer. Den Leuten im Osten das Leben nicht noch schwerer machen durch Unruhestiften. Die Mauer sei auch eine Antwort auf die braune Zeit und das Protzen des Westens. Sorgen hat der.

Gar nicht lieb ist mein Liebling heute. Eine keifende Mutter habe er und einen saufenden Vater. Der haut ihm eine runter. Mein Kind wird nicht geschlagen!

Egon Heisterberg

Fernsehen, um nicht zu streiten. Programm bis 23 Uhr. Am Wochenende bis 24 Uhr. Diese Geräte retten Millionen Ehen.

Was ich mir von meinem Sohn bieten lassen muss: Der NSDAP sei ich beigetreten. Ja, ich wollte den Platz in der Wirtschaftsredaktion. Den ich 1946 verlor. Und 1949 wieder erhielt.

Ja, die Frau verdiente das meiste Geld nach dem Krieg. Und ließ ein paar Babys wegmachen. Doch dann kam das Kind, das mir soeben eine Predigt hält.

Woher weiß der das überhaupt? Weil wir nachts im Bett liegen und Vorwürfe austauschen statt Zärtlichkeiten. Und er in seinem Zimmer alles hört. Jedes Wort.

Und richtig, ein paar Frauen habe ich berührt in all den Jahren. Denn ich bin geachtet und begehrt. Außerhalb meiner Wohnung. Darf sie mich deshalb Hurenbock nennen? Vor dem Vierzehnjährigen?

Barbara Mittenzwey

Alle wurden verhaftet außer mir. Nur Zahlen und Fakten waren auf dem Flugblatt. Keine Hetze. Polemik vielleicht. Ich musste weg. Sofort.

Vor drei Jahren floh er mit mir. Der wird mein Mann, das war klar. Heirat drei Wochen später. Standesamt Charlottenburg. Vater und Mutter schauten zu, aus einem anderen Staat, im dritten Stock. Ich zeigte ihnen den Strauß und sah ihre Tränen.

Mein Gatte. Ruhig war er, besonnen, tat nichts Verbotenes. Dann sein Erwachen: Mich rettete er, holte Monate später meine Eltern und mit ihnen fünfzig Personen. Entwirft weitere Tunnel, buddelt mit Studenten und Arbeitern. Die Gesichter der Menschen sehen, das Verwandeln von Angst in Glück wurde ihm Leidenschaft. Aufgegeben hat er sein Jus-Studium. Recht sprechen ist nichts, Recht tun ist alles. Reich wird man nicht als Erlöser.

Kurt Mittenzwey

Am 13. August 1961 begannen sie zu betonieren. Am 14. August flog die Widerstandsgruppe meiner Geliebten auf. Wir stahlen einen Lastwagen und rasten gegen die noch niedrige Mauer. Totalschaden für den LKW, Rettung für uns beide.

Politik interessierte mich nie. Ich wäre ein braver ostdeutscher Jurist geworden. Dann begegnete ich der Frau, die mich mit Träumen infizierte. Bis heute.

Damals wurden wir gefeiert. Als Fluchthelden. Inzwischen gibt es Tunnelbosse. Ein halbes Jahr Bau unter den Häusern, dann organisiertes Befreien. Nur Leute, die Geld mitbringen. Woher kennen sie Ort und Zeit des Abholens?

Eine Illustrierte kauft das Berichterstattungsrecht. Flüchtlingsinterview mit Foto. Menschlichkeit erhöht die Auflage.

Trotz allem: Retten macht süchtig. Was mir gelang, soll anderen auch gelingen.

Otto Fanzelau

Auf der Waage Leichtgewicht, mit meinen Finanzen Schwergewicht. Villa, Diener, Schmuck, Gemälde.

Meine größte Investition: der Tunnelbau. Von einem Staat zum anderen. Unterirdisch verbinden, was die Politik getrennt hat. Menschen sollen dort leben, wo sie wollen, nicht wo der Staat es will.

Ich finanziere das Flüchten. Durchführen müssen es andere. Solche, die aus Leidenschaft helfen und nicht Hilflose berauben. Bei mir gibt es einen Monatslohn und keine Prämien.

Einen Abkassierungsretter habe ich sofort entlassen. Und dafür den Mann eingestellt, der mit LKW auf die frisch gebaute Mauer losfuhr. Und sie durchbrach. Solche Leute brauche ich.

Alles stelle ich zur Verfügung. Sie sollen planen, graben, bohren und hämmern. Und keine Fragen stellen. Schon gar nicht, woher das Geld stammt.

Friedrich Czibilsky

Die Wäscherei war vor dem Ende. Keine Kundschaft aus dem Osten. Umsatz halbiert.

Jetzt bieten sie mir einen Umbau an. Kostenlos. Offizielle Dauer: sechs Monate.

Alles Nebensache. Die Hauptsache ist siebzehn Meter tief und hundertdreißig Meter lang. Und soll kein Aufsehen erregen.

Wer wühlt sich hier durch die Berliner Erde? Ich weiß es nicht. Und wüsste ich es, würde ich nicht darüber reden. Das war Bedingung. Und ist auch gut so. Viele Menschen erhalten eine neue Heimat und ich eine neue Wäscherei.

Berthold Prangel

Ich liebe meine Frau über alle Maßen. Und verabscheue meinen Schwager über alle Maßen. Leider liebt meine Frau ihren Bruder über alle Maßen. Obwohl er schon als Kind ihre Puppen zerstörte. Und haufenweise Schuld auf sich lud und verpetzend auf seine Schwester ablud.

Später wurde er Judenendlöser, verantwortete ein paar tausend Morde und geriet in die Hände der Russen. Seine Erschießung wäre rechtens gewesen, sie taten es nicht. Lebenslange Zwangsarbeit in Sibirien. Ein langes Leben wünschte ich ihm.

Mit seinen Jammerbriefen trieb er die Begleiterin meines Lebens zum Griff nach Lysol. Monate war sie im Krankenhaus. Die Sowjets stellten die Entlassung des Endlösers in Aussicht. Für ständiges Informieren. Durch mich, den Westberliner Kommissar. Wirst du es tun? Vier Worte einer Schwerkranken.

Kommissar und Informant. Dann besuchten mich die Amerikaner. Sie wüssten alles über mich. Das müsse aber niemand erfahren. Und gewiss nicht die deutsche Justiz. Wenn ich die Seite wechsle.

Seitdem informiere ich die Amerikaner über meine Information an die Russen. Ich weiß, was Kalter Krieg ist.

Wilhelm Bräsig

Wieder ein Neuer zum Anlernen. Sechsunddreißig ist er. Die Zukunft der Staatssicherheit. Ganz scharfer Spürhund. Zum Fürchten. Freundlich sein und loben!

Ein Jahr noch. Dann Rente mit Häuschen am See. Meine Gute wird dort jeden Meter kennen, auch wenn sie nichts mehr sieht.

Ausbilden der Jungen für den Arbeiter- und Bauernstaat. Verhören im Keller. Kein Laut dringt nach außen. Befragen mit Spritze. Der beruhigte Delinquent.

Polizist bin ich seit 1920. Der Gestapo konnte ich entgehen. Der Stasi leider nicht. Karriereende als Arschloch. Mit Atemnot.

Mitzi Szapek

Uneheliches, staatenloses Dienstmädchen war meine Mutter. In Wien. Hübsch war sie. Immer Ärger gab es mit den gnädigen Herren. Da ging sie lieber auf den Strich. Als Registrierte. Verdiente viel Geld.

1943 kam ein Major aus Berlin. Der machte ihr Geschenke. Und ein Kind. Mich. Und wurde versetzt. Nach Russland.

Zwei Zimmer vermietete die Mama. An alleinstehende Männer. Einer deflorierte mich. Als ich vierzehn war. Schön war es nicht. Aber Geldscheine hatte er. Ab jetzt war klar: Mich gibt es nur bei Bezahlung.

Mutter starb 1960. Davor suchte und fand sie meinen Vater, den Major. In Berlin Ost. Er bewohnte ein Zimmer. Mit einer Frau.

Ich blieb in Wien. Der Baby-Strich war einträglich. Sex bot ich in den Katakomben unter dem Stephansdom. In einer Nische mit Sarg, Knochen und Totenschädeln. Die Kundschaft war begeistert. Leider flog es auf. Ab nach Berlin. Zum Vater.

Der ist tot. Seit zwei Wochen. Und ich sitze in einer ostdeutschen Zelle. Wer illegal und freiwillig die DDR bereist, muss West-Spion sein. Denken die.

Walter Lehner

Die Sicherheitskräfte wurden alarmiert. Und rücken an. Uniformierte mit Maschinenpistolen auf Motorrädern.

Ein paar haben den Tunnel noch nicht erreicht. Das wird eng. Nur einzeln kommen sie durch.

Streit um die Reihenfolge. Schüsse von draußen. Noch ungezielt. Der Letzte steigt ein. Und sieht die ersten Heranstürmenden. Volkspolizei jagt entwischendes Volk.

Alle sind durch. Die deutsche demokratische Exekutive wirft Sprengkörper ins dunkle Loch. Will Personen töten, die nichts verbrachen. Oder ist Furcht ein Verbrechen?

Wilhelm König

Polizisten und Richter verabscheuen sie mehr als mich. Von den einen werden sie verhaftet, von den anderen verurteilt, von mir nur verwaltet.

Natürlich muss ich als Gefängnisdirektor dafür sorgen, dass dieses Haus funktioniert. Viele werden frühzeitig entlassen. In den sozialistischen Alltag. Denen kann ich nicht alles auszahlen, was ihnen zusteht. Sie würden das meiste verschwenden. Also erhalten sie es von der Fürsorge. Immer bei Bedarf.

Der eine verlässt uns mit Wintermantel. Im Juli. Wurde vor viereinhalb Jahren unser Gast. Im Jänner. Bei dem weiß jeder, dass er von uns kommt.

Geschickte Einbrecher sind auch geschickte Informanten. Den Herrn mit Mantel gliedern wir ein in unseren Staat. Er soll nicht mehr zurückkommen, sondern andere zu uns bringen. Solche, die uns noch nicht vertrauen. Die wir belehren, nicht bestrafen. Die uns dann später zeigen können, dass sie gelernt haben. Und uns unterstützen. Wenn sie wieder draußen sind.

Jeder erhält die Chance, sich zu bewähren. Zum Gelingen unserer solidarischen Gemeinschaft beizutragen. Je einsichtiger er ist, desto nachsichtiger sind wir.

Ernst Kornmann

Vater und Mutter starben im Konzentrationslager, ich lebte in einem Umerziehungsheim. Mein Hass auf alles Braune wurde zur Leidenschaft. Und später zur Ideologie.

Der Aufbau einer kommunistischen Gemeinschaft kam für mich zur rechten Zeit. Ich war und bin ein Zuverlässiger.

Die Staatssicherheit ist meine Welt. Judenvernichtung, Kommunistenverfolgung, Gaskammern, das alles darf es nicht mehr geben.

Folter? Leider unerlässlich. Es führt ein hässlicher Weg ins Paradies. Menschen den Willen brechen, damit ihre Kinder dereinst mit Stolz und Würde leben können.

Der Alte, der mich einlernt in die Methoden der Befragung, ist ein guter Kommissar. Doch ohne Überzeugung. Glänzte bis 1933. Duckte sich bis 1945. Und will auch jetzt nicht auffallen. In einem Jahr verlässt er uns. Und ich übernehme.

Zigarren werden von mir nicht angeboten beim Verhör. Die Vorgeladenen ausreden lassen mit verständnisvollem Nicken? Zuviel Psychologie. Die Haftentlassenen haben das Recht zu erfahren, dass sie ab jetzt frei sind, aber unter Beobachtung. Dass wir sie vor weiteren Dummheiten bewahren. Und dafür Kooperation erwarten.

Viktoria Scharowski

Besuch eines Wiener Mädchens. Die Tochter meines soeben verstorbenen Mannes. Und ihrer soeben verstorbenen Mutter.

Dieser Mann log, wann immer er sprach. Mit hundert Sätzen schaffte er hundert Lügen. Ist es tröstlich, dass er vor mir eine andere betrog und schwanger zurückließ?

Ihr Vater sei der beste Mann der Welt, habe die Mutter stets gesagt. Habe ihr in Briefen beteuert, er würde sie bald heiraten. Bei mir sei er nur in Untermiete. Die Tochter staunt über meinen Familiennamen. Der identisch ist mit dem des Mannes, der sie zeugte und nie sah.

Tschechische Mutter, deutscher Vater, Wiener Kindheit. Ein staatenloses Wesen. Bereit, die Einwanderungszahl der DDR zu erhöhen.

Martin Oslanski

Dauerndes Lächeln ist mein Kennzeichen. Obwohl ich nicht immer fröhlich bin. Es ist die Folge der Schaufelattacke eines SSlers in Dachau. Seitdem ist mein Mund aufgeschlitzt.

Die Kommunisten besitzen die Wahrheit, wir Protestanten den Aberglauben. Sagen sie. Doch wir haben zwölf Millionen Mitglieder, mehr als die Sozialistische Einheitspartei Deutschlands. Unsere Veranstaltungen sind besser besucht als ihre. So viel Aberglauben, so wenig Wahrheit!

Immerhin: Derzeit sitzt kein Pastor im Gefängnis. Und sie sagen, Jesus Christus sei kein Großgrundbesitzer gewesen. Und kein Kapitalist. Worte der Annäherung? Dass er auch weniger Hass und Neid predigte als Marx, Engels und Lenin, behalte ich für mich. Als Priester will ich versöhnen und nicht provozieren.

Viele flüchten in den Westen. Noch mehr zu uns. Wo sie nicht nur beten. Wo mehr debattiert als überwacht wird. Gott sieht alles und verzeiht, wenn man bereut. Der Staat sieht alles und verfolgt, was er nicht sehen will.

Marlene Schilow

Er liebte mich, brachte mir sein Kind und flüchtete in den Westen. Widerlich. Gott sei Dank erwischten sie ihn.

Jetzt lässt er schöne Grüße überbringen. Von der Freundin seines Freundes. Aus dem Gefängnis.

Ich soll mich um den Kleinen kümmern. Lässt der Herr ausrichten, der ihn zum Sohn eines Republikflüchtlings machte. Ratschläge aus der Ferne.

Dem Jungen geht es nicht schlecht. Helfer in einem Tierschutzheim ist er geworden. Sinnvolle Arbeit. Wird es je ein Menschenschutzheim geben?

Rudolf Sylt

Wer Tiere liebt, braucht keine Frau. Und keine Kinder. Mir genügt das Pflegen und Betreuen. So viele Hunde und Katzen. Und Meerschweinchen. Und Wellensittiche. Und Kanarienvögel. Sogar zwei Füchse.

Bis 1933 war Zoodirektor mein Berufsziel. Es sollte nicht sein. Eine Urgroßmutter war nicht arisch. Doch wurden verwahrloste Säuger und Vögel stets zu mir gebracht. Die brauchten mich.

Die Kommunisten lassen mich in Ruhe. Halten mich für unpolitisch. Lassen sogar einen Jugendlichen bei mir aushelfen. Der hatte die Wahl zwischen emigrierter Mutter in Köln und inhaftiertem Vater in Berlin Ost. Für meine Bewohner zeigt er viel Verständnis.

Nie auffallen, nichts Unerlaubtes tun. Ich gehöre zu denen, die jedes Regime aushalten. Weil es für mich gute Macht und böse Macht nicht gibt.

Alexander Cecil Snowden

Mich einfühlen in meine Mandanten, das habe ich gelernt. Verteidige ich einen Mörder, bin ich Mörder. Verteidige ich einen Betrüger, bin ich Betrüger.

Das machte mich erfolgreich. Und zum Menschenfeind. Es gibt keine Person, der ich nicht alles zutraue. Das brachte mich zwangsläufig zum Geheimdienst. Nicht das Wohl des Staates treibt mich an. Nur die Lust des Enttarnens.

Viele schöne Frauen hatte ich. Natürlich keine Ehefrau. Spionage ist Erwerb und nicht Privatvergnügen.

Meine größte Freude war ein deutscher Schäferhund. Ich glaubte, ein Tier lieben zu können. Wenn schon keine Menschen. Nach kurzer Zeit durchschaute und verließ er mich.

Bin ich unaushaltbar? Nur weil Hass und Täuschung für mich menschliche Grundzüge sind? Die stets verfolgt, bestraft und nie beseitigt werden?

Hans Radke

Mediziner wollte ich werden. Leichentransporter wurde ich. Ein Abstieg? Ist heilen viel besser als die zu ihrer Heimstatt bringen, die ewige Ruhe fanden?

Die Mauer hat die Stadt verkleinert. Und somit mein Geschäft. Jetzt bleiben die im Osten verstorbenen Westberliner aus.

Muss ich deshalb Pornofilme drehen? Entkleiden, streicheln, stöhnen, bis der Regisseur zufrieden ist? Für ein bisschen Zuverdienst?

Bin ich Schauspieler? Darsteller? Lustsubjekt? Intimstes Handeln vor der Kamera. Nicht sehr befriedigend. Aber doch schöner als Fließband. Oder Armee. Gedrillt wird man überall. Lieber keine Kleider als Uniform.

Renate Lutter

Was für einen Mann habe ich gefunden! Er ist Radiosprecher beim Sender Freies Berlin. Die Stimme des Westens.

Wir mögen dieselben Autoren. Die gegen alles schreiben, was bevormundet, reguliert und diktiert.

Was für eine Tochter habe ich bekommen! Mit siebzehn liebt sie französischen Jazz und deutsche Chansons.

Ich lese mehr als ich esse. Das macht schlank. Leider trinke ich mehr Gebranntes als Gepresstes. Doch betrunken bin ich nie.

Gestern flüchtete ein Kriegsgefährte meines Mannes. Der ihm einst das Leben rettete. Dreiundzwanzig Jahre sahen sie sich nicht mehr. Der eine wurde Journalist im Westen, der andere Einbrecher im Osten. Selbstverständlich kann er bei uns wohnen. Sie werden sich viel zu erzählen haben.

Reiche Eltern haben mir viel hinterlassen. Überlebenskampf blieb mir erspart. Es gibt keinen Grund herabzusehen auf einen Mann, der nahm, was das Schicksal ihm verwehrte. Und betrog, wo Ehrlichkeit sich nicht bewährte.

Oskar Knargenstein

Nicht mehr einbrechen, nicht mehr betrügen! Ehrliche Arbeit wollte ich. Schließlich bin ich gelernter Kameraassistent.

Vertrag mit der Filmfirma. Pornos. Warum nicht? Die zu Filmenden wurden mir ins Studio gebracht. Zuerst nur Erwachsene. Dann sehr junge Menschen. Eigentlich Kinder. Machten alles freiwillig. Für Geld.

Mann mit Frau. Alt mit jung. Frau mit Frau. Alles lief gut. Wenn auch außerhalb des Gesetzes.

Erwachsener Mann mit Bub, nicht ganz gewaltlos. Auch mit Mädchen, reichlich grob. Nicht ohne Tränen. Da hätte Schluss sein müssen.

Jetzt hat mich der Geheimdienst in der Hand. Besitzt alles, was ich drehte. Und wird es vernichten, wenn ich mich füge.

Menschen entführen soll ich. Auf Anweisung. Verweigern kann ich mir nicht leisten.

Nelly Pietsch

Frau sein in Berlin war nach dem Krieg nicht ungefährlich. So teilte ich das Bett mit Offizieren. Die schützten mich vor den Soldaten.

In Düsseldorf befriedigte ich einen dicken und einen dünnen Millionär. Keiner wusste von dem anderen. So wurde ich doppelt beschenkt und bezahlt.

Dann kam einer, der mich befriedigte. Und beschützte. Und auf die Straße stellte. Und von mir leben wollte.

Seitdem suche ich keine Liebe mehr. Und keine Beschützer. Kleines Glück würde mir schon reichen.

Der anständigste Mann, den ich je kannte, saß fünf Jahre in einer deutschen demokratischen Zelle. Und flüchtete zu mir. Eine Kneipe will er mit mir führen. Ich bin für ihn die große Liebe. Er ist für mich das kleine Glück.

Philipp Landon

Menschen helfen tut mir gut. Möglichst vielen. Daher benötige ich auch reiche Kundschaft. Um andere billig zu behandeln. Oder sogar gratis. Ich bin ein umverteilender Seelenheiler.

Dem Patienten stets Recht geben. Nur Fragen stellen. Ihn zu dem Sinn führen, der auf ihn wartet.

Mein reichster Besucher fürchtete den Atomkrieg nicht, er wünschte sich ihn. Und ich gab ihm natürlich Recht. Und stellte ein paar Fragen.

Jetzt steht der atomare Todschlag nicht mehr auf seinem Wunschzettel. Er hat seinen Sinn gefunden. Wird aktiv. Und glücklich. Macht sogar Witze.

Was er konkret vorhat, frage ich ihn. Und erhalte keine Antwort. Es scheint etwas zu sein, das ich nicht wissen darf.

Einen mutlosen Mann konnte ich ermutigen. Doch sein Vertrauen nicht gewinnen. Ein großer Sieg und eine kleine Niederlage.

Olaf Martini

Wir Wissenschaftler sind erst am Anfang. Die Energie, die uns Erde, Wasser und Luft bieten, können wir vervielfachen. Acht Milliarden Menschen im 21. Jahrhundert zu ernähren wird kein Problem sein.

Langfristig werden fünfunddreißig Milliarden unsere Erde bewohnen. Und nicht hungern. Bei dadurch steigenden Temperaturen muss auch niemand frieren.

Eigentlich gibt es nur ein Hindernis: die Politik. Sie wird angeführt von Leuten, die nicht bis drei zählen können. Und daher im Freund-Feind-Schema denken müssen.

Dass sie uns die Atomkraft entrissen und Bomben bauen ließen, ist ein Missgeschick. Das kann die von uns geplante und errechnete Zukunft behindern. Oder sogar verhindern.

Ich sehe nur eine Möglichkeit: die Entmachtung der Politiker. Zugunsten der Wissenschaft. Denker werden irgendwann entscheiden müssen und nicht Desperados, die nur leben, um andere zu bedrohen und zu bekämpfen. Und zu vernichten. Krieg den Friedlosen!

Marie Bräsig

Was würde ich machen ohne meinen Mann? Er verdient Geld und besorgt den Haushalt dort, wo scharfe Augen es erfordern.

Abends liest er mir vor. Aus Büchern meiner Wahl. Derzeit sind es Gedichte von Kindern in Auschwitz. Die mit dreizehn keine Kinder waren. Und mit vierzehn starben. Wie poetisch Todesahnung sein kann! Welch schöne Worte aus Schmerz und Leid entstehen!

Ein Sommerabend am See. Wie schön beschreibt er mir den Flug der Vögel. Das Vorbeiziehen der Wolken. Die Farben alles Lebendigen am Ufer.

Hier werden wir leben. In wenigen Wochen. Das Haus ist schon gekauft. Er wird angeln. Und mir davon erzählen.

Noch ein Jahr lang bleibt er Kriminalkommissar. Dann wird er auch tagsüber bei mir sein. Und ich werde ich ihn immer hören. Und nicht mehr sehen.

Peter Wieland

Der Geheimdienst ist die höchste Schule des Betrugs. Den Feind so täuschen, dass er keine Ahnung hat. Und mir vertraut. Menschen so schädigen, dass sie glauben, ich will nur ihr Bestes.

Schlechtes Gewissen? Soll ich mich schämen dafür, dass ich das tue, was ich am besten kann? Und dabei die verrate, die des Verrats würdig sind?

Ein bisschen fühle ich mich wie der Dichter. Er täuscht die Leser gern. Und weiß, dass sie sich täuschen lassen wollen.

Gut reden können und das Allerwichtigste verschweigen. Das ist auch in anderen Berufen eine Tugend.

Vor mir zittern alle, die getarnt arbeiten für den Sieg des Kommunismus. Wenn sie je erfahren, dass ich auch der Macht diene, gegen die sie eine Mauer bauten, werden sie entsetzt sein. Über mein Auftreten. Und beschämt. Über ihr Zittern.

Heinz Schuckert

Mein Vater ermordete sich selbst nach dem Freundschaftsvertrag Nazideutschlands mit der Sowjetunion. Das Bündnis seiner Geliebten, der kommunistischen Bewegung, mit dem Bösen ertrug er nicht.

Meine Mutter starb in einem russischen Gefängnis. Als Verräterin der Arbeiterinteressen. Ich verbrachte Waisenkindheit und Waisenjugend im Land der Geliebten meiner Eltern.

Mit Freude arbeite ich für die bundesdeutsche Verfassung. Ich spüre Kommunisten von Weitem. Und verfolge sie ohne Gnade.

Im Westen darf man schweigen, wenn man zornig ist. Im Osten muss man ehrend reden über alle, die man hasst. Ich kämpfe für das Recht, die Unterdrücker wenigstens nicht loben zu müssen.

Jack Campbell

Acht Verlage haben meinen ersten Roman abgelehnt, elf den zweiten. Danach meldete ich mich bei der Armee. Und wurde nicht abgelehnt. Beim Geheimdienst auch nicht.

Die Welt wollte ich kennenlernen. Und diese Welt heißt nun Berlin. Einen prominent gewordenen Flüchtling soll ich begleiten. Und ein bisschen kontrollieren.

Er arbeitete heimlich für den Osten und noch heimlicher für den Westen. Fürchtet seine alte Geliebte. Und belügt die neue Geliebte.

In einem Jahr ist mein Dienst beendet. Dann schreibe ich mein drittes Buch. Es wird ein Spionageroman. Handlung und Hauptfiguren hat mir die Wirklichkeit geschenkt.

Franz Lutter

Kämpfen wollte ich für die Lehre des Kommunismus. Das brachte mich in die Strafkompanie nach Russland. Wo mich ein Einbrecher vor dem Tod bewahrte.

Natürlich bekam er bei uns ein Zimmer, als er den Osten verließ. Und dabei zwei Agenten verriet. Ich feierte ihn im Sender Freies Berlin. Wo ich aktuelle Themen moderierte.

Dann besuchte mich der Verfassungsschutz. Und enttarnte mich. Denn ich liebe Hammer und Sichel immer noch. Und verabscheue alle, die unter diesem Zeichen schießen und marschieren. Ich musste sie bekämpfen. Aus Liebe zur Idee. Die unzerstörbar ist.

Mir wurde vorgeworfen, ich sei verdeckter Kommunist und missbrauche die westliche Toleranz.

So wurde ich Staatsfeind Ost und Staatsfeind West. Mein Asyl hieß Whisky. Er beruhigte und tröstete. Und wurde meine letzte Liebe. Der ich treu blieb. Wie meiner Frau. Auch sie liebt den flüssigen Beruhiger und Tröster.

Anita Kornmann

Einen Kindergarten leite ich. Weil wir auf eigene Kinder verzichteten. Bewähren müsse er sich für die Staatssicherheit. Am besten mit Einsatz im Westen der Stadt. Da könne man auffliegen.

Er flog auf. Und muss mit Zuchthaus rechnen. Mehrere Jahre. Im Westradio wird er genannt. Im Westfernsehen wird er gezeigt. Mein Mann, der Bösewicht. Ich aber höre und sehe nur unsere Programme.

Ich werde auf ihn warten. Weil ich an ihn glaube. Der an unseren Staat glaubt. Und ihm dient. Und für ihn leidet.

Freilich hat auch er viele verhaftet. Die nicht an unseren Staat glauben. Aufsässige, Querulanten und Spötter. Leute, die dem Sieg der Gerechtigkeit über die Ausbeutung im Weg standen.

Wer für das Gute kämpft, wird nicht geliebt. Und wer dabei stolpert, wird verhöhnt. Er wird wieder kommen. Und die Verhöhner jagen. Auf dem Weg zum Frieden für die arbeitenden Menschen.

Grete Machon

Einfach nur bei mir sein wollte mein Junge. Genau dies wollte der Partner verhindern. Und beschimpfte, schikanierte und blamierte ihn.

Nichts davon sah ich. Ließ das Quälen meines Kindes zu. Dermaßen, dass er lieber in Berlin Ost lebte. Wo sein Vater wegen Republikflucht sitzt.

Vernachlässigte Tiere und ihr Betreuer konnten ihm mehr Wärme geben als die Mutter. Und doch entwich er unterirdisch in den Westen. Auf ein Leben mit mir hoffend.

Mutterliebe steht über allem. Spät kam diese Erkenntnis. Siebzehn Jahre nach seiner Geburt. Aber nicht zu spät. Wer mein Kind ablehnt, soll das Weite suchen.

Fritz Fichtler

Mehr Vermögen habe ich als Pickel vom Scheitel bis zum Hals. Vater und Mutter hinterließen neun Textilgeschäfte in Berlin.

Leider werde ich nur für Geld geliebt. Und mit Attest, auf dem steht, dass mein Gesicht nicht ansteckt.

Huren tolerieren mehr als andere Frauen. Sie lieben geschäftlich. Empören sich nicht über mein Verlangen. Und schätzen mein Erregen.

Eine fand ich, die hat schwarzes Haar und blaue Augen. Sie ist hundert Prozent Körper und null Prozent Seele. Alles von mir nimmt sie in Empfang: meine Komplimente, mein Bargeld und meine begehrende Kraft. Sie lässt mich ahnen, wie schön ein Leben ohne Akne wäre.

Martha Jacobs

Zwischen zwei Staaten war ich eingeklemmt. Das Loch unter der Mauer war nicht breit genug für meinen Fettleib.

Ein Mitflüchtender versetzte mich in Ohnmacht. Durch Kinnhaken. Der Leib erschlaffte und wurde nach Westen gezogen.

Der mich rettete, hat einen Lebenstraum: Kneipier. Und ich habe zwei Brüder in München. Mit Brauereianteilen. Sie verpachten ihm ein kleines Lokal. Das heißt in Bayern Wirtschaft und nicht Kneipe.

Der Mann weint. Aus Dankbarkeit. Besuchen müsse ich ihn, wenn es so weit sei. Dann wird gefeiert. Kugelrunden Frauen helfen zahlt sich aus.

ALLE MENSCHEN WERDEN BRÜDER (1967)

Nach dem Zweiteilen einer Hauptstadt sollte das Gegenteil erfolgen: die Hoffnung auf Vereinigung. Von Nationen und Kontinenten.

Meine einzige Erzählung mit nur acht Kapiteln. Sonst stets hundert oder mehr. Wo war nur mein bewährtes Erzählen in kleinen Schnitten? Diesmal servierte ich ganze Portionen. Hauptsache leicht verdaulich.

Zwei das Geschehen tragende Orte waren rasch gefunden. Frankfurt auszuwählen schien mir überfällig. Das Bild von der ehrgeizig und unharmonisch wiederaufgebauten und somit Deutschland repräsentierenden Stadt am Main, von Kairo außereuropäisch eingerahmt.

Der Erzähler sitzt als Untersuchungshäftling in der Zelle und stenografiert auf Anraten des Staatsanwalts eine spannende Rechtfertigung. Diese Seiten sollten das Urteil drastisch mildern. Schreiben als Überlebenstraining! Mit Erzählperspektiven spielen hat mir Freude bereitet ein Leben lang.

Das Motiv der feindlichen Brüder: Meine hassen sich heftiger als Kain und Abel, heftiger als Karl und Franz Moor in Schillers „Räuber" und viel heftiger als Thomas und Christian Buddenbrook.

Erstmals führte ich mein Publikum in die Szene, in der die Liebe für die Männer Freizeit und für die Frauen Arbeitszeit bedeutet, wo sinnliche Freude und Glück gekauft und verkauft werden.

Der butterweiche Klang des Deutschen, wenn es von einer diminutivfreudigen Tschechin gesprochen wird. Kann man in unserer Sprache sich mühenden Menschen aus Böhmen und Mähren je böse sein? Wie tröstend war mir das Formulieren im Akzent meines Kindermädchens in Wien. Liebe Mila, dein Belehren und Blödeln mit Hausverstand hat mich immer wieder poetisch inspiriert!

Und als Kontrast das Vokabular und die Satzbildungen eines sehr deutschen Mannes: ohne Bildung, aber mit Kraft und Energie. Wie kreativ Dummheit und Vorurteil sein können!

Nürnberger und Auschwitz-Prozess sollten Vorlagen sein für wirksames Aufarbeiten großer Schuld. In Zeiten bedrohlicher Sätze: „Es war nicht alles schlecht damals.“ „Unterm Hitler hätte es das nicht gegeben.“ „Das mit den Juden hätte ja nicht sein müssen.“ „Die Idee war gut, nur die Ausführung schlecht.“

Darstellen, wie uralte und humane Gedanken vom guten Tod in ein massenmordendes Euthanasieprogramm umgewandelt werden. Aufzeigen, wie gefährlich nahe Erlösung und Ausrottung liegen.

Und endlich, mit 43, fühlte ich mich reif fürs Eintauchen ins Jüdische. Ein paar würdige Vertreter dieses rätselhaften Volkes zu erschaffen war nicht schwer. Eines Volkes, das weniger enträtselt und interpretiert, sondern einfach in Ruhe gelassen sein will. Und das durch namenloses Leiden gelernt hat: Frieden und Freiheit müssen erkämpft sein, wenn sie nicht nur schöne Worte bleiben sollen.

Einen Amerikaner mit dunkler Haut besonders liebevoll zu gestalten war mir, dem Jazz-Liebhaber, eine reizvolle Aufgabe. Bedenkenlos und frei von Abwertung strapazierte ich hier und auch quer durch mein gesamtes Schaffen das Wort Neger. Nichts ahnte ich von der Unbarmherzigkeit der Späteren. Kein Kritiker stieß je sich an diesem Wort, jetzt Unwort. Auch der Volksmund und die Dichter verwendeten es vielleicht gedankenlos, doch ohne Bosheit. In einer späteren Gesamtausgabe mögen die Neger durch Schwarze, was dasselbe bedeutet, ersetzt werden. Ich beuge mich dem Diktat der Korrekten.

Der Germanist Wolfgang Langenbucher bezeichnete einst meine Arbeiten als demokratische Gebrauchsliteratur. Ich nahm es als Kompliment. Doch traf es nicht ganz mein eigentliches Ziel: Liebe und Verbrechen mit Zeitgeschehen und Zeitgeschichte zu verschmelzen. Dabei stets animieren und provozieren. Niemals langweilen und anbiedern.

Richard Mark

Schon als Kind galt ich nichts, mein Bruder alles. Mutter war so stolz auf ihn. Mein Gesicht erinnerte sie an den toten Vater. Betreut wurde ich nur vom schlesischen Hausmädchen. Das Richardle war ich für sie.

Er verfasste Bücher, ich verfasste Bücher. Er bekam Geld, ich eine Schreibblockade.

Die Frau, die mein Schicksal wurde, liebte mich und heiratete ihn.

In der Zelle sitze ich und erwarte das Urteil. Mein Bruder wurde ermordet. In Kairo. Wo ich zu diesem Zeitpunkt auch war. Im selben Hotel. Aufschreiben will ich, der ehemalige Autor, wie es dazu kam, dass ich nicht sein Mörder bin.

Wahr ist: Stets schlug ich meinen fünf Jahre älteren Bruder, schrie und lief davon. Die Schlesierin schützte mich. Mutter durchschaute mich. Der Bruder revanchierte sich. Später. Schrieb nicht besser, aber erfolgreicher. Liebte nicht besser, aber erfolgreicher.

Beseitigen wollte er mich, der nun Beseitigte.

Peter Mohn

SS-Uniform schüchterte mich nicht ein. Ich war selbst Parteimitglied. Und Anstaltsleiter. Rotes Plus auf einer Krankenakte hieß: Tod durch Kohlenmonoxyd. Im Desinfektionsraum. Offiziell: Gnadentod für geistig Unheilbare. Blaues Minus: weiterleben.

Kein einziges rotes Plus kam von mir. Ob ich den ausdrücklichen Befehl des Führers nicht beachten wolle? Ich korrigierte die beiden. Eine Empfehlung sei es, kein Befehl. Zudem habe ich einen hippokratischen Eid abgelegt. Der stehe für mich über dem Führer.

Was geschah? Nichts. Einige andere Ärzte handelten so wie ich. Was geschah mit ihnen? Nichts.

Mutig war es, keine Frage. Und verwirrend für die Herren mit den zwei S. Sie trösteten sich wohl mit dem Riesenheer der Gehorsamen und Durchführenden.

Boris Minski

Zäh wie eine Katze bin ich. In Bergen-Belsen konnte man verhungern, erfrieren, erschossen werden oder an Typhus sterben. Ein paar Wochen Hospital nach der Befreiung reichten für mich.

Wo aber war sie? Die erste Spur führte nach Hamburg. Dorthin kamen die Ravensbrück-Insassen. Danach Bayern, wohin die Überlebenden der östlichen Lager gebracht wurden. Eine Rotkreuzstelle nach der anderen suchte ich auf.

Siebzehn Monate suchte ich mein Ein und Alles. Einwohnermeldeämter, Bürgermeistereien. Dann fand ich einen jüdischen Friedhof mit halb verfaultem Holzbrett: Rachel Minski.

Ich aber wollte leben. Doch nicht mehr unterrichten. Lieber Geschäfte machen. Selbständig sein. Einen Granit bekam sie. Mit goldenen Buchstaben. Immer frische Blumen. Und eine Bank. Darauf saß ich und erzählte ihr. Die nicht dort lag.

Es kam das Schreiben von der Heil- und Pflegeanstalt nördlich von Frankfurt. Stationär wurde sie behandelt. Graues Haar hatte sie. Und Zahnlücken. Und war noch nicht dreißig. Die schönste aller Frauen. Sie lächelte. Und erkannte mich nicht mehr.

Rachel Minski

Mein Mann hielt mich für tot. Bis 1948. Eine andere wurde begraben. Mein Name stand auf dem Kreuz. Das er stets mit Blumen pflückte.

Dann fand er mich im Pflegeheim bei Frankfurt. Ich kannte ihn nicht. Und weiß bis heute nicht, wie ich dorthin kam.

1952 erkannte ich ihn wieder. Für kurze Zeit. 1956 ein zweites Mal. Endgültig.

Den Heimleiter verehre ich grenzenlos. Er brachte mich zurück ins Leben. Das ich nur in seinem Haus ertrage.

Wie wunderbar ist ein Ehemann, der seiner Frau die Treue hält, mit der er kaum Gespräche führen kann? Und ihr entrücktes Nichtstun finanziert?

Beide haben wir die Endlösungslager überlebt. Spurlos ist das nicht zu schaffen. Er flüchtet ins Geldverdienen, ich in die Abgeschiedenheit. Er braucht den Lärm, ich die Stille.

Petra Schalke

Wie sie sich räkelt. Im Hermelin. Alles ist erahnbar. Erst später sichtbar. Angeglotzt von Besatzern.

Einen griechischen Freund habe sie. In Paris. Doch darf ich zu ihr in die Garderobe. Sie bewundern. Ihre Piepsstimme hören. Mein Vögelchen.

Zärtlicher kann ich sein als jeder Mann. Glücklicher machen. Besser lieben. Sie braucht keinen Freund. Und keine amerikanischen Gaffer und Gröler. Besoffen schreien sie: great und fantastic und wonderful. Widerlich.

Wir siezen uns. Unglücklich sei sie, weil sie mich abweisen müsse. Sie bauche nicht nur Zärtlichkeit. Sondern? Auch das, was keine Frau hat.

Ich kann ihr auch Männchen sein. Und mit ihr reisen. Um die ganze Welt. Sie schreit. Nicht mehr knien soll ich. Verschwinden soll ich. Das Wort raus vernichtet. Ist so unwiderruflich.

Britt Rending

Herzkranke Mutter, millionenschwerer Vater. Teures Internat in der Schweiz. Ein Leben in Fehlentwicklungen. Seelisch und sexuell verwirrt, keine Kraft zur Umkehr. Sagt das Amt.

Mit dreizehn wurde ich verführt, mit vierzehn verführte ich. Mit fünfzehn war ich erotisch durch und durch: Haar, Augen Lippen, Stimme, Gang, Lächeln. Erregte Männer waren meine Triumphe.

Vater treibt es mit Frauen. Mutter weiß alles. Vater weiß nichts vom Wissen der Mutter. Und von meinem Wissen.

Zu Mutter ist er höflich. Und sie liebt ihn. Immer noch. Begehrt sein sei keine Schuld. Sie hatten auch glückliche Zeiten. Er werde sie nie verlassen. Die Fabrik wurde von ihrem Großvater gebaut, von ihrem Vater ausgebaut, von ihr wiederaufgebaut. Im Scheidungsfall erhält Vater null Prozent. Steht alles im Ehevertrag.

Elsbeth Rending

Klein und unscheinbar war ich. Und Tochter reicher Eltern. Und nur einmal im Leben verliebt. In einen, der zehn Jahre jünger ist als ich.

Er liebt vor allem sich, Frauen und die Fabrik meines Vaters. Schwängerte mich und kam an die russische Front.

Das Kind im Schwarzwald, wo wenig Bomben fielen, ich beim Vater in Hamburg, der Mann in Russland.

Ich leitete den Fischkonservenbetrieb. War nicht mehr klein und unscheinbar. Und hatte eine mich liebende Tochter.

1949 kehrte er heim. Und übernahm die Firma. Und schonte mich alt und schwach werdende Frau. Enthob mich jeder Verantwortung. Uns trennten nicht mehr zehn Jahre, sondern Jahrzehnte.

Thomas Rending

Alle Frauen lieben mich. Nur meine Tochter nicht. Ich habe ihr nichts angetan.

Eine mich verbal anspuckende Opposition im eigenen Haus kann ich mir nicht leisten. Erfolg im Geschäft, Versagen als Vater, das harmoniert nicht. Mein Kind kann tun, was es will. Aber nicht meinen Ruf zerstören. Was die Konkurrenz nicht darf, ist auch meiner Tochter nicht erlaubt.

Ein Internat in der Schweiz ist wohl die richtige Adresse. Von dort aus kann sie mich dann schriftlich attackieren und belehren. Falls sie es wünscht.

Sie meint, ich hätte ihr nichts zu befehlen. Und möge sie nicht schikanieren. Liebes Mädchen, ich war Gefangener in Russland. Was Befehle und Schikane sind, hast du noch nicht erfahren müssen.

Yvonne Rending

Seine erste Frau war zehn Jahre älter, ich bin einundzwanzig Jahre jünger. Männliche Sehnsüchte sind flexibel.

Seine Tochter ist neun Jahre jünger als ich. Und verabscheut mich. Denn ich liebe einen Liebensunwürdigen, sagt sie.

Ich komme von unten und kann es mit meiner diplomierten Stieftochter nicht aufnehmen. Das zeigt sie mir auch. Wenn ein Mann sich mir nähert, ist sie schon da. Und sticht mich aus. Verbal und erotisch.

Und doch bin ich bewaffnet. Mit einem Knaben, den ich gebar. Ein Schock für die bisherige Alleinerbin.

Aglaja Mitsotakis

1942 wurde mein Mann erschossen. Vielleicht von Deutschen. Vielleicht von Italienern. Vielleicht von griechischen Monarchisten. Vielleicht von griechischen Kommunisten.

Mein Sohn war drei, ich musste ihn und mich ernähren. Also besuchte mich ein deutscher Soldat. Er liebte und ernährte uns. Der Sohn sprach perfekt Deutsch.

Patrioten jagten mich später durch die Straßen. Mit einer Aufschrift, auf der stand, ich sei die Hure eines Deutschen gewesen.

Ich wechselte die Adresse. Ein französischer Journalist liebte und ernährte uns. Der Sohn sprach perfekt Französisch.

Die Schule forderte ihn nicht. Die Universität auch nicht. Er war Hurensohn und Wunderkind.

Panos Mitsotakis

Physikstudium an der Sorbonne in Paris. Als griechisches Arbeiterkind. Ich kann zufrieden sein.

Meine Mutter darf ich nicht belasten. Taxifahren in der Nacht, Wissenserwerb am Tag. Schlafen? Zwischendurch.

Hass auf alles Deutsche haben sie mir beigebracht. Nicht in der Schule, aber außerhalb. Und jetzt liebe ich eine Frau aus diesem Land.

Der deutsche Besucher meiner Mutter war stets freundlich. Wir mochten ihn. Und wurden dafür schwer bestraft.

Als Physiker liebe ich das Erkennen von Gesetzmäßigkeiten. Dass ein Volk böser ist als alle anderen, ist wissenschaftlich kaum belegbar.

Werner Mark

Mein Bruder hasst mich seit der Kindheit. Warum das so ist? Alles hat einen Grund. Oder Gründe.

Vater mochte nur ihn. Nahm ihn mit in die Oper. Zu Konzerten. Schenkte ihm eine Geige. Die von Mutter zerstört wurde. Eigenhändig und mit Absicht.

Sie konnte ihn nicht leiden. Wollte ihn wegmachen lassen. Die Frucht einer Liebe, die es nicht mehr gab.

Mich bevorzugte sie. Gab mir Geld für das Kino und bestrafte ihn mit Hausarrest.

Wenn ein Sechsjähriger einen Elfjährigen schlägt, ist das reichlich absurd. Der Bruder tat es. Meine Reaktion war entsprechend. Dann schrie er los. Ich lernte früh, wie Täter sich zu Opfern machen.

Dabei haben wir dieselbe Leidenschaft: Bücher schreiben. Seine sind besser. Glaubt er. Meine sind erfolgreicher. Sagen die Verkaufszahlen.

Wir lieben dieselbe Frau. Sie liebt uns beide. Ihn kurzfristig, mich langfristig.

Sein Tod würde mich erlösen. Und meiner ihn.

Sophie Kaczmarek

Kinder habe ich immer mögen, aber keine eigenen gehabt. Mich erfüllte der Haushalt meiner Herrschaft.

Der Herr interessierte sich nur für Musik. Hat nie gestritten. Aber doch die Herrin verlassen. Zog mit einer Jüngeren nach München. Wo er in einem berühmten Orchester spielte. Und früh starb. Nur der jüngere Sohn ging zum Begräbnis. Gattin und älterer Sohn konnten nicht verzeihen.

Wie die Herrin ihre Liebe dem einen Kind schenkte und dem anderen entzog, musste ich mitansehen. Daher versuchte ich den Ungeliebten zu beschützen. So gut es ging.

Der geliebte Ältere war sehr erfolgreich. Kurzgeschichten schrieb er, Romane und Artikel für den Völkischen Beobachter. Kam in SS-Uniform nach Hause. Wie stolz war seine Mutter!

Der Kleine wurde aus der Schule ausgeschlossen. Weil er lachte beim Marschieren und Singen von Soldatenliedern. Kam an die Front und in amerikanische Gefangenschaft. Was hat so ein Träumer und Spaßmacher im Krieg verloren?

Gerne wäre ich zurückgekehrt in mein geliebtes Oberschlesien. Aber ich kann die einsame und kranke Herrin nicht verlassen. Und wenn ich Pech habe, ist es egal, ob mich russische oder amerikanische Bomben treffen.

Walter Paradin

Seit zwanzig Jahren kenne ich ihn. Und weiß, dass er nicht immer schon ein Verbrecher war.

Wenn ein zur Fahndung Ausgeschriebener die Polizei aufsucht und um Verhaftung bittet, hat er Angst.

Alle Geständnistonbänder, die er besprach, wurden entwendet. Das ist kein Problem. Im Frankfurter Gefängnis kann er noch einmal gestehen. Und beweisen, dass die Wahrheit selten schön ist.

Sein Bruder ist tot. Und er, der tot sein sollte, lebt. Nicht in Freiheit. Doch eine Zelle ist viel größer als ein Sarg. Man kann darin liegen, sitzen und stehen. Im Sarg nur liegen.

Homer Luther Barlow

Ein frommer und lustiger Mann war mein Vater. Eine fromme und schöne Frau meine Mutter. Mit Spirituals sang sie mich in den Schlaf.

Mit sechs hustete ich, hatte Fieber und durfte den Gottesdienst nicht besuchen. Eine weiße Bombe tötete sechsunddreißig Schwarze in unserer Baptistenkirche. Auch meine Eltern. Waisenkind war ich in Birmingham, Alabama.

Mit siebzehn war ich hundertfünfundneunzig Zentimeter groß, neunundneunzig Kilogramm schwer und erhielt den Spitznamen Tiny. Weiße und schwarze Männer wussten: Wer sich mit mir prügelt, steht nicht mehr auf. Ich jedoch war sanft und friedlich. Mein Zimmer war mir lieber als jede Zelle.

1944 landete ich mit weißen und schwarzen Uniformierten in der Normandie. Es floss viel weißes und schwarzes Blut. Wir befreiten Paris, überquerten den Rhein und kamen an die Elbe. Kurz war die Zeit der Freundschaft mit den Russen. Mit Tränen hörten wir ihre Gesänge und sie unsere.

Endstation Frankfurt am Main. Als Militärpolizist. Leben kann man überall. Mit gutem Willen.

Lillian Lombard

Männer sind meine Leidenschaft. Nichts beschäftigt mich intensiver. Trotzdem kenne ich sie nicht. Immer sind sie anders als mein erster Eindruck.

Der Erste, den ich liebte, blieb vielleicht mein Einziger. Was ich für ihn fühle, ist unauslöschbar. Selbst nach zwanzig Jahren.

Aber Männer ist ein Pluralwort. Diese Vielzahl. Diese Unterschiede!

So liebte ich auch den älteren Bruder des Einzigen. Und heiratete ihn sogar. Weil ich in ihm das Gegenteil fand. Das mich nicht glücklich machte. Wie ich heute weiß.

Nur weg wollte ich vom Ehemann. Und flüchtete in die Arme eines Täters. Bei dem ich mich geborgen fühlte.

Der Täter verfolgt mich. Bedroht mich. Will meinen Tod. Wird der Einzige mich beschützen?

Ich kann nur schmeicheln und lügen. Das Erste am Beginn, das Zweite im Verlauf einer Beziehung.

Meine Augen sind magnetisch. Die Herren schauen hinein und fühlen sich angezogen. Ihre Hände können streicheln und schlagen. Und sogar würgen.

Ernst Eilers

Eine Frau wurde vergiftet. Sie wird überleben. Ihr Gefährte verschwand. Er war im Dritten Reich gefeiert, dann gefangen, untergetaucht, aufgetaucht mit neuem Namen. Jetzt wieder gesucht.

Zwei Brüder sind bei der Vergifteten. Der eine ist ihr Ehemann. Sie redet nur mit dem anderen.

Der Gatte wirkt mehr genervt als besorgt. Hätte ihn der Tod gestört? Enttäuscht ihn gar das Überleben?

Den anderen ließ ich beschatten. Von meinen Leuten. Der eine ist jetzt tot. Vom Kollegen erschossen. Der dem einst Gefeierten und jetzt Gesuchten dient.

Fragen stellen und Spuren suchen habe ich gelernt. Damit ich Verbrechen aufklären kann. Misstrauen muss ich vierzig Stunden in der Woche. Dafür werde ich bezahlt. Und in der Freizeit soll ich an das Gute glauben?

Helmut Matern

Das Haus, in dem ich wohne, hat kein Dach mehr. Auch im Keller kann man leben. Die Kirche, in der ich predige, hat auch kein Dach mehr. Die Leute lauschen mir in frischer Luft, auch bei Schnee und Regen. Sie sitzen auf der Bank oder auf dem Boden.

Warum sie so zahlreich erscheinen? Ich weiß es nicht. Vielleicht, weil zu ihnen einer spricht, der Buchenwald überlebte. Und anderen beim Überleben half. Indem er Geschlagene mit Worten streichelte.

Sie glauben an die Liebe Gottes, die wir Menschen praktizieren müssen. Wenn sie wüssten, dass meine Aufrufe zu ermutigendem Neubeginn ohne Schnaps nicht möglich wären.

So besuchen sie ein Haus, das dem Herrn geweiht und von Kriegern ruiniert wurde. Und finden Trost bei einem Alkoholiker. Für den die Früchte Teil der Schöpfung sind. Auch in gebranntem Zustand.

Victor Delacorte

Wie wird man Massenmörder? Das kann sich rasch ergeben. Niemand weiß es so gut wie ich.

Man studiert Psychiatrie. Mit Ehrgeiz. Hört von der Debatte um den guten Tod. Schon Martin Luther sagte, zwölfjährige Idioten gehören ersäuft. Man diskutiert den Lebenswert von Geisteskranken. Deren Denkvermögen unter dem des Haustiers liegt.

Fragebögen aus den zwanziger Jahren ergaben: Die große Mehrheit der betroffenen Eltern wünschte den schmerzlosen Kindestod.

Dann kamen die Nazis. Schmeichelten mir. Eröffneten mir Chancen. Machten mich zum Durchführer ihrer Programme. Ließen mich definieren, ab wann Menschenleben unwert ist.

Dann gingen die Nazis. Mir blieb nur das Verschwinden. Und Wiederauferstehen.

Der, der ich war, will ich nicht mehr sein. Denn alles Leben ist lebenswert. Wann es vergehen soll, habe ich nicht zu entscheiden.

Drei Dinge gilt es nach furchtbaren Zeiten zu beherrschen: Erinnern, aber auch verdrängen. Und sogar vergessen.

Max Kramleder

Als Jugendliche besuchten wir den Zirkus Krone in München. Nur so zum Spaß. Der junge Hitler redete. Wir applaudierten. Und tranken Bier.

Zwei Jahrzehnte später verlor ich Frau und Kinder. Die Guten mussten Bomben werfen auf uns Böse. Weil wir uns führen ließen von einem, dem wir einst applaudiert hatten.

Dann besetzten uns die Guten. Und trieben uns das Böse aus.

Heute bin ich Barmixer. Im Hotel. Ich bediene jeden. Wundere mich über nichts. Zu allen bin ich freundlich. Nur eines weiß ich: Meinen Applaus erhält niemand mehr.

Robert Lansing

Er ließ Menschen umbringen, die er als leidend und erlösenswert einstufte. Und hält sich für unschuldig. Tausende Tötungen habe er verhindert. Unter Gefahr. Somit sei er eigentlich eine Art Lebensretter. Einer, der Widerstand leistete, wo immer es möglich war.

1945 löschte er seinen Namen aus. Weil nicht die Zeit gewesen sei für differenziertes Urteilen. Doch nach zwanzig Jahren gebe es genug Zeugen, die sein damaliges Handeln würdigen.

Mich lässt er nicht ausreden. Ich sei damals Kind gewesen. Als Kriminalbeamter soll ich fragen und nicht unterstellen.

Niemals wieder? Mit Leuten, die uns verachten, weil wir kein Blut an unseren Händen haben?

Hitler ist schon lange tot. Aber nicht seine Träume. Seine Wünsche. Und sein Hass.

Zacharias Damaskinos

Viele Menschen lieben andere Menschen. Ich kann ohne die Ente nicht leben. Ein Tierarzt und zwei Diener umsorgen sie ständig.

Sie lebt an der Riviera. Griechische Luft ist ihr nicht zuträglich.

Demnächst werde ich heiraten. Und ihr meine Frau vorstellen. Ich bin schon ganz nervös.

Was ist, wenn die beiden sich nicht mögen? Die Hände der Frau nicht sanft auf Entenfedern ruhen können? Oder mein schnatterndes Mysterium sich ängstigt?

Was nutzt mir das Besitzen griechischer Schiffe und das Beherrschen griechischer Häfen, wenn ich so oft ihr fern sein muss? Ihr, die keine anderen Männer sucht? Die mir vertraut. Bedingungslos.

Hans Eilers

Kommunistensohn nannten mich die Mitschüler. Ich wehrte mich. Schlug zu. Wissend, dass sie Recht hatten.

Mein Vater hat eine Berufung: Erschnüffeln von Nazivergangenheiten. Das stellt er über alles. Vor allem über mich.

Wenn der von mir Gehasste etwas hasst, kann das Gehasste nicht so schlimm sein. Mir gefällt das Hakenkreuz besser als Hammer und Sichel.

Im Internat ist es schöner als zuhause. Direktor und Lehrer schrecken mich weniger als der Primärerzieher. Sie können anerkennen, loben und aufbauen. Während er Nazis verfolgt wie die Jäger das Wild. Am liebsten würde er sie abschießen. Vielleicht sogar die Haut abziehen, braten und aufessen.

Carla Eilers

Seine Familie wurde vernichtet. Seine Freunde ebenfalls. Er wurde eingesperrt. Keiner kann das verkraften. Auch nicht nach zwanzig Jahren.

Wie liebevoll er sein kann, weiß ich. Hat er es verlernt?

Unser Sohn verbrachte die Ferien im Internat. Weil er es bei uns nicht aushielt. Er deponierte einen Zeitzünder. In einem jüdischen Lokal. Wurde beinahe zum Mörder.

Jetzt wäre die Zeit des Besinnens gekommen. Nicht die Zeit des Verfluchens und Verbannens.

Nazis müsse jeder hassen, der die Menschen liebe. Sind Nazis keine Menschen? Ist unser Sohn kein Mensch?

Hermann Olsen

Weil er für Deutschland kämpfte, wurde mein Vater hingerichtet. Von den Tschechen. So musste ich ohne ihn aufwachsen. Er soll das Leitbild meines Lebens sein.

Ich bin Gesetzeshüter. Beruflich. Und Gesetzesbrecher. Aus Leidenschaft. Als Kriminalpolizist verdiene ich Geld. Wichtiger ist Anerkennung. Für den Einsatz, in dem nicht gefragt wird, was erlaubt ist. Wenn es um unser Land geht.

Wir befreien Menschen, die einst wirkten für das Reich. Und jetzt inhaftiert sind. Weil die Besatzer es so bestimmten.

In einem Land wollen wir leben, auf das wir stolz sein können. Und dies auch laut bekennen dürfen und nicht flüstern.

Wo bleibt das Selbstbestimmungsrecht der Völker? Der Mississippi ist kein deutscher Fluss. Und die Wolga auch nicht.

Jochen Stalling

Es war eine Zeit, in der man wusste, wo man hingehörte. Gemeinschaft hatte einen Wert. Deutschland war ein Land mit Kraft und Stärke. Sagt mein Vater.

Jetzt sind wir die Hündchen, mit denen die Amerikaner Gassi gehen. Wir lassen uns dressieren. Und bekommen dafür Häppchen. Sagt mein Vater.

Zum Bravsein gehört das Bedrohen der Russen. Und ihrer ostdeutschen Hündchen. Wenn es heiß wird, fließt deutsches Blut. Und Amerika schließt Frieden. Sagt mein Vater.

Die Nation müsse wieder auferstehen. Und sich selbst regieren. Und sich selbst schützen. Washington soll unser Bellen, Moskau unser Knurren hören. Sagt mein Vater.

Und Jimmy ging zum Regenbogen (1970)

Wiederum drei Jahre ließ ich mir Zeit für das Werk mit dem vielleicht komischsten aller Titel. Waffenproduzent und studierende Prostituierte übersetzen gemeinsam englische Lyrik. Und streiten über Rudyard Kiplings Vers: „And Jimmy went to the rainbows foot."

Mein drittes Buch mit Wien als Erzählkulisse. Aber ständigem Ortswechsel. Innenbezirke, Außenbezirke, Anfang und Ende am Zentralfriedhof. Ein ständiges Kommen, Gehen, Fahren, Jagen, Flüchten. Und Innehalten. Und Aufspüren. Und Erinnern. Ein paar Tage im verschneiten Jänner 1969. In der damaligen Hauptstadt der Ost-West-Spionage.

Ich kenne keine Geschichte, in der ein Friedhof detaillierter und stimmungsvoller das Geschehen mitbestimmt. Schwer hat es die durch meterhohen Schnee geschützte Totenruhe.

Wie kommt es, dass ein Argentinier in Wien von einer überaus freundlichen und friedfertigen Frau vergiftet wird? Der angereiste Sohn des Ermordeten sucht die Antwort ebenso wie die Nichte der Mörderin.

Erstmals fühlte ich mich verpflichtet, meine eigentliche Wissenschaft narrativ einzubinden: die Biochemie. Und aufzuzeigen: Insektenvernichtung und Menschenvernichtung liegen nicht weit auseinander. Es ist nur eine Frage der Nutzung: landwirtschaftlich oder militärisch?

Früh schon war mir klar: Nie werde ich Schicksale gestalten fernab von nationalsozialistischen Belangen. In der Summe meines Lebenswerks sollte das braune Universum von nahezu allen Ecken und Winkeln durchleuchtet sein. Das war mein Ehrgeiz. Vielleicht meine Besessenheit. Diesmal war es das Ausschließen der Nichtarier von jeder Bildung. Denn Lernen und Forschen boten Möglichkeiten, die nur der genetisch einwandfreien Jugend offenstehen sollten.

Ein halbjüdischer Wiener Junge, der seinen volljüdischen Vater dafür hasst, dass er ihn gezeugt hat. Und ihm somit die Zukunft verbaut. Und die Gegenwart. Denn so gern würde er marschieren mit seinen rassereinen Kameraden. Autobiografisch? Gewiss nicht. Die Weihen des Hakenkreuzes strebte ich nie an. Eher die Entweihung. Aber nur in Gedanken, kaum in Worten und nicht in Werken.

Manuel Aranda

Humor hatte er, geduldig war er, weise, unaufdringlich. Vater und Freund.

Natürlich bleibe ich in Wien, bis ich weiß, warum er sterben musste. Ich soll vorsichtig sein, meint der Kommissar. Er weiß mehr, als er sagt. Wenn bei einem Mord außer Zweifel stehe, wer der Täter war und dieser Selbstmord begangen habe, sei der Fall abgeschlossen. Nach Hause soll ich fliegen und Papa in die Heimat bringen.

Jetzt wird er vertraulich. Vater sei doch einer der großen Spezialisten für Pflanzenschutz und Schädlingsbekämpfung gewesen. Ob ich schon einmal von bakteriologischer und chemischer Kriegsführung gehört habe? Ob ich wisse, dass in Wien mindestens 50.000 Agenten aus Ost und West leben? Vor denen 400 österreichische Staatspolizisten schon längst kapituliert haben.

Dieses Land ist sehr klein. Es erhielt 1955 einen Staatsvertrag und die alliierten Truppen zogen ab. Was ich glaube, wie schnell die wieder da sind, wenn man ihre Geschäfte stört?

Wien ist die Nahtstelle des Kalten Kriegs. Das Schweigen Österreichs sei verantwortungsvoll, das Schlimmste verhindern sei oberstes Gesetz.

Irene Waldegg

Sie war der liebevollste Mensch. Nie ein Streit. Nicht einmal im Ansatz. Entschuldigte alles. Verzieh alles.

Vor einer Woche lag sie tot in der Buchhandlung. Wo sie seit einunddreißig Jahren arbeitete. Und neben ihr ein toter Unbekannter. Für die Polizei ist klar: Sie hat ihn vergiftet, dann sich selbst. Und hinterließ ein Geständnis mit dem Schluss: „Da liegt er jetzt. Einmal hat jeder Mensch Glück."

Der Sohn des Toten. Argentinier. Spricht fast akzentfrei Deutsch. Flog hierher zum Totentransport. Er weiß nur: Sein Vater war eingeladen zu einem Pflanzenschutz-Kongress in Wien.

Fragen stellt er. Ich habe keine Antworten. Nur Gegenfragen. Alles will er wissen über meine Tante. Alles will ich wissen über den von ihr Vergifteten.

Seit zwei Tagen liegt sie im Zentralfriedhof. Mit 360.000 anderen. Hört und sieht nichts von den Flugzeugen, die nebenan starten und landen. Und von den hunderten Krähen, die den letzten Weg begleiten mit disharmonischem Chorgesang.

Wolfgang Groll

Keiner weiß vom Buch, das ich schreibe. Titel: Neuer Mensch im neuen Kosmos. Naturwissenschaft ohne Details, lesbar für alle Interessierten.

Studienabbruch nach sechs Semestern. Vater war pleite. Aufnahme bei der Kriminalpolizei. Es hätte schlechter kommen können.

Über 8.000 Bücher stehen in drei Zimmern. Mein ganzer Stolz. Wird vererbt an die Nationalbibliothek.

Die Polarität erkennen: das Verschiedene, das nicht trennt. Glück und Unglück, Gesundheit und Krankheit, Tag und Nacht, Mann und Frau, Leben und Tod, hell und dunkel, positiv und negativ, gut und böse.

Nach dem Lungendurchschuss im Krieg führte ich ein zweites Leben, seit dem Tod meiner Frau ein drittes.

Kriminalist bin ich. Hofrat sogar. Aufspüren will ich. Erkennen. Verstehen. Nicht verurteilen.

Nora Hill

Gute Menschen gibt es nicht, nur schlechte und dumme. Die Schlechten stehen mir näher, für die Dummen fehlt mir jeder Respekt. Die Herrschenden sind mir lieber als die Beherrschten.

Jetzt bin ich vierundfünfzig, gehe auf Krücken, besitze ein Bordell und einen Liebhaber. Ich bezahle gut.

Die vielleicht gutmütigste Person war die Frau, der ich die Zyankali-Kapseln gab. Vor sechsundzwanzig Jahren.

Von weiblichen Menschen gehasst, von männlichen begehrt, von ihm beherrscht. Alles tat ich für ihn. Die Frau, die vor ein paar Tagen tötete und starb, suchte ich auf, damals, weil er es wollte. Alle Frauen verachteten oder fürchteten mich, sie tat beides nicht.

Ihr Mann verließ am 13. März 1938 das Land, als der Führer es betrat und an sein Reich anschloss. Kurz vor der Verhaftung stand er, der semitische Kommentator von Radio Wien.

Ich brachte ihr erste, leider falsche, Lebenszeichen von ihm. Nach vier Jahren. Neidvoll spürte ich: Sie konnte etwas, das mir schon lange verwehrt ist: lieben.

Valerie Steinfeld

Mein Sohn bedeutete mir alles. Die Schule würde er abschließen mit Matura und danach als Chemie-Ingenieur arbeiten. Die Universität würde ihm, dem nicht Rassereinen, verschlossen bleiben.

In der Hitlerjugend war er. Wie seine Freunde. Bis sie in der Schule den Ariernachweis verlangten. Mischling sei er, musste ich ihm sagen.

Mit welcher Leidenschaft er seinen Vater hasste! Ihn verfluchte. Und mich beschimpfte. Einen Juden heiraten!

Die wöchentlichen Gestapo-Verhöre. Über meinen in England lebenden Mann. Von dem ich vier Jahre lang nichts hörte. Das Schikanieren meines Kindes. Schlimmer konnte es nicht kommen.

Es kam schlimmer. Tot war er. Schon lange. Bomben über London. Der Junge verließ mich und verunfallte tödlich. Genaues weiß ich nicht.

Was mir bleibt, sind zwei Zyankali-Kapseln. Von einer jungen Frau erhielt ich sie. Vor langer Zeit. Ob sie noch wirken?

David Parker

Gerade wollte er seine Schläfe durchschießen. Jetzt ist seine durchschossen. Glück gehabt. Das nächste Mal müssen sie mich früher beauftragen. Sonst wird es knapp.

Der von mir Erschossene war Lehrer. Und wurde Mörder. Leben löschen wird besser bezahlt als Wissen vermitteln.

Ich war Elektriker. Und töte nun für Geld. Beides erfordert eine ruhige Hand.

Warum muss ein Amerikaner in Österreich einen Argentinier vor einem Franzosen beschützen? Weil des Argentiniers Vater von einer

Österreicherin vergiftet wurde? Die sich anschließend vergiftete? Fragen, die mich nichts angehen.

Des toten Argentiniers Sohn ist neugierig. Will er den Mord aufklären oder rächen? Wäre ich wie er Alleinerbe eines Chemiebetriebs, würde ich mich zurückziehen. Und nicht mehr auf Schläfen zielen.

Da ich nichts erbte, muss ich weiterarbeiten. Kopfschüsse sind profitabler als Stromleitungen.

Martin Landau

Der Sohn will wissen, warum sein Vater ermordet wurde. Das verstehe ich. Er glaubt, dass ich die Antwort kenne. Denn die Täterin war meine Angestellte. Seit einundzwanzig Jahren.

Ich wusste von den Giftkapseln. Aufbewahrt von einer sanften Frau. Die nur ein Ziel hatte: den Zerstörer ihres Kindes zu zerstören.

Vieles weiß ich, das ich nicht wissen will. Soll ich mein Herz erleichtern und damit mein Tun belasten? Und das meiner Schwester noch dazu?

Der Verstorbene tat Unrecht in einer Zeit, als die Bösen die Guten waren. Und flüchtete nach Argentinien. Wo er viel Geld verdiente. Mit dem Wissen, das er mitnahm, als die Bösen kapitulierten.

Mein Beruf ist Buchhändler. Ich glaube an die erlösende Kraft menschlicher Worte. Und an den Sieg der Schreibenden über die Redenden.

Ernst Seelenmacher

Pfarrer wollte ich werden. Studierte am Priesterseminar. Dann starben die Eltern. Und ich erhielt die Gastwirtschaft. Und die Hügel mit den Reben.

Mit Wein kann ich auch trösten. Beruhigen. Im besten Fall sogar selig machen. Beten ist gut, trinken ist besser.

Um mein Haus stehen große Heurigenbetriebe. In denen hunderte Menschen abgefüllt werden. Bei mir geht alles langsamer. Bedächtiger. Andächtiger?

Die Leute lieben meinen Wein. Und meine freundliche Art. Auch ohne Glauben fühlen sie sich wohler, wenn sie mich verlassen.

Paul Steinfeld

Mir war klar: Wenn der Führer kommt, muss ich gehen. Ich bin nicht nur jüdisch, ich arbeitete auch bei Radio Wien. Und kommentierte das Zeitgeschehen. Ein Haftbefehl war sehr wahrscheinlich.

Stets werde ich denen danken, die mir zur Flucht verhalfen. Auf Gefährdete müssen sie sich beschränken. Daher bleiben Frau und Sohn in Wien.

Wenn alles gut geht, nimmt mich ein Londoner Sender auf. Auch von dort kann ich die mich Verjagenden bekämpfen.

Oder doch nicht? Meine Liebe ist nicht unmittelbar bedroht. Sie stammt aus Oberösterreich. Jetzt Oberdonau. Wie der Mann, dem sie zuschreien, er soll befehlen, sie folgen ihm. Den Kleinen werden sie Mischling nennen.

Wer soll die beiden schützen? Für sie da sein? In einem Land, wo für mich kein Platz ist. Das beherrscht wird von der berauschten Gefolgschaft des Oberdonauers.

Jack Cardiff

Schön, dass sie meine Geliebte ist. Und für mich arbeitet. Beim deutschen Geheimdienst. Ihm brisante Nachrichten überbringt. Die so falsch wie glaubhaft sind. Weil ich sie erfand.

Leider muss sie den deutschen Vorgesetzten im Bett aushorchen. Sie macht es nur mir zuliebe. Ohne Emotionen. Aber doch mit viel Energie. Das lässt sich nicht verhindern.

Was sie befriedigend aus ihm herausholt, kann den Krieg entscheiden. Möglichst bald, hoffe ich. Dann wird sie nur noch bei mir liegen.

Liebe statt Krieg fordern viele Menschen. Ohne Erfolg. Liebevoll den Feind besiegen ist unsere Strategie.

Bianca Barry

Erstmals liebte ich mit sechzehn. Wir trafen uns in der Baracke beim Sportplatz. Sprachen von Heirat. Von Amerika. Und berührten uns.

In der Tür stand plötzlich sein Direktor. Informiert von meinem eifersüchtigen Verehrer. Die Folge: Schulausschluss für ihn, Abmahnung für mich. Denn sein Streicheln war Rassenschande. So hieß das vor siebenundzwanzig Jahren.

Mein Vater war Germanist. Und Gauredner. Und Säufer. Er schlug mich, weil meine Umarmungen seinen Ruf gefährdeten.

Saujude nannte er ihn. Halbjude, versuchte ich zu relativieren. Weitere Schläge empfing ich vom Parteimitglied, das mich erzog.

Der uns verratende Junge? Ist heute mein Gatte. Und nicht stolz auf seine schon verjährte Tat.

Agnes Peintinger

Seit meiner Jugend arbeite ich für die Familie. Kochen, waschen, putzen, einfach alles.

Der gnädige Herr ist eine Persönlichkeit. Und musste ins Ausland. Weil er Jude ist. Die gnädige Frau ist so gütig. Und denkt nur an seine Rückkehr. Wenn alles vorbei ist. Der Sohn ist begabt. Und muss die Schule verlassen. Denn der Gemischte berührte eine Ungemischte.

Die Frau will kämpfen. Für ihr Kind. Es sei außerehelich arisch gezeugt. So macht sie sich zur Seitenspringerin. Ist sich für nichts zu schade.

Ich muss alles bezeugen, sagt sie. Beschwören. Vielleicht vor Gericht. Ich bin bereit. Aber meinem Beichtvater muss ich mich anvertrauen. Hochwürden wird es verstehen. Wo die Wahrheit bestraft wird, muss die Lüge erlaubt sein.

Otto Forster

Die Anwaltskanzlei habe ich abgegeben. An meinen Sohn. Möge er sie erfolgreich führen. Ich traue es ihm zu.

Ich baue nur noch Schiffe. Alte Segler. Schöne Modelle. Das ganze Erdgeschoß ist meine Werkstatt. Ständig bastle ich an meiner letzten Sehnsucht. Dort zu sein, wo ich nie war. Und nie sein werde.

Wien ist eine wunderbare Heimatstadt. Wäre ich in der Ferne, ich würde mich nach ihr sehnen. Da ich in ihr wohne, ist sie mir zuwider.

Wie kann eine Stadt so schön und ihre Bewohner so hässlich sein? Oder musste ich berufsbedingt das Hinterhältige der Menschen hier besonders spüren?

Das Fremde aufnehmen. Einbinden. Mitgestalten lassen. Und dann wieder abstoßen. Vertreiben. Grundlos. Schamlos. Rücksichtslos.

Peter Klever

Stiefel, Reiterhosen, Hakenkreuz mit Waage als Abzeichen. Ich bin einer der ranghöheren Rechtsbewahrer eines Landes, das den Krieg möglichst bald verlieren soll.

Aus dem Verband sozialistischer Akademiker trat ich rechtzeitig aus. Um in fanatischen Zeiten die Vernunft zu retten. So gut es geht.

Ein paar Haftstrafen mildern. Ein paar Prozesse in die Länge ziehen. Für meine früheren Freunde. Menschlichkeit mit Hitlergruß.

Wird man es mir danken? Wenn Völker sich wieder die Hand reichen? Oder werde ich dastehen als brauner Verräter mit roter Gesinnung?

Alles Gesetz geht vom Volk aus. Hoffentlich nicht nur vom deutschen.

Yvonne Werra

Jeder Mensch hat Liebhabereien. Meine sind Männer und Lyrik. Mit der einen kann ich Geld verdienen, mit der anderen nicht.

Nur reiche Männer werden von mir bedient. Wünsche haben die oft! Ich erfülle sie und wundere mich nicht.

Die Hälfte des Geldes schicke ich meinem Freund. Der in München studiert. Und sich politisch betätigt. Gegen die Reichen.

Ein Kunde will nicht meinen Körper. Ich lese ihm englische Gedichte vor. Dann wird gemeinsam übersetzt. Es macht uns beiden Spaß.

Lyrik beruhigt ihn. Den Beunruhigten. Ständig fühlt er sich verfolgt. Von Russen, Amerikanern und Franzosen. Er werde Wien kaum lebend verlassen. Was wollen sie von ihm? Waffen? Informationen? Pläne? Sicher keine Gedichte.

Raphaelo Aranda

Mein Wissen habe ich aufgeschrieben. Verschlüsselt. Nur einsichtbar für Kenner. Die wissen, was es heißt: etwas nicht anwenden dürfen, was man anwenden kann.

Alles spricht von und schreibt über atomares Bedrohen. Und fast nie über bakteriologische und chemische Kampfstoffe. Die viel billiger sind. Und viel leichter zu erzeugen. Wer sie besitzt, kann jeden Feind einschüchtern.

Ich verkaufte an Russland und Amerika. Sie wissen, wie man mit Macht umgeht. Wer andere beherrscht, kann hoffentlich sich selbst beherrschen.

Bin ich ein Unglück für die Menschheit? Nur weil ich etwas entwickelte, das töten kann? Mit Tieren versuchte ich es. Sie starben ohne Todeskampf. Mit Pflanzen versuchte ich es. Sie verblassten in wenigen Minuten. Mit Menschen versuchte ich es nicht. Mögen andere es auch nicht tun!

Können wir Menschen Erkenntnisse gewinnen, um sie zu verschweigen? Können wir Menschen forschen, um das Erforschte zu vergessen? Können wir Menschen Pläne entwerfen, um sie im Müll zu deponieren?

Jean Mercier

Bis 1940 arbeitete ich für den Widerstand gegen die Deutschen. Drei Tage Folter in einem deutschen Keller drehten mich um. 1945 nochmals drei Tage Folter. In einem französischen Keller. Das machte mich wieder zum Patrioten.

Einsatz für Frankreichs Einfluss auf der Welt. Bezahlen und erpressen für die große Nation. Dafür sorgen, dass Amerikas und Russlands Vorsprung schmilzt.

Der Argentinier bot auch mir gezieltes Anwenden von Bakterien und Viren an. Er dachte nicht westlich und nicht östlich, sondern chemisch. Und wurde vergiftet. Von einer Buchhändlerin. Die ich weder bezahlen noch erpressen kann. Denn sie liegt auf dem Wiener Zentralfriedhof.

In ein paar Jahren kaufe ich ein Häuschen in der Provence. Dann kommt das große Ausruhen. Frankreich genießen und nicht retten.

Fedor Santarin

Vier Jahre lang erlebte ich den Krieg an der Front. Und entkam dem Sterben. Mutter, Frau und Kinder überlebten nicht.

Für mich gibt es nur noch einen Auftrag: Mein geliebtes Russland darf nie wieder überfallen werden. Diesem Ziel widme ich mein Tun und Denken.

Mehr wissen als alle anderen ist der beste Friedensdienst. Und kultiviertes Reden mit den Gegnern. Sie kennenlernen. Berechnen können. Mit ihnen spielen. Für das Vaterland.

Der Amerikaner säuft mehr als er denkt. Der Franzose träumt vom Ruhestand. Ich saufe wenig und träume kaum. Und misstraue jedem. Das macht mich stark.

Gilbert Grant

Kriminelle Jahre in Chicago. Dann in Los Angeles. Nicht sehr erholsam.

Statt im Gefängnis sitze ich in Wien und arbeite für den Staat, den ich trotz allem liebe. Weil er mir vieles verzeiht. Und sich zu Recht auf mich verlässt.

Wissen sammeln für Amerika. Manchmal kooperieren mit Feind und Konkurrenz. Wir sind Gegner mit denselben Interessen.

Den Franzosen machten die eigenen Leute zum Witwer. Der ist glücklich über jeden Atemzug. Und will sich nur bewähren. Den haben sie schön in der Hand.

Der Russe hat nichts zu verlieren. Mutter tot, Frau tot, Kinder tot. So einer ist nur schwer erpressbar.

Mein Problem: Mir fällt Morden immer schwerer. Ganz leicht fiel es mir nie. Aber seit Jahren muss ich mich betäuben. Whisky reinigt mein Gewissen. Und mindert meine Zielgenauigkeit.

Hermine Lippowski

Betrogen zu werden vom einzigen Menschen, den man liebte, ist bitter. Nach siebzehn Jahren Ehe Der Grund: eine Jugendliche. Trennung, Heirat, Kind.

In einem schäbigen Haus am Stadtrand siedelte er mich an. Immerhin: Der erste Stock brachte gutes Mietgeld ein.

Scheidung verweigern war nicht möglich wegen ein paar kleinen Abenteuern meinerseits. Kurzes Berauschen ohne Alkohol. Sofort abgehakt. Aber halt doch juristisch nicht ganz einwandfrei.

Mein jüdischer Mann verließ mich wegen eines jüdischen Mädchens. Das ihm ein jüdisches Kind gebar. Alle drei starben in irgendwelchen Lagern. Wahrscheinlich sollte mich das empören.

Ignaz Pankrater

Unvergessliches erlebte ich als Beichtvater. 1943 fragte mich eine Haushälterin, ob sie einen Meineid leisten dürfe. Sie sollte beschwören, dass die gnädige Frau rassisch unbedenklichen Herrenbesuch hatte und der Sohn daher kaum vom jüdischen Ehegatten stamme.

Die christliche Wahrheitspflicht ist allgemein bekannt. Doch im Unrechtsstaat fiel mir das Abwägen nicht schwer. Ich befürwortete das außereheliche Arisieren des halbjüdischen Jugendlichen. Und somit die Lüge. Die gläubige Frau könne sich jederzeit auf mich berufen.

Den damaligen Kardinal der Wiener Katholiken hätte ich nicht ins Vertrauen ziehen dürfen. Er verzierte das Kreuz der Christen gern mit Haken.

Ich ließ mich von der Ostmarkmetropole ins Ländliche versetzen. Dort tolerierten sie meine Predigten. Oder verstanden sie nicht.

Jakob Roszek

Hier können wir nicht mehr leben. Es muss ein Ende haben. Gelobtes Land, wir kommen!

Vor Jahrzehnten Flucht von Wien nach Prag. Von Prag nach Warschau. Und irgendwie überlebt.

Nach dem Weltkrieg wurde vieles besser. Nicht alles. Dann kam der Sechstagekrieg. Israel galt als Aggressor. Im ganzen Ostblock. Und wir waren wieder Freiwild.

Zehntausend von uns wanderten 1967 aus Polen. Die gleiche Zahl war es im Jahr danach. Hohe Beträge verlangen sie dafür, dass wir sie verlassen dürfen. Aus bezugsfertigen Häusern und Wohnungen. So sieht das Gesetz es vor. Sie lernten von ihren früheren Feinden.

Martha Waldegg

Meine Schwester hatte einen jüdischen Mann und war schwanger. Im Jahr 1939. Ich habe einen arischen Mann mit Kinderwunsch.

Die heute Dreißigjährige glaubt, ich sei ihre Mutter. Mein Mann glaubt, er habe eine Tochter. Dieser Glaube hat beide niemals gestört.

Die Nichte liebte ihre Tante in Wien. Und wusste nicht, dass sie ihre Mutter war. Die Tante liebte ihre Nichte. Und wusste, dass sie ihre Tochter war. Und sagte es ihr nicht. Alles war in Ordnung.

Immer mehr zog es die junge Frau zu ihrer vermeintlichen Tante. Und weg von ihrer vermeintlichen Mutter. Das schmerzte ein bisschen.

Nun ist meine Schwester tot. Nie wird die Nichte erfahren, dass sie um die Mutter trauert. Nur noch ich weiß von der korrigierten Wahrheit. Die andere Betrug nennen würden.

Ottilie Landau

Wer so einen Bruder hat wie ich, braucht keine eigenen Kinder. Er ist ein willenloses Wesen. Das nie entscheidet und nichts verantwortet.

Um die Buchhandlung zu retten, trat er der Hitlerpartei bei. Und stellte das Sortiment entsprechend um.

Seine Gehilfin brauchte einen, der vor Gericht schwor, Vater ihres Kindes zu sein. Und er schwor.

Diese Gehilfin ermordete einen Argentinier und sich selbst. In des Bruders Geschäft. Der Sohn des Toten stellt Fragen. Und der Bruder gibt Auskunft. Weil er ihn mehr fürchtet als mich.

Jetzt ist er über sechzig und muss immer noch erzogen werden. Wird bockig. Uneinsichtig. Stur. Hört nicht auf meinen Rat. Will tun, was er für richtig hält.

Carl Flemming

Eine Frau lieben ist nie ganz problemlos. Warum sollte es mir anders gehen?

Das kleine Problem: Sie teilt das Bett mit einem Engländer. Und erzählt mir alles über ihn. Sie teilt auch mit mir das Bett. Wieviel erfährt der Engländer?

Das größere Problem: Mein Chauffeur drang in sie ein. Auf dem Boden. Ohne Einverständnis. Und zwang sie zu schweigen. Erfolglos. Heute noch wird er sterben. Meinen Wagen sollte er fahren, waschen und pflegen. Mehr stand nicht im Dienstvertrag.

Wer eine Frau schändet, verdient Strafe. Wer eine deutsche Frau schändet, hat kein Lebensrecht.

Heinz Steinfeld

Mein Vater war, ich muss es gestehen, so, wie ihn sich jeder Junge wünscht. Doch jüdisch und somit hinderlich für meine Laufbahn in der Hitlerjugend.

So macht meine Mutter ihren Chef zu meinem Vater. Gerichtlich wurde sie als Betrügerin entlarvt.

Die neueste Erkenntnis: Ein längst Verstorbener hat mich gezeugt. Einer, dessen Blutgruppe nicht mehr eruierbar ist.

Eine Frau, die lügt, wo immer es geht. Damit ihr Sohn ein tapferer deutscher Jugendlicher sein darf. Ist sie verachtens- oder liebenswert?

Daniel Steinfeld

Wien wollte mich nicht, Warschau will mich nicht, meine letzte Station heißt Israel. Mit neunundsechzig Jahren will ich in Ruhe gelassen werden.

Ich hatte einen Bruder. Er starb in London. Als Kämpfer gegen Deutschland.

Ich hatte einen Neffen. Er starb in der Ostmark. Als Kämpfer für Deutschland.

Ich hatte eine Schwägerin. Sie starb in Wien. Mit Mord und Selbstmord.

So viele Menschen kämpfen und töten, um sich zu befreien. Von irgendwas. Oder irgendwem. Ich kämpfe nicht, ich wandere. Dorthin, wo man mich nicht bedrohen wird. Wo ich vielleicht nicht einmal unerwünscht sein werde.

Der Stoff, aus dem die Träume sind (1971)

Dem schneebedeckten Wien folgte schon ein Jahr später der verregnete Norden, genauer: Frankfurt, Hamburg und die Lüneburger Heide. Thema und zugleich Beruf des Erzählers: die bilderreiche Wochenpresse. Die Träume erzeugende Maschinerie, deren schreibender Sklave ich selbst war. Länger als ein Jahrzehnt.

Einen Lamborghini-Fahrer und Whisky-Trinker als Berichtenden so zu gestalten, dass ihn ein nicht Lamborghini fahrendes und nicht Whisky trinkendes Publikum mochte, war mein Anspruch. Es sollte gelingen durch das Skizzieren eines Partners, der die Wahrheit liebt und die Moorlandschaften zwischen Hamburg, Bremen und Hannover. Der einfach da ist, wenn er gebraucht wird. Und unaufdringlich Probleme löst. Ein Freund eben.

Lesersympathie verschaffte ich einem an sich abstoßenden Erotik-Serien-Schreiber vor allem dadurch, dass ich ihn Opfer werden ließ. Bedrängt und gequält von noch viel abstoßenderen Vorgesetzten. Die durch Langzeitstudien erforschen lassen, welche Wünsche und Sehnsüchte mit illustrierten Magazinen befriedigt werden können.

Erzählen mit ständigem Ortswechsel. Hier die Träume produzierenden Redaktionen, dort das Alpträume lindernde Lager mit jungen Menschen auf der Flucht. Denn unerwünscht waren sie in Königsberg, Danzig, Stettin und Kattowitz. Und in Prag und Brünn. Und auch in Mecklenburg, Brandenburg, Thüringen und Sachsen. Jugendliche, entwischt dem Spott, der Häme, der Schikane, jetzt immerhin frei zwischen Stacheldrähten.

Wer sein Werk als erzählendes Widerspiegeln der Jahrzehnte nach den Weltkriegen definiert, kann freilich nicht verzichten auf das Schildern des tschechoslowakischen Experiments eines respektvollen und furchtlosen Kommunismus. Und dessen gepanzertes Niederwalzen im August 1968.

Eine Zweiundsechzigjährige vertritt sehr aktiv einen zum Tod Verurteilten: den so anschmiegsamen Akzent der Sudetendeutschen. Denn sie stammt aus Liberec, früher Reichenberg. Eine nie einsame Frau. Ständig unterhält sie sich mit ihren elf schon lange verstorbenen Freunden.

Eine Person ist sie, die hilft, weil sie helfen muss. Nicht anders kann. Helfen ist für sie der Sinn des Lebens. Es bereitet Glück und spendet Trost. Hilfe als die selbstloseste Form des Liebens. Wer es nicht tut, ist somit lieblos und hilflos.

Rückblickend muss ich meine Liebe zu drei außerdeutschen Sprachräumen gestehen: Amerika, Frankreich und Tschechien. Leitmotivisch treten sie auf in allen 52 Jahren, die ich meiner Schreibmaschine schenkte.

Walter Roland

Sechsunddreißig Jahre, weiße Schläfen. Ständig appetitlos. Zuviel Arbeit, zu viele Frauen, zu viele Zigaretten, zu hoher Alkoholspiegel. Das bin ich, der höchstbezahlte Illustriertenautor Deutschlands.

Alles nach Maß: Anzüge, Hemden, Schuhe. Luxuswohnung. Lamborghini. Und Angst. Vor dem Schakal. Er belauert mich, kommt immer näher. Sein Atem stinkt. Die Herzbeschwerden bringt er mir. Schwäche, Panik, keine Luft. Zwei Tage Valium-Schlaf. Dann dreht er ab und grinst: Ich komme wieder.

Whisky ist mein Weihwasser. Mit ihm halte ich ihn fern. Und genau darauf soll ich verzichten, sonst werde ich nicht vierzig. Sagen die weißen Stethoskop- und Skalpelltheologen. Ich meide sie, wann immer es geht. Es geht nicht immer.

Verkaufsauflage pro Woche einskommafünf Millionen. Jedes Exemplar wird statistisch von mehr als fünf Menschen gelesen. Neun Millionen kennen also meine Reportagen. Sex und Unglück verkaufen sich am besten. Gehören die beiden zusammen? Das zu beantworten steht mir nicht zu. Ich berichte nur, beschreibe und erzähle. Mit Spürsinn für Träume, Sehnsüchte und Wünsche. Offene und geheime.

Bert Engelhardt

Nerven aus Stahl erfordert mein Tun, erschüttern darf mich nichts.

Seit Jahrzehnten beliefere ich die Welt mit Bildern. Nicht die ganze Welt natürlich, doch was in „Blitz“ erscheint, wird von Millionen gelesen und noch mehr gesehen. Für das Gelesene sind die Schreiber zuständig, für das Sichtbare meine Fotos. Mit ihnen verursache ich: Angst, Empörung, Mitleid, die ganze Palette illustrierter Neugier.

Mit Bildern Politik machen. Ich brauche keine Rhetorik, keine Argumente, kein Verbiegen des Wirklichen mit Worten. Ich liefere visuelle Pointen. Dafür werde ich geschätzt. Und bezahlt.

Ich fotografiere Millionäre, Filmstars, Leprakranke und Elendsviertel. Vor allem aber Kriege. Tote sind an sich langweilig. Zerfetzt müssen sie sein. Und wenn schon nicht tot, wenigstens amputiert. Orte der Explosionen und Massaker sind meine Arbeitsplätze. Und ich beherrsche meine Arbeit. Auszeichnungen erhielt ich. Meine besten Fotos gingen als Ausstellung um die Welt. Erschütterung ist mein Beruf.

Luise Gottschalk

Ein Leben für die Kinder. Die ewig Unschuldigen. Leiden stets am Elend, das sie nicht verursacht haben.

Begonnen habe ich mit achtzehn. In Wien, zwanzigster Bezirk. Inflation nach dem Ersten Weltkrieg. Betteln beim Sozialamt für unsere Kinderkrippen. Kein Geld, kein Essen, wenig zum Anziehen, nur Dreck.

Weltwirtschaftskrise 1929. Halb Österreich war arbeitslos. Ein leichtes Spiel für Hitler. Die Kriegsjahre als Fürsorgerin in Reichenberg, heute

Liberec, meine Heimat. 250 sudetendeutsche Kinder begleiteten wir im Jänner 1945 zu dritt nach München. Nur drei sind erfroren.

Russische Panzer überholten unsere Fluchtkolonne. Warfen uns Essen und Decken zu. Immerhin. Die Amerikaner versorgten uns mit Baracken, Nahrung, Kleidung und Kohle.

Seit vierundvierzig Jahren betreue ich familienlose Kinder. In riesigen Siedlungen. Eine Großstadt könnte ich füllen mit den von mir Beschützten und Behüteten.

1953 wurden erste Holzlager errichtet für Kinder aus der DDR. Vor dem Mauerbau waren es vierundzwanzig in der BRD. Derzeit, 1968, beherbergen wir hier, im Moor zwischen Bremen und Hamburg, junge Ostdeutsche, Vietnamesen, Griechen und vor allem Tschechen. Welche Länder vertreiben ihren Nachwuchs in den nächsten Jahren? Und Jahrzehnten?

Irina Indigo

Stacheldraht. Kein Ausgang ohne Erlaubnis und Passierschein. Überall Lagerpolizei. In Uniform. Ich muss raus. So schnell es geht.

Der Journalist schaut mich an. Ich schaue ihn an. Unsere Blicke ruhen. Nimmt er mich mit? Weit weg von hier?

Er ist der erste Mensch in diesem Land, der redet und nicht kommandiert. Ja, wir sind viele Flüchtlinge. Die Leute haben genug von uns. Wollen uns nicht mehr sehen.

Auch der Pastor ist nett. Manchmal. Niemand in Deutschland habe etwas gegen uns. Was wie Ablehnung aussehe, sei nur schlechtes Gewissen. Weil es ihnen gut gehe und uns nicht.

Zu meinem Verlobten muss ich. Lebt in Hamburg. Setzte sich schon vor drei Monaten ab. Als die russischen Panzer in Prag ankamen.

Dann suchten sie mich auf. Zuerst die Tschechen, dann die Russen. Festnahme. Verhöre. Tag und Nacht. Alles wollten sie wissen über ihn.

Er war Beamter im Verteidigungsministerium. Kein Wort kam von mir. Das war nicht gespielt. Einen Mann liebe ich, den ich nicht kenne. Was sollte er mir schon sagen? Einer Minderjährigen?

Die Augen des Reporters. Schön sind sie. Und traurig. Schreiben will er über unsere Flucht, über das Lager. Über mich.

Paul Demel

Nicht wenige sind es wieder, die vor dem Zaun stehen. Und warten auf die Asylmädchen. Die Herren suchen Nachwuchs für Bardienst, Striptease und alles, was der Strich zu bieten hat. Die Frauen kommen aus ganz Deutschland. Brauchen Bedienungs-, Koch- und Aufräumpersonal.

Für die Burschen gibt es Hilfsdienste jeder Art. Schwerindustrie, Leichtindustrie, Elektroindustrie, Werften. Verträge sind schnell unterschrieben. Bezahlung? Will ich nicht wissen. Ein Land im Aufbau.

Was kann ich tun als Seelsorger? Beim Papierkram helfen. Zu den Ämtern begleiten. Zuhören. Trösten.

Einsperren können wir sie nicht. Das Recht auf Ausgang ist verbrieft. Das wissen sie. Ein Jugendschützer bin ich, der nicht schützen kann.

Das Personal ist mir auch anvertraut. Gläubige und Ungläubige, Schlagende und Sanfte, Verbietende und Erlaubende, Kontrollierende und Wegsehende.

Seit 1934 steht das Lager. Errichtet vom Reichsarbeitsdienst. 1937 kamen politische Häftlinge. Später Kriegsgefangene. Ab 1945 verhaftete Anbeter des Hakenkreuzes. Anschließend lieferten die DDR und andere Staaten. Die sich nicht schämen für das, was sie tun. Gitterstäbe und Stacheldrähte gehören, so fürchte ich, zur Grundausstattung menschlichen Zusammenseins.

Eugen Kuschke

Kommunist sein war für mich das Natürlichste. Miteinander und nicht gegeneinander leben leuchtete mir ein. Ohne Reichtum auf den Schultern der Armut.

Heute noch glaube ich, wir hätten gemeinsam mit den Sozialisten die Hitlerzeit verhindern können. Leider bekämpften wir die Abweichenden und nicht die Totschlagenden.

Nach dem Krieg blockierten die Russen jede Einfuhr in die Hauptstadt. Auch die von Milch. Unser Baby starb unterernährt. Meine Frau verließ mich. Und ich verließ die Kommunisten. Mitglied eines Kindermördervereins konnte ich nicht bleiben.

Seit zwanzig Jahren wohne ich in einem Heim für Jugendliche. Die meisten flüchteten aus Ländern, in denen die herrschen, die ich einst bewunderte.

Erfahrung lehrte mich, was Schulen nicht lehren können: Misstraue jedem, auch dir selbst!

Paul Kramer

Als Musiker Geld verdienen wäre schön gewesen. Musikkritiker wurde ich. Und beurteilte Menschen, die das taten, was mir versperrt war. Oder erspart blieb?

Das Melodienreich wurde zu eng. Mich inspirierte alles Lauterzeugende. Kriege, Gasthäuser, Liebe. Wo geschrien wird, geheult, getobt, geweint und geflüstert, fließen mir die Worte von der Feder.

Inzwischen bin ich eine kommentierende Größe. Eine Seite wöchentlich. Mit Höchstauflage.

Millionen lesen das von mir Geschriebene. Sie arbeiten vierzig Stunden. Manche mehr, manche weniger. Ich schreibe eine Seite. Nicht mehr und nicht weniger.

Ein bisschen werden sie beschummelt. Manche Botschaft muss zugespitzt werden. Doch sie spüren: Meine kleinen Siege und Niederlagen könnten auch ihre sein.

Gert Lester

Warum mögen wir uns nicht? Ich, der Chefredakteur, und er, der Superstar. Unsere Konzepte für eine auflagenstarke Wochenzeitung ergänzen sich. Er schwört auf Sex, ich auf Krieg.

In seinem Bereich mische ich mich nicht ein. Er ist der Unterleibsberater der Nation. Woche für Woche formuliert er, was Millionen denken, ersehnen und befürchten. Alles Abweichende versteht er und findet dafür noch einen beruhigenden Fachausdruck.

Beim Krieg ist es schwieriger. Ich erlebte ihn, er schildert ihn. Verdammt gut. Und irgendwie doch unecht. Recherchierte Schreibtischarbeit. Es fehlt der Modergeruch von Schweiß und Tod.

Ein Mensch, der meine Wünsche erfüllt. So, dass ich sie als meine Wünsche nicht mehr erkenne.

Ohne ihn wäre unsere Zeitung ärmer. Ohne uns wäre sein Gehalt niedriger. Gegenseitiges Abhängigsein erzeugt keine Zuneigung.

Angela Flanders

Gesprächsrunde mit dem weiblichen Zeitungspersonal: Sekretärinnen, Putzfrauen, Köchinnen.

Wie die neue Erotikserie auf sie wirke. Viele Blicke auf den Boden. Diese Frauen sind es nicht gewohnt gefragt zu werden.

Ihr Mann komme zu schnell, sagt eine. Ihrer schaue nur auf sich, meint eine zweite. Eine dritte: Ihr Gefährte kenne die Serie nicht. Er wolle Sex machen und nicht darüber lesen. Ich notiere eifrig.

Der Serienautor soll nicht weibliche Berührungspunkte analysieren, sondern männliche Vorlieben in Worte fassen. Sagt eine Selbstbewusste. Dafür wäre sie bereit, wöchentlich sieben Minuten lesend dem Thema zu widmen.

Eine Ironische bringt sich ein: Die Illustrationen zielten nur auf männliche Erregung. Sie durchschaue das Konzept: Die Frauen sollen lesen, die Männer Bildchen ansehen.

Ich bedanke mich und versichere: Alle Kritik und Anregung würden der Redaktion mitgeteilt.

Die Epoche des über alles reden Könnens. Des mit Worten so Tuns, als ob Uraltes soeben erfunden worden wäre.

Thomas Herford

In einer Diktatur muss alles täglich, wöchentlich und monatlich Gelesene die Macht unterstützen. Die einen schreiend, die anderen abwägend, die dritten analysierend.

In einer Demokratie wird kontrolliert statt unterstützt. Schreiend, abwägend, analysierend.

Aber auch wir leben von denen, die wir kontrollieren. Wenn die Macht nicht mit uns redet, gibt es wenig zu schreiben.

Die Macht weiß: Wenn es uns Lästige nicht gäbe, kämen die mit der Wortmunition. Also zieht sie die Nervtöter den Ruftötern vor.

Es ist das ewige Spiel zwischen denen, die gewählt, und denen, die gelesen werden wollen.

Wilhelm Reimers

Wer hat mein Leben finanziert?

Erstens: Die deutsche Industrie bezahlte mein Geschick. Zweitens: Die SS bezahlte mein soldatisches Aussehen. Drittens: Die Amerikaner bezahlten das Entnazifizierungslager. Viertens: Die deutschen Mitbürger bezahlten die Heilanstalt.

Nun bin ich Fremdenführer in Hamburg. Kenne jeden Winkel dieser Stadt. Und werde bezahlt fünftens von Menschen, die ich fremdenführe.

Sie schätzen meine Kenntnisse. Hören zu. Staunen. Stellen Fragen. Und bedanken sich. Und wissen nichts über mich und vieles über Hamburg.

Jan Bilka

Familienverräter nennt mich mein Bruder. Weil mir seine Liebe nichts bedeutet.

Landesverräter werden mich die Tschechen nennen. Weil ihr Wohlergehen mich nichts angeht.

Hochverräter werden mich die Kommunisten nennen. Weil ich Aufmarschpläne verkaufe. An ihre Feinde.

Auch sie wird mich Verräter nennen. Die mich so liebte. Zwei Jahre lang. Sie passte in mein Bett, aber nicht in meinen Lebensplan.

Ein ehrloser Mensch bin ich. Aus Überzeugung. Denn sie sind unser Unglück: die Ehrenmenschen. Ehrgeizige, Ehrfürchtige, Ehrsüchtige.

Joachim Vandenberg

Ein Tscheche flüchtet mit den aufgezeichneten Kriegsmanövern der kommunistischen Länder nach Westdeutschland. Übergibt sie dort einem Freund Amerikas. Der ein noch besserer Freund Russlands ist.

Die beste Ostwestgeschichte für die größte Wochenzeitung. Sie durfte nicht erscheinen. Grund: westliche Blamage. Begründung: Der Verfasser sei ein promillesüchtiges Opfer von Launen und Verschwendung.

Sie wollten ihn vernichten. Und trieben ihn mir in die Hände. So erscheint sein Werk als Buch. Einmal und nicht wöchentlich. Ohne Fotos. Nur in Worten.

Bei mir kann er schreiben, was er für richtig hält. Und nicht, was Vorgesetzte für richtig halten. Und schon gar nicht deren Leser, diese zuerst dressierten und dann hofierten Wesen.

Gertrud Reibeisen

Männer sind meine Erwerbsquelle. Sie zahlen, ich gebe, was ich zu geben habe. Körper und Seele sind zwei Kontinente.

Für das Wohlbefinden reichen mir ein Gefährte und ein Kanarienvogel. Den Mann ernähre ich, weil ihn die Arbeit nicht ernährt. Er ist liebevoll und erfolglos. Sein Hass auf den Vogel beweist, wie gern er mich für sich allein hätte.

Ein Reporter besucht mich mit Aufnahmegerät. Für eine Sexualverhaltensserie. Seine Fragen sind detailliert. Meine Antworten auch. Er bezahlt etwas weniger als die Herren mit den Sonderwünschen.

Nie hätte ich gedacht, dass ich mit meinem Wissen die Illustriertenleserschaft bereichern kann. Denn mein Erfahrungsschatz ist nicht geheim. Und viele Frauen haben Ähnliches erlebt. Vielleicht mit mehr Lust und für weniger Geld.

Die Antwort kennt nur der Wind (1973)

Dem verschneiten Wien und dem verregneten Hamburg folgte die erzählte Liebeserklärung an das mediterrane Frankreich. Cannes, mein Sonnenschein, sollte Schauplatz meiner nächsten Schreibmonate sein. Zum Titel verhalf mir Bob Dylan mit seinem „Blowin´in the wind".

Umfassende Bilder eines meist kurzen Abschnitts unserer Zeit wollte ich malen. Politische Mächte, soziale Schichten, ihr Fühlen, ihre Sorgen, Ängste, Mangel, Überfluss, Sucht, Sehnsucht. Durchschaubar machen wollte ich das oft Undurchschaubare. Verbrechen können Verhältnisse radikalisieren und auf den Punkt bringen. Nie mochte ich das gewaltsame Sterben als Selbstzweck. Doch diesmal änderte ich die Gewichtung. Die mordende Energie drängte in den Vordergrund, der Rest sollte Kulisse sein. Vielleicht mein erster echter Kriminalroman?

Der Blick auf den Reichtum dieser Erde aus der Sicht der Armen muss unscharf bleiben. Sie können den Wert von Luxus mangels Kenntnis nicht einschätzen. Der zweite Trübungsfaktor ist der Neid und in seinem Gefolge der blendende Hass auf alle Besitzenden.

Meine Handlungsträger mussten daher vermögend sein. Wie Geldvermehrung funktioniert, wird am besten am Beispiel Geld vermehrender Menschen erklärt. Von innen wollte ich millionäres Verhalten beleuchten und nicht von außen und schon gar nicht von unten.

Wer das Bedürfnis nach Versichertsein zu den langweiligen und meist trocken formulierten Seiten des Lebens zählt, mochte durch meine Geschichte belehrt sein. Kaum zu glauben, wie umfassend Menschen das Wort Sicherheit definieren. Und mit welchem Gewinn Firmen uns in eben dieser Sicherheit wiegen und im Schadensfall dafür sorgen, dass es unserer bleibt und nicht ihrer wird. Wer das Kundenlocken und Kundenberuhigen und somit Kundentäuschen gut beherrscht, wird bewundert und landet in leitender Position. Kaum etwas ist aufregender als die Frage, wie profitabel Angst und Furcht sein können.

Mehrjährige Handlungsdauer widerspräche meinem Wesen. Oft reichen ein paar Tage für hunderte Seiten, bisweilen ein paar Wochen. Im Cannes-Buch waren es immerhin ein paar Monate des Jahres 1972. Ich und eine Autobiografie? Welch fremder Gedanke. Lebensjahrzehnte bekennend dahinfließen lassen. Viele tun es. Zu viele vielleicht.

Robert Lucas

In zwei Jahren bin ich eher tot als fünfzig. Müde hat mich das viele Arbeiten und Reisen gemacht, noch müder die Ehe. Vielleicht habe ich meine Gattin nie geliebt, die Erotik reichte für drei glückliche Jahre. Sie bewirft mich mit verbalen Steinen, ich werfe nicht zurück.

Als Kind besaß ich einen kleinen Hund, er bedeutete mir alles. Ein Lastkraftwagen verletzte ihn schwer. Ich sah den Tod in seinen Augen, holte einen Granit, streichelte ihn und zertrümmerte seinen Schädel. Meine Freunde durften nicht mehr mit mir, dem Monster, spielen.

Krieg und Nachkrieg brachten mir neue Freunde. Nach und nach wurden sie von meiner Frau verscheucht.

Den Beruf liebte ich wie einst meinen Hund. Meine Zuneigung führt, wie es scheint, zu keinem guten Ende.

Sex hatte ich bisher mit etwa vierzig Frauen. Dreißig Huren, zehn Ehefrauen. Mit den Huren war es einfacher. Frei von Emotionen.

Mein Leben ist keinesfalls verpfuscht. Ich liebe die einsamen Nächte in Bars und Hotels. Kenne die ganze Welt. Habe keine Kinder. Werde nicht geliebt und, wenn es so weit ist, auch nicht betrauert. Das erleichtert vieles.

Gustav Brandenburg

Hässlich bin ich, seit einundsechzig Jahren. Auch ohne Spiegel weiß ich, dass auf meinen Schultern ein kahler, würfelartiger Schädel sitzt. Mit Schweinsaugen. Dazwischen eine fleischige Nase.

Wer so aussieht, braucht nicht täglich frische Kleidung. Monatlich reicht auch. Schmutz ist mein Markenzeichen. Müssen Fingernägel kurz und sauber sein?

Andere essen, ich verschlinge. Am liebsten Popcorn. Wo ich sitze, bröselt es. Und ich sitze fast immer. Liegen ist Zeitverschwendung und gehen strengt an.

Verheiratet? Ich quäle keine Frau mit mir. Fünfzehn Havannas täglich decken den Bedarf meiner Sinne.

Vielleicht sehe ich nicht aus wie ein Chef, aber ich bin es. Firma „Global", Abteilung Schaden. Wir versichern alles. Grundstücke, Fahrzeuge, Schmuck, Filme, ganze Menschen oder auch nur einzelne Körperteile wie Fußballerbeine und Schauspielerinnenbrüste. Unser Stammsitz ist Düsseldorf, Außenstellen haben wir in allen Kontinenten. Für uns arbeiten 30.000 Menschen.

Bluthund ist mein Spitzname. Betrug rieche ich von Weitem. Misstrauen ist mein Kapital. Von der Unschuldsvermutung halte ich wenig.

Karin Lucas

Jede Nacht das Geschrei. Seit zwei Jahren. Die Nachbarin spricht mich schon an. Peinlich.

Gut, dass er im anderen Zimmer schläft. Im gleichen Bett: Gott bewahre!

Ob er in den Hotels auch tobt? Der Herr Versicherungsjurist? Er beobachte sich nicht beim Schlafen. Und es habe sich noch niemand beschwert. Wer ist niemand? Die Weibsbilder, an denen er sich wärmt? Wie viele es wohl sind? In jeder Unterkunft eine andere?

Nur zuhause kräht der Hahn. Und schuld bin ich. Die keifende Ehefrau. So einfach ist das.

Monatelang lässt er mich allein. Diesmal waren es acht Wochen in Ostasien. Wenn er da ist: keine Umarmung, kein Kuss. Er ekelt sich vor mir. Und sagt es nicht. Der Feigling.

Entzückt sind sie alle. Was für einen reizenden Mann ich habe. Beneidet werde ich. Warum finden so viele Frauen den Teufel sympathisch? Mir ging es nicht anders. Vor zehn Jahren.

Kein Wort spricht er. Ich bemühe mich um eine Unterhaltung und er starrt vor sich hin. Wenn er mir wenigstens etwas vorwerfen würde. Schont er seine charmante Stimme für die verwöhnenden Schönheiten?

Seine Bücher liebt er mehr als mich. Die Schallplatten ebenso. Vor allem aber seine Arbeit. Verdächtige Schadensmeldungen. Der betrügende Ehemann jagt betrügende Kunden.

Angela Delpierre

Zwölf Tote, schwimmende Leichenteile, zerfetzt auf der explodierenden „Moonglow“. Ich war die dreizehnte. Und lebe. Weil ich Magenschmerzen hatte. Und daher das Schiff nicht bestieg. Danke, lieber Magen!

Die Polizei vermutet Mord. Ich auch. Der Anwalt von der deutschen Versicherung sucht Hinweise auf Selbstmord. Natürlich. Nur in diesem Fall müssten sie nichts zahlen. Auf fünfzehn Millionen war die Jacht versichert.

Mit Pinsel und Öl porträtiere ich die Reichen. Das macht mich ein bisschen reich. Und die Prominenten. Das macht mich ein bisschen prominent.

Den Schiffsbesitzer malte ich erst kürzlich. Das Bild ist fertig, der Mann tot.

Das Französisch des Deutschen beeindruckt. Hübsch ist er. Und gewinnend. Und traurig. Und geschmacklos gekleidet. Eine Frau braucht er, die ihn berät, stilistisch. Ich wäre bereit.

Hilde Hellmann

Alle zusammen haben ihn getötet. Mussten es tun. Er war ihnen zu groß.

Der Mann von der Versicherung will einen Selbstmord konstruieren. Der Ahnungslose. Dann hätte mein Bruder elf andere mitgenommen. Undenkbar. Angst hatte er. Aber nicht vor sich. Vor seinen Freunden. Zu Recht.

Ihr nächstes Ziel bin ich, die Alleinerbin. Ich bezahle ihm, soviel er will, wenn er die Brut überführt. Die Suizidtheorie beendet, sie alle ausrottet. Ihm traue ich mehr zu als der Polizei. Werden ihm zwei Millionen reichen?

Mein Trost sind die Smaragde. Und Brillanten. Die wertvollsten Geschenke der Schöpfung an den Menschen. Auf dass er sie bearbeite, veredle und mit ihnen Freude bereite.

Eine der reichsten Frauen bin ich. Eine der größten Villen bewohne ich. Über eine große Dienerschaft verfüge ich. Und alt bin ich. Hässlich. Und kann nicht gehen.

Was mache ich mit dem Erbe meines Bruders? Investieren. In alle Menschen, die bereit sind, seine Vernichter zu vernichten.

Louis Lacrosse

Vor drei Stunden aß er mit mir im Restaurant. Jetzt liegt er auf dem Seziertisch. Weil er etwas wusste. Oder ahnte. Von der Explosion.

Ein Schiff wird mit Dynamit gesprengt, zwölffacher Mord. Und ich soll ermitteln. Gegen Menschen, die so mächtig sind, dass die Regierenden schweigen. Der Schoßhund, der die Kampfhunde jagt. Wie soll das enden?

Der Kommissar aus Nizza wird mich unterstützen. Zwei Schoßhunde sind besser als einer.

Der knurrt sogar. Erwischen werde er sie, alle. Egal, wie reich, egal, wie mächtig. Außerdem: Die Hälfte der Toten war Schiffsbesatzung. Arme Leute, um das tägliche Brot schuftend, von millionenschweren Gaunern zum Tod verurteilt, für nichts. Wenn das durchgehe, zähle ein Menschenleben erst ab einem bestimmten Geldbetrag.

Recht hat er. Schluss mit Ducken. Jahrzehntelang schaute ich zu, wie die Großen tun, was sie wollen. Sich an nichts halten. Und wir Kleinen bedienen, führen durch und gehorchen. Und dankbar schnappen wir die Häppchen auf, die sie uns zuwerfen.

Seit heute sind es schon dreizehn, die sterben mussten. Damit die Herren weiterhin Herren und die Damen weiterhin Damen sein können.

Jaques Roussel

Kollegen gibt es, die sind bei jedem Mord entsetzt. Wer nur so etwas tun könne, fragen sie.

Andere sind moralisch erschüttert. Sie können nicht glauben, dass Menschen töten, wo sie es doch nicht tun sollen.

Bei wieder anderen setzt Mutlosigkeit ein. So viele Präventiv- und Schutzmaßnahmen blieben scheinbar erfolglos.

Ich habe ein klares Berufsbild: Der Täter ist mein Feind, er darf nicht unbestraft bleiben. Wir müssen ihn erwischen und der Justiz übergeben. Dafür werden wir bezahlt. Empörung und Mitleid bringen uns dem Ziel nicht näher.

Ob das Opfer reich war oder arm, schön oder hässlich, jung oder alt, weiblich oder männlich, hat keine Rolle zu spielen. Ein Mensch wurde ermordet und somit der größtmögliche Rechtsbruch begangen.

Gaston Tilmant

Ein deutscher Bankier wurde in Frankreich getötet. Mit ihm über zehn Menschen. Unsere Polizei ermittelt mit Leidenschaft. Beamtete Menschen mit Monatsgehalt gegen solche, die mit einer Unterschrift das Tausendfache einnehmen oder auszahlen.

Ich vertrete die Regierung und begleite die Exekutive bei der Aufklärung eines Massensterbens. Diese kindlich Empörten müssen stets an die Vernunft erinnert werden.

Große Geldbeträge werden raffiniert erworben, rücksichtslos und ohne Aufsehen. Meine Mitarbeiter suchen die Wahrheit, ich auch, aber die etwas dosierte. Denn nicht alles ist allen zumutbar. Besonders denen nicht, die an den Sieg der Gerechten über die Ungerechten glauben.

Die Versicherung des toten Deutschen will Mord in Selbstmord umwandeln. In diesem Fall müsste sie nicht bezahlen.

Dem französischen Staat wäre ein Unglück am liebsten. Dann könnte er trauern und bedauern.

Wer wird sich durchsetzen? Die Interpreten der Schuld, die der Verzweiflung oder die des Schicksals?

Pasquale Trabaud

Von der Näherin zur Milliardärsgattin: ein steiler und steiniger Weg. Mit einem Mann, der Wirtshaussohn war und nun Hotelketten besitzt.

Macht Reichtum edel oder schmutzig? Das Erste ist mein Wunsch, das Zweite meine Beobachtung.

Drei Jahre lang war meine Freundin traurig. Weil sie einmal vergeblich liebte. Die Arme. Bevorzugte liebendes Leben im Mittelmaß und nicht, wie ich, liebloses Leben im Übermaß.

Sie ist fleißig und verdient viel Geld. Ich bin faul und lasse meinen Mann verdienen. Die Reichen werden von ihr porträtiert, von mir eingeladen. So ergänzen wir uns.

Inge Dreyer

Tausende Bücher schildern das Verlieben, wenige nur das Entlieben. Wie entsteht das Erkalten heißester Gefühle?

Die Frau, die mir alles anvertraut, verlor die Zuneigung ihres Ehemanns. Freundlich, schweigsam und gleichgültig verbringt er die nur noch wenigen Tage mit ihr.

Sie rast. Eifersucht und Verzweiflung treiben sie an. Vernachlässigen ist leichter als vernachlässigt werden.

Aggressiv erscheint die Liebende und nicht der Lieblose. Die immer noch Begehrende beleidigt. Der nicht mehr Begehrende verzeiht alles.

Paul Seeberg

Generalbevollmächtigter bin ich von Beruf. Ich führe durch, was meine Chefin nicht durchführen kann. Oder will.

Sehr reiche Menschen haben einen Ratgeber. Der den Reichtum, den er nicht besitzt, bewahrt und vermehrt.

Mein Platz ist an der Seite der Menschen, die mich bezahlen. All mein Können gehört ihnen.

Ob das Vermögen rechtens erworben wurde, obliegt nicht meinem Urteil. Richter sollen richten, Versicherer sollen versichern, Verkäufer sollen verkaufen. Ich bin Berater und berate.

Charles Libellé

Nichts bereichert mich mehr als das Lesen eines Romans. Vor allem, wenn ich den Autor persönlich kenne.

Schwierig wird es für mich als Notar, wenn der Verfasser darauf besteht, im Roman stehe die Wahrheit und sonst nichts.

Noch schwieriger wird es, wenn er fordert, das von ihm Geschriebene möge als gerichtliches Beweismittel verwendet werden.

Jeder Erzähler weiß, dass er auf Schmuck und Ornamente als Träger einer Handlung nicht verzichten kann. Denn die Wahrheit bietet wenig Poesie. Sie fordert das Exakte und Schlüssige, nicht das Schöne und Erhabene.

Niemand ist eine Insel (1975)

Überwiegend französisch waren auch die Schauplätze meiner 1975 erschienenen Geschichte. Doch waren die Städte eher skizziert als gemalt. Denn ein Thema sollte Schwerpunkt sein und andere Details schattenhaft erscheinen lassen: unser Umgang mit Behinderung. Das Reagieren der Funktionierenden auf das Nichtfunktionieren anderer. Schon im Titel wollte ich zum Ausdruck bringen: Niemand ist nur für sich selbst da. Wir haben Verantwortung zu tragen für andere. Nicht nur an schönen Tagen. Auch das macht menschliche Würde aus.

Schon einmal vermengte ich Film und Roman. Nicht verwunderlich für einen Drehbuchschreiber, der ich in jungen Jahren auch war. Damals waren es die Tonbandgeständnisse des einstigen und später im Whisky ertrinkenden Kinderstars. Jetzt war es eine dank Skalpell jugendliche Kinokönigin am Höhe- und Wendepunkt. Drehorte als Handlungsorte, das sorgte für Schicksalsdynamik.

Das andere Spannungsfeld war ständiger Wechsel von Hoffen und Verzweifeln. Und wieder Hoffen und wieder Verzweifeln. Das schwer Erträgliche ertragen müssen.

Wie lebt eine von Millionen Verehrte mit einem plötzlich erkrankten und später behinderten Kind? Sie nimmt Symptome nicht wahr und Diagnosen nicht zur Kenntnis. Für Therapien hat sie keine Zeit, aber viel Geld.

Wie stolz ein Kind präsentiert wird, so lange es gesund ist! Sobald behindert, wird es dem öffentlichen Raum entzogen. Zuerst verleugnet, dann entfernt. Natürlich mit Ärzten, Lehrern und ähnlich leidenden Kindern.

Und da gibt es den Erzähler: Reich geboren, nichts tuend, nichts nützend. Ihm wird die Hilf- und Aussichtslosigkeit der Weltstartochter zur Bewährung. Ständiges Dasein und Gebrauchtsein, mit der

Patientin geteilte Freude an kleinsten Schritten der Heilung, das macht ihn stark.

Keinen Bestand hat natürlich die Liebe zwischen einem einst sinnentleerten Schönen, der immer tiefer eintaucht in geduldigem Einsatz für hilfsbedürftiges Leben, und einer Prominenten, deren Barmherzigkeit nur so lange anhält wie das Surren der Kameras und die an der Krankheit der eigenen Tochter zerbricht.

Philip Kaven

Playboy, was für ein Wort! Ich liebe es, nicht in einem Käfig zu leben, der Vierzigstundenwoche heißt. Mir gefallen teure Autos besser als billige. Ich begehre schöne Frauen. Und leider sie auch mich.

Derzeit liebt mich die Schönste und Bestbezahlte, die Fürstin der Leinwand. Liebhaber also ist mein Beruf. Er ist nicht erlernbar. Fordert keine Zertifikate. Ist anspruchsvoll und kann ermüden.

Die Schönheit ist unvergänglich, die Schönen nicht. Die Allerschönste liegt in einer Klinik. Ihr Kopf ist ein weißer Ballon aus Stoffverband. Blut schimmert darunter. Erst in ein paar Wochen kann ich sehen, wie perfekt Ästhetik mit dem Messer konserviert wird.

Natürlich liebe ich das Leben an ihrer Seite. Das kalte Händchen haltend sitze ich an ihrem Bett. Bei ihr werde ich bleiben, so lang sie es wünscht. Und bei ihrer Tochter. Dem unglücklichen Resultat einer ihrer unglücklichen Beziehungen.

Seit fünf Jahren lebe ich mit ihr und von ihr. Im grellen Licht der Scheinwerfer. Führe ihre Aufträge durch. Erfülle ihre Wünsche. Und das ist nicht wenig. Vielleicht mehr als eine Vierzigstundenwoche.

Sylvia Moran

Wir sind füreinander geschaffen. Brauchen keine Eheringe. Meinem wunderbaren Kind ist er mehr als Ersatz für den Erzeuger. Dies ist das für die Blätter und Antennen gestaltete Bild.

Die Wirklichkeit ist etwas variabler. Pleite war er vor fünf Jahren. Und ganz taufrisch auch nicht mehr. Meine Tochter nennt er Kröte, aber nur wenn sie nicht da ist. Kindliche Liebe bedeutet ihm nicht viel. Sie bestürmt ihn Tag und Nacht, er lässt es sich gefallen. Freundliches Dulden ist ihm kein zu hoher Preis für die Jahre mit der noch begehrten Beherrscherin der Kinosäle.

Eines Tages werde er uns noch umbringen. Solche Worte sind schnell gesagt und widerlegen sich mit seinem Lächeln.

Millionen Menschen lieben mein Gesicht. Ein Geschenk der Natur. Mit Hilfe der Medizin. Die ein Teil der Natur ist.

Hohe Beträge verlangt der Arzt von mir. Damit hilft er Menschen, die es sich nicht leisten könnten. Sie bleiben schön mit meinem Geld.

Alfons Wolken

Für eine umfassende Bildung des Sonnenscheins wurde ich geholt. Dem versuche ich nachzukommen.

Sprachen beherrscht sie exzellent mit ihren elf Jahren. Für den Umgang mit Zahlen lasse ich ihr noch Zeit.

Am jungen Gefährten der gnädigen Frau hängt sie mit spontaner Leidenschaft. Für jeden Spaß ist sie zu haben.

Spitze Worte hat sie oft für mich, den Privatlehrer. Ich kann ihr nicht böse sein. Und Diplomatie gehört nicht zum Repertoire kindlichen Verhaltens.

Ihr trockenes Husten hält schon etwas lange an. Die Temperatur ist leicht erhöht. Etwas unaufmerksam sieht sie mich an oder an mir vorbei. Wirr und fahrig ist ihr Reden, sogar ihr Schreien, sogar ihr Lachen. Muss ich mir Sorgen machen um mein kleines Fohlen?

Rod Bracken

Wir können nicht miteinander. Wenn zwei sich anwidern, ist nichts zu machen. Ich bin der Manager, er der Liebhaber. Er soll sie lieb haben, so viel er will, und mich managen lassen. So einfach könnte es sein.

Meine Idee war es, ihre Auftritte durch die altkluge Tochter eröffnen zu lassen. Wie das um die Welt geht! Weibliche Tränen, kindliche, gewiss auch männliche.

Der Herr Gefährte wollte es verhindern. Das Mädchen nicht so früh ins Rampenlicht stellen. Nicht verheizen. Dem Kind nicht die Kindheit nehmen. Keine Ahnung hat er.

Wie keck die Kleine wirkt! Und wie souverän! Weiß schon, wie mit Mikros umzugehen ist. Mit Kameras und Fotogeräten.

Wie rührend sie beklagt, vier Filme habe Mutti gedreht. Und wenig Zeit bleibe ihr für sie. Wolle nach der Arbeit nur noch schlafen. Die Heldin, die ihre Mutterrolle beschneiden muss, um das Publikum stets zu begeistern. Das Kind, das Opfer bringt. Damit Mami glänzen kann.

Und die glänzt. Die Größte ist sie. Immer noch. Und ich ihr Macher. Nichts wäre sie ohne mich. Das weiß sie. Mögen muss sie mich nicht. Nur gut bezahlen.

Clarissa Geiringer

Für dieses Mädchen da sein ist mein Beruf. Waschen, kleiden, frisieren, alles. Ich mache es gern. Keine Mutterliebe, einfach gutes Betreuen für gutes Geld.

Ein ansehnlicher Mann ist der Gefährte meiner Herrin. Mit seiner Art des Sehens, Redens und Gehens kann er sich Frauen leicht annähern. Bei mir hat er es nie versucht. Darüber bin ich froh. Denn ihm zu widerstehen fiele schwer. Sie liebt ihn, ich mag ihn.

Kein ansehnlicher Mann ist der geschäftliche Betreuer meiner Herrin. Tüchtig ist er. Organisiert und erledigt alles für sie. Ebnet ihr den Weg zum Erfolg. Nie würde er sie verlassen. Mit seiner Angst vor der Rückkehr dorthin, woher er kommt: die Tankstellen, Autowaschanlagen und Bordelle von New York.

Das Fieber des Kindes steigt. Masern, hofft der Arzt. Gehirnhautentzündung befürchtet er. So klug ist sie und gibt nur noch Unsinn von sich. Was ist los mit meinem Goldschatz?

Ruth Reinhardt

Als gesundes Kind nervte sie ihn. Jetzt pflegt er sie. Freut sich über jede Vokabel, die sie neu lernt. Beobachtet mit glänzenden Augen, wie sie einem Rollstuhl-Freund den Mund abtupft. Führt sie an der Hand, wenn sie sich hinkend bewegt.

Nicht einleben konnte er sich in die Welt der Funktionierenden. Spielte viele Rollen. Hier, bei uns, ist er echt. Akzeptiert das Unheilbare. Kann Hilfe leisten, tut es gern und mit Geduld.

Mich liebt er, von einer anderen lebt er. Deren Kind umhegt und beschützt er.

Ein Mensch ist er geworden, der sich spürt. Und andere. Epileptiker füttert er. Mit Lallenden unterhält er sich.

Genießen ist etwas Schönes. Helfen ist etwas Notwendiges. Das Gebrauchtwerden bei den Hilflosen bereitet ihm Freude. Mehr als das Ausleben von Eitelkeiten. Mehr als das Ausgeben von Geldbeträgen.

Schöne Frauen, schöne Häuser und schöne Autos hat er aufgegeben für ein verzerrtes Lächeln und ein kaum verständliches Dankeschön.

Max Delamare

Ob es schöne und hässliche Menschen gibt, ist eine Frage mit vielen möglichen Antworten. Glücklich sind alle mit sich Zufriedenen. Die froh sind über das Funktionieren ihrer Körperteile und einverstanden mit ihrem Wirken auf andere.

Warum trifft das auf so wenige zu? Warum betrachten sich so viele im Spiegel und widern sich an? Warum meint es die Seele nicht gut mit ihnen?

Bei mir können die über ihr Aussehen Erschütterten Trost finden. Ich kann ihren Gliedmaßen die Form verpassen, die der Schöpfer ihnen verweigerte.

Mein operatives Entfernen des vermeintlich Hässlichen ist weder billig noch gefahrlos. Doch kaum jemand kann ästhetische Wünsche besser erfüllen als ich.

Die von mir Betreuten müssen nach dem Eingriff nicht unbedingt schöner sein. Sie müssen sich nur schöner fühlen.

Suzy Sylvestre

In drei Monaten heirate ich einen alleinerbenden Grafen. Weil er dann volljährig wird. Und ich werde Gräfin. Mit einem erwachsenen Spielzeug.

Bis dahin gehört mein Körper dem einzigen Mann, dem es gelingt mich zu erschöpfen. Kraftlos liegen wir nebeneinander. Nicht sehr lange. Bis zur nächsten Erschöpfung.

Er ist die öffentlich gezeigte Liebe der großen Schauspielerin. Sie schenkt ihm, was er wünscht. Selbst darf er wenig bezahlen. Bezieht Taschengeld mit zweiunddreißig Jahren.

Ob unser Begehren ehetauglich wäre? Ich würde es mir wünschen. Er vielleicht auch. Doch Liebende mit Ring am Finger erschöpfen sich nicht nur im Bett.

Robert Sigrand

Acht Stunden täglich widme ich Kindern, die nicht funktionieren. Dann komme ich nach Hause zu einem Kind, das nicht funktioniert.

Immer wieder gelingt es mir, einen kleinen Patienten als geheilt zu entlassen. Der von mir gezeugte Patient ist unheilbar.

Meine Frau verließ uns beide. Suchte die Sonne, die wir ihr nicht bieten können. Liebt einen Mann, der von ihr lebt. Überreichte mir mit Freude das Alleinerziehungsrecht.

Jetzt hat die Schauspielertochter dieselbe Krankheit wie mein Sohn. Ich weiß, was die prominente Frau erleiden wird. Und ihr charmanter Geliebter. Mitleid und Verantwortung werden mehr sein müssen als Bekenntnisse für Mikrofon und Kamera.

Carlo Marone

Was ist schmutziges Geld? Einnahmen aus gekaufter Liebe? Niemand wird zum Kauf gezwungen.

Das Verleihen amerikanischer Filme an italienische Kinos verhalf mir zu einer Villa auf einem römischen Hügel.

So bleibt nur noch ein Traum: Die Erstaufführung eines Leinwandgroßereignisses in Italiens Hauptstadt. Drehbuch, Regie, die meisten Akteure amerikanisch, die Heldin deutsch, der Held italienisch. Und der ist sterbenskrank. Wird am Tag der Premiere nicht mehr bei uns sein.

Das wird die bestinszenierte Trauer. Meine Worte werden den Schmerz einer Nation beschreiben. Und die Kinokartenzahl verdoppeln.

Ernst Hirtmann

Die Fragen vieler Menschen an mich, den protestantischen Pastor, wiederholen sich: Warum kann der Allmächtige, Allwissende und Allgütige so viel Leid zulassen? Zumal bei Kindern, denen niemand Schuld zuweisen will?

Ist es für sie befreiend, wenn sie Gott auf die Anklagebank setzen? Und mich zum Pflichtverteidiger degradieren?

Ich antworte mit Christus, der Leiden nicht verhinderte, aber sich um die Leidenden kümmerte. Der Ohnmacht nicht verhinderte, aber sich um die Ohnmächtigen kümmerte. Der Armut nicht verhinderte, aber sich um die Armen kümmerte.

Dass einer wiederauferstand nach seiner Hinrichtung, ist historisch nicht belegt. Aber dass einer sich nicht klein kriegen ließ, auch bei stärkster Strafandrohung, und dabei keine Hassworte sprach, imponiert mir nach wie vor.

Wigbert Sondersen

Zuerst wollte ich Lehrer werden, um das Gute zu fördern. Dann wurde ich Kriminalpolizist, um das Böse zu bekämpfen.

Mein Beruf brachte mir die Erkenntnis: Es gibt das relativ Böse. Ohne jede Fantasie, kann es die Folgen seines Tuns nicht sehen. Im Ansatz ist es einschüchterbar.

Und dann gibt es das absolut Böse. Raffiniert, planend, nicht zu beeindrucken.

Einst glaubte ich, mit Strafe könne man Menschen einigermaßen bessern. Was für eine Fehleinschätzung!

Kann ein kriegerisches Volk besiegt und zur Friedensliebe umerzogen werden? Wie sehr wünschen wir uns den Frieden aller Länder, in denen Millionen Friedlose leben.

George Radley

Drei Jahre lang kämpften wir um das Leben des Jungen. Alles taten wir für unsere Hoffnung: ein wacher Geist in einem gelähmten Körper. Vor Kurzem starb er.

Schwer ist das Eingestehen einer Niederlage. Noch schwerer die Einsicht, ein falsches Ziel verfolgt zu haben.

Unmengen an Geld investierten wir in das Verhindern des großen Schmerzes. Und dachten nicht an die kleinen Qualen vieler anderer.

Unmengen an Zeit investierten wir in das Betreuen des Aussichtslosen. Und vernachlässigten die vielen Heilbaren.

Mit Macht zieht es mich auf die andere Seite. Zum Menschenrecht auf kurzes und schmerzloses, also würdiges Sterben. Alles, was lebt, soll leben dürfen. Aber nicht müssen.

Heinz Hallein

Mehr als achtzig behinderte Kinder leben in der von mir geleiteten Schule. Und jede Behinderung ist anders. So ist das Nichtfunktionieren sehr individuell gestaltet.

Was uns Lehrende und Erziehende stark macht: Der unbedingte Lebenswille der von uns betreuten kleinen Menschen. Ihre Lust auf Essen, Spielen und Lachen.

Unsere Freude über Fortschritte. Unsere Geduld bei Rückschlägen. Wir sind Mitlernende und Mitleidende.

Immer schwerer fällt mir die Antwort auf die Frage, ab wann jemand als hilfsbedürftig einzuschätzen ist. Jeder von uns kann vieles und vieles nicht. Wer bestimmt die Relevanz der Fähigkeiten?

Vera Gellert

Mein Vater starb im Krieg. Ich lernte ihn nie kennen. Mein Stiefvater lehrte mich das Fürchten. Vor allen Männern. Für immer.

Daher arbeite ich mit Kindern. Die kaum sprechen können. Übe mit ihnen Sätze mit drei Wörtern. Manchmal sogar mehr.

Verkrampfung des Gehirns behindert die deutliche Aussprache. Monate kann es dauern, bis der junge Mensch ein Wort so ausspricht, dass wir es verstehen. Und somit eintreten können in sein Fühlen und Wollen.

Große Redner zielen gekonnt auf unser Hirn und Herz. Ich unterrichte die Buben und Mädchen am anderen Ende des verbalen Könnens. Sie sind angewiesen auf meine Methoden, meine Geduld und mein Lob.

Hans Rohrbach

Warum soll ich auf Befehl Menschen erschießen, die ich nicht kenne? Der Krieg zerstört nicht nur Leben, sondern auch eigenständiges Denken und Handeln.

So leiste ich Zivildienst bei Kindern und Jugendlichen, die vieles nur mit meiner Hilfe können. Es ist eine harte und schöne Zeit.

Was Lebewesen, denen nichts leichtfällt, von Passanten hören müssen, ist oft unerklärbar. Der Hass der Normalen auf die Abweichenden, der Starken auf die Schwachen macht mich sprachlos.

Nicht zuhören und nicht antworten sind meine Strategien im Umgang mit der Angriffslust.

Romero Rettland

In Berlin entdeckte ich sie. Brachte sie vom Theater zum Film. Machte sie erfolgreich. Liebte sie.

Dann trennten sich die Wege. Sie stieg. Ich stürzte. Sie beherrscht die Kinosäle, mir bleiben die Kiesel- und Schottersteine der Straße.

Die Sehnsucht nach ihr und unserer Tochter gibt mir Kraft. Langsam wird es Zeit für ein Familienleben. Auch wenn sie es nicht wahrhaben will. Glück muss manchmal eingefordert werden.

Erfolg ist etwas Wunderbares. Für kurze Zeit. Liebe ist nicht auszulöschen. Ich weiß es. Und sie wird es auch bald wissen. Und bereuen, dass sie mich verfolgen lässt.

Auf ihrer Seite stehen Uniformen und Gesetze. Auf meiner die schreibenden und fotografierenden Meister der illustrierten Missgunst. Ich werde siegen. Und verzeihen.

Florian Bend

Warum scheuen Menschen den Kontakt mit denen, die nicht so sind wie sie? Weil sie unkoordiniertes Bewegen nicht sehen und verkrampftes Reden nicht hören wollen?

Ganz anders reagieren sie, wenn sie über dieselben Leidgeplagten lesen. Verständnis, Mitleid und Hilfsbereitschaft ersetzen Furcht und Ignoranz.

Jeder meiner beschreibenden und appellierenden Artikel erhält Resonanz in Form von Spenden. Anonym und namentlich. Auch das Anbieten helfender Tätigkeit nimmt zu.

Ein bisschen stolz auf meine Leistung bin ich auch. Immer wieder gelingt es mir, Zeitungsleser zu bewegen. Sich um andere sorgen. Schwachen Halt geben, Traurige erheitern. Wie oft sind es Kleinigkeiten, die Großes bewirken!

HURRA, WIR LEBEN NOCH (1978)

Natürlich habe ich nicht vergessen, wie mich mein Kaviar-Roman berühmt machte. Ganz entschlummerte in mir nie die Lust, meine Kundschaft humorvoll zu unterhalten. Und am Beispiel eines liebevoll dreisten Erfolgsmenschen die letzten drei Jahrzehnte nachzuzeichnen.

Das 19. Jahrhundert war die Zeit der Entwicklungsromane. Warum sollte nicht im raschen 20. Jahrhundert das Entwickelnlassen möglich sein? Von 1946 bis 1977? Mit etwas ungewöhnlichem Verlauf: zuerst arm und glücklich, später superreich und noch glücklicher und am Schluss bankrott und am allerglücklichsten. Mit augenzwinkerndem Hinweis im Buchtitel, dass wir Kriegs- und Kalte-Kriegs-Menschen immer noch am Leben sind. Mit Mut und Freude. Trotz Niederlagen und Niederschlägen.

Kann Erotik lustig sein? Durchaus, meine ich. Viele glauben, der Geschlechtsakt müsse zelebriert werden wie ein Gottesdienst. Aber bitte ganz ehrlich bleiben: Unsere Körperflüssigkeiten sind kein Weihwasser. Und Predigt brauchen wir auch keine. Freilich: Durch Kommunion oral eins werden mit dem Herrn? Oder der Herrin? Und das viele Stehen, Knien und Sitzen für Gott? Der Dienst am Leben fordert mehr liegen. Kurzum: Was Spaß bereitet, erträgt auch spaßige Vokabeln.

Vielleicht bin ich ein bisschen arrogant, wenn ich behaupte: Humorvoller ist Zeitgeschichte nie geschrieben worden. Die Schrecken des nationalen und totalitären Hasses mit Lächerlichkeit und Absurdität zu würzen hat der Wahrheit nicht geschadet. Und nichts fürchten die Mächtigen mehr als ausgelacht zu werden.

Selbstverständlich bestanden die letzten Jahrzehnte nicht nur aus Bomben, Gewehrkugeln und Stacheldraht. Nach dem großen Gegeneinander kam das Miteinander oder zumindest Nebeneinander. Wie viele Amerikaner habe ich karikiert? Und Russen? Und Österreicher, West- und Ostdeutsche und viele mehr? Sogar mich selbst. Stets mit dem Hinweis, dass das Lächerliche das eigentlich Menschliche ist. Schwächen bloßlegen, ohne zu beleidigen oder gar zu erniedrigen, das schien mir große Erzählkunst zu sein.

Jakob Formann

In einer Woche werde ich nach Deutschland reisen. Eine Hühnerfarm aufbauen. Mit amerikanischer Hilfe. Dort, wo Heinrich Himmler seine hatte. Wiederaufbauen sozusagen. Mit den Leuten, die für den Reichsführer SS arbeiteten. Hühnerfleisch und Eier für ein neues Deutschland. Rassehühner für eine Zeit ohne Rassenhass.

Mein Abschied vom Hasen, wie wunderbar und traurig. Ob Himmlers Anstalt noch funktioniert?

Wie der Hase weinen kann! Ich liebe ihn doch, glaube ich. Und werde ihn stets lieben. Natürlich gibt es auch in Deutschland Frauen. Sogar hübsche, wie ich vermute. Und höflich bin ich zu allen Menschen.

Jetzt schluchzt sie auch noch. Ob ich je wiederkomme? Sobald ich kann. Niemals werde ein Mensch mich mehr liebhaben als sie. Ich sie doch auch. Sie kenne die Frauen. Alle wollen mich haben. Aber aber. Hase und Bär gehörten doch zusammen. So ist es. Schwören soll ich. Gerne. Leben wolle sie nicht mehr, wenn mir etwas zustoße. Mir wird nichts zustoßen.

Peter Hobson

Der Transporter dreht seine Kreise über Hörsching und darf nicht landen. Statt 40.000 angebrüteter Eier haben die bald 40.000 Küken. Die hatten eine Panne mit Zwischenlandung in Frankfurt. Sieben Stunden.

Der oberste Russe in Wien ist am Semmering und nicht erreichbar. Die unteren Russen geben keine Landeerlaubnis. Der oberste Amerikaner in Wien ist über das Wochenende in Salzburg. Der oberste

Engländer in Wien ist zur Jagd nach Kärnten. Und vierunddreißig Küken haben die Eierschale schon verlassen. Geboren über Hörsching bei Linz.

Der Russe sagt, eine unerlaubte Landung in Tulln bei Wien könnte als Akt imperialistischer Provokation beurteilt werden. Das will er nicht verantworten ohne Vorgesetzten. Der Engländer fühlt sich für österreichische Menschen zuständig und nicht für amerikanische Hühner. Der oberste Franzose in Wien ist nach Berlin geflogen. Uraufführung eines französischen Theaterstücks. Zudem wolle Frankreich sich nicht in amerikanisch-russische Konflikte einmischen.

Also gut, ich entscheide, obwohl mir das nicht zusteht. 40.000 winzige Stück Federvieh, die beim Start in Amerika noch Eier waren, landen hier und nicht in Tulln. Werden oberösterreichische Hühner und nicht niederösterreichische. Amerika hilft, wann immer es kann. Wo wir befreien, wird nicht gehungert.

Julia Martens

Zuerst rammte ich ihn mit dem Fahrrad, dann liebte ich ihn. In Wald und Feld, Wiese und Zimmer.

40.000 Küken. Er bringt sie, ich verteile sie. An die Bauern. Nicht gratis. Wenn ein Huhn im Jahr zweihundert Eier legt, sind das acht Millionen Stück. Das wird unser Weg aus der Armut.

Er ist mein Bär, ich sein Hase.

Diebstahl? Tiere sind es, die unsere amerikanischen Befreier verbrennen wollen, weil sie Flecktyphus befürchten. Wer hat ihnen das eingeredet? Mein Bär, der Wiener Armee-Dolmetscher. Wie schneidig aus ihm das Yesssirr kommt. Die glauben ihm alles.

Ein Kleid besitze ich, ein Paar Schuhe und das Fahrrad. Ein Mantel und ein Paar hohe Stiefel wären keine unverschämten Wünsche. So kurz vor dem Winter.

Bären und Hasen benötigen eine Unterkunft. Derzeit ist es ein Bauernhofzimmer. Mit Küche. Der Hase radelt täglich sieben Kilometer nach Linz. Zum Verlag. Ein Land liegt in Trümmern, aber Bücher werden geschrieben. Und gedruckt. Der Bär radelt fünf Kilometer nach Hörsching. Zu den Befreiern. Die keine Küken wollen.

Franz Arnusch

Seit zwei Tagen ist er zurück vom Krieg und rettet mir das Leben. Die beiden hätten mich glatt umgebracht. Fühlten sich von mir betrogen.

Seine Eltern sind tot. Die Wohnung ist mit Flüchtlingen belegt. Natürlich kommt er zu mir. Ein heißes Bad braucht er, Whiskey, eine Frau.

Mit Ach und Krach habe ich die Reifeprüfung bestanden. Er aber trat gar nicht an. Die Wehrmacht holte ihn. Ich war unabkömmlich für die Heimat.

Zum Überleben braucht man derzeit Dollars. Am besten sind die echten. Am zweitbesten die, die aussehen wie die echten. Bescheiße, bevor du beschissen wirst!

Von wem ich die Villa habe, will er wissen. Von den Christdemokraten. Auto und Anzüge? Von den Kommunisten. Wen ich gewählt habe? Nicht wahlberechtigt, weil bis zum Frühjahr in der NSDAP.

Natürlich bin ich ein Arschloch. Doch wer einem Freund in der Not hilft, ist nur ein kleines Arschloch. Und wenn ich ihm bei den Amerikanern eine Stelle verschaffe, bin ich ein guter Mensch. Unsere Freunde aus Übersee brauchen doch einen, der Englisch kann. Und das kann er verdammt gut, der Schulabbrecher.

Hilde Korn

Jetzt siezt er mich. Vor eineinhalb Jahren, als sie mich festnahmen, war es noch das Du. Protokollieren musste er, dass ich bei einem Besatzungsoffizier mit Mund und Zähnen Kastrationsängste weckte.

Sofort wurde ich wieder freigelassen. Alles, was Uniform trug, lachte über die Furcht des Lieutenants vor meinem Gebiss.

Werwölfin wurde ich genannt. Später die schwarze Hilde. Heute bin ich Laureen Fletcher, der Boss.

Wer reich sein will und kein Geld hat, braucht mehrere Pässe, ein paar gute Mitarbeiter mit ebenfalls mehreren Pässen und Vertrauen auf die Dummheit der Menschen.

Gute Schauspieler können fast jede Rolle glaubhaft spielen. Auf der Bühne. Vor der Kamera. Meine Freunde und ich spielen unsere Rollen auch sehr echt. Ganz ohne Bühne und Kamera. Doch Requisiten sind brauchbar. Vor allem Kleider und Perücken.

Der mich früher Verhaftende gleicht einem argentinischen Diplomaten. Der seinen Pass in Paris verlor. Den wir fanden. Der uns zweihunderttausend Mark einbringen wird. Zu diesem Zweck müssen wir Ehepaar spielen. Kein Problem. Die Übung kann beginnen.

Jelena Wanderowa

Eine deutsche Russin bin ich. Kommunisten waren meine Eltern. Flohen vor dem braunen deutschen Tod und starben den roten russischen. Ohne sie absolvierte ich Waisenheim, Schule, Hochschule, Rote Armee und Krieg.

Fünf Stationen des Lernens, zwei Stationen der Liebe. Den russischen Major mochte ich, weil er die Deutschen bekämpfte. Zum Kriegsgefangenen zog es mich, weil er Deutscher war. Heimweh stirbt nie.

Mein deutscher, eigentlich österreichischer Geliebter führte im Lager Szenen aus „Faust“ vor russischem Publikum auf. Und spielte Gretchen. Frau Marthe Schwerdtlein war ein Düsseldorfer. Die Zuschauer lachten. Und verstanden kein Wort.

Danach feierten sie mit Wodka. Der russische Major lobte das Lustspiel „Faust“ des deutschen Dichters Wolfgang Schiller. Und schlief ein. Wie alle Russen.

Die Flucht gelang. Ein deutscher Österreicher in russischer Majorsuniform, eine wieder deutsche Russin und mit ihnen hundertfünfzig Inhaftierte verließen das Lager.

Sieben Tage Flucht zu zweit durch polnisches und tschechisches Gebiet. Rotarmisten stoppten unseren Jeep, kontrollierten die Papiere und wünschten gute Weiterreise. In einem verlassenen Haus in Südmähren fanden wir Zivilkleidung. Danach Rückkehr in sein geliebtes Wien und mein geliebtes Hamburg.

Karl Wilhelm Donner

Dass ich Flugzeuge entwerfen kann, schätzte Hitler so an mir. Mich faszinierte das Fliegen, ihn der Krieg.

Dass ich Hühner züchten kann, schätzte Himmler so an mir. Mich faszinierten die Eier der nützlichen Vögel, ihn die Hühnerrassen.

Dass ich Häuser bauen kann, schätzten beide.

Natürlich kam ich 1945 in amerikanische Haft. Und bin jetzt wieder frei. Und darf demokratische Flugzeuge entwerfen, demokratische Hühner züchten und demokratische Häuser bauen.

Wer etwas kann, wird stets geschätzt. Bin ich verantwortlich für die Ziele meiner Auftraggeber?

Luise Pröschl

Die Landeshauptstadt wird mich so schnell nicht mehr sehen. Eine Tonne Schutt pro Bewohner, die stehengebliebenen Häuser ohne Fensterglas.

Mein Bauernhof bietet alles. Hier hungert niemand. Was in der Erde wächst, hat der Krieg nicht zerstört.

Zwei Untermieter sind liebes- und unternehmungslustig. Junge Liebe ist sehr zeitaufwendig. Im Bett, am Boden, in der Wanne, stets mit Schallplattenmusik, damit niemand etwas hört. Wie rücksichtsvoll!

Mir gefallen die beiden. Hätten genug Gründe zum Verzweifeln. Tun es aber nicht. Lassen ihre Lust auf gestaltende Zukunft hemmungslos gedeihen.

Wenzel Prill

Über mir steht ein Ungebildeter, der gut rechnen kann. In allen Währungen. Nicht zählen kann er jedoch die Frauen, die ihn anhimmeln.

Unter mir steht ein kriechender Schreihals. Früher schrie er zum Gefallen der Diktatoren, jetzt schreit er für die Demokratie. Befehlend, durchführend, zuverlässig.

Beide benötigen meine Rechtskenntnisse. Ich verfüge über ein halbes Jus-Studium. Daher weiß ich, wo es langgeht. Denn der Weg des Gesetzes ist holprig, hat Abzweigungen und oft rätselhafte Schilder.

Nach dem Krieg versuchte ich es mit Kaffeebohnen. Sackweise. Jetzt mit Eiern. Tonnenweise. Dotter und Eiweiß sind unentbehrlicher als Koffein.

Ingeborg Malthus

Noch nie hat die Verwirrung mich so beherrscht wie in den letzten Wochen. Ich lag mit einem Mann im Bett, den ich zuvor nicht kannte.

Das Du habe ich ihm bis jetzt nicht angeboten. Nur vom Leib, nicht von der Seele darf er Besitz ergreifen.

Seine Bildungslosigkeit gesteht er schamlos ein. Gründet eine Wochenzeitung und macht mich zur Chefredakteurin. Traut er mir das zu oder braucht er einen akademischen Titel für das Impressum?

Nun ist er auch noch mein Vorgesetzter. Und lässt mich tun und walten. Trotzdem bleiben wir beim sehr intimen Sie.

Klaus Mario Schreiber

Mein Stottern brachte mich früh zum geschmeidigen Umgang mit dem geschriebenen Wort. Füllfeder und Schreibmaschine sind meine Lebensausstattung. Mit ihnen Geld verdienen fällt mir leicht.

Was Zeitungslesende zwei Jahre nach dem Krieg nicht brauchen: Soldatenerlebnisse, Flüchtlingsschicksale und Appelle an die Menschlichkeit.

Was sie brauchen: Geschichten zum Schmunzeln, Grinsen und sogar Lachen. Kochrezepte, für den Appetit auf bessere Zeiten. Gesundheitstipps: Dein Wohlbefinden ist jetzt wichtiger als Volk und Vaterland. Und wenn schon Tragödien, dann solche, die das tägliche Unglück in den Schatten stellen.

Fast dreißig Redakteure sind wir. Das wird ein Recherchieren, Fotografieren, Illustrieren und vor allem Formulieren!

Jesus Washington Meyer

Zum Besiegen des Dritten Reichs waren wir Schwarzen gut genug. Zum Besetzen ebenfalls.

Das Heiraten einer Linzerin war kein Problem. In Österreich! In Alabama wollten sie die Ehe annullieren. Höchstgerichtlich setzte ich mich durch.

Ich bin wohl der einzige Mensch der Welt, der vom Südstaatenenglisch ins Oberösterreichische übersetzen kann. Und umgekehrt. Was für ein Spaß!

Mein alter Wiener Freund macht mich zum Firmenteilhaber. Amerikas größter Beitrag für Europas Zukunft sei das Plastik und nicht Jazz und Kino. Meint er. Der meistens Recht hat.

Karl Jaschke

In bester Absicht engagierte ich eine Baronin. Mit ihrer Nichte, der Comtesse. Ein bisschen Bildung und Manieren hätten ihn gesellschaftsfähig machen sollen.

Die größten Museen dieser Erde sind doch keine Gruselkabinette. Und einen Champagner von einem Sprudelwein zu unterscheiden kann nicht schaden. Glaubte ich.

Mein Freund nimmt mir den Misserfolg nicht übel. Er sei eben eine in Reichtum furzende Unbelehrbarkeit.

Alle Gourmetfürstentümer tauscht er für ein halbes Kilo Griebenschmalz. Mit Graubrot.

Alkohol liebt und verträgt er nicht. Perrier statt Coca-Cola auf dem Fünfsternetisch hält er für einen großen Kompromiss.

Wozu verdient er so viel Geld? Damit er allen zeigen kann, dass er es ausgeben könnte, wenn er wollte? Der Profiteur, von dem alle profitieren.

Jurij Blaschenko

Den Majorstitel nahmen sie mir weg. Weil er entwischte. Mit hundertfünfzig Kriegsgefangenen.

Er spielte für uns das Drama Faust. Von Goethe. Mit hundertfünfzig Schauspielern. In deutscher Sprache. Vor russischem Publikum. Wir tranken viel und verstanden nichts. Aber lachten. Weil die Frauenrollen Männer waren.

Auch meine Geliebte nahm er mit auf die Flucht. Keine war so wie sie. Meine Frauensuche ist beendet.

Jetzt entwirft er Fertighäuser. Für die amerikanische Armee. Für unsere noch nicht. Aber bald. Niemand will erschossen werden. Und er wird einsehen: Zum Weltfrieden beitragen ist eine Ehre.

George Misaras

Bin ich ein Verräter der Arbeiter? Nur weil ich nicht mehr hungern und mir meine Wünsche erfüllen will?

Keine Nation ist mir zuwider. Keine Hautfarbe. Keine Religion. Fabriken sind die neuen Kirchen. Hier wird hergestellt, was Menschen brauchen. Oder zu brauchen glauben.

Warum bestreiken mich die, zu denen ich früher gehörte? Ruinieren zuerst mich und damit sich selbst.

Mein Verständnis für die Armen habe ich nie verloren. Und für die eingewanderten Armen schon gar nicht. Ich wollte nur zeigen, dass man unten nicht bleiben muss.

Unser Land hat viele Leitern. Sie besteigen musst du selbst. Und abwägen, wie viele Sprossen es sein sollen. Je höher du steigst, desto mehr überblickst du. Und schaust stolz und vielleicht auch etwas hochmütig auf die unten Gebliebenen. Lieber wollen sie mich zu sich ziehen als zu mir sich zu erheben.

Mojshe Faynberg

Im Zweiten Weltkrieg kämpfte ich gegen die Nazis, nicht gegen die Deutschen. In Korea schoss ich auf Kommunisten, nicht auf Koreaner. Und auch hier sind nur die Hammer- und- Sichel-Vietnamesen meine Feinde.

Für Amerikas Weg zum Frieden bin ich bereit zum Krieg. Was für uns gut ist, kann für andere nicht schlecht sein.

Als Schuhmachersohn aus der New Yorker Bronx musste ich nach Vaters Tod für Mutter und Schwester sorgen. Und die Armee zahlt nicht schlecht. So stieg ich auf vom Freiwilligen zum Oberstleutnant.

Wenig nur ist schlimmer als der Krieg. Doch ein Leben ohne Freiheit und Würde ist nicht zumutbar. Das galt für mich in allen Ländern, in denen ich bereit war zu töten und zu sterben.

Zeitungsprosa

1979 und 1981 edierte mein Verlag Kurzgeschichten, vorwiegend aus meiner Journalistenzeit. Betitelt wurde Band 1 mit „Zweiundzwanzig Zentimeter Zärtlichkeit". In Band 2, „Die Erde bleibt noch lange jung", hat jeder Beitrag einen Hinweis auf das Jahr des Entstehens.

Viel Kommentieren findet Platz in meinen kurzen Texten. Oft mehr Innehalten als Erzählen.

Dem Alltag Farbe geben, das schafft die Kurzprosa besser als Roman, Drama und Lyrik zusammen. Stärker spürte ich hier das richtige Wort für meinen Beruf: nicht Dichter, Poet, Schriftsteller, am besten einfach: Schreiber.

Humor, das ist für mich gelassene Heiterkeit. Nur in zwei meiner dicken Bücher ließ ich ihn auftreten, in den Tages- und Wochenpublikationen viel häufiger. Vielleicht ist kurzes Erzählen launiger, weil pointierter.

Rousseau meinte einst, bei politischem Entscheiden sei die Mehrheit letztlich nicht zu ersetzen. So verhält es sich wohl auch beim Geschmack des Publikums in der Kunst. Kritiker können turmhoch über den Massen wandern und spazieren. Die Vielen sind es, die Aufführungen, Vorführungen und Darbietungen besuchen. Sie sind es, die Bücher kaufen und lesen. Viele tragen eine Waffe, von der Spezialisten sich bedroht fühlen: den Hausverstand. Diese Einsicht findet sich oft in meinen alltäglichen Beobachtungen.

Die Population meiner launigen Tageserscheinungen waren Menschen, die dem statistischen Mittelwert nicht entsprachen. Viele von ihnen könnte man Sonderlinge nennen. Manchmal lächerlich, gar peinlich wirkend, waren sie Garanten für ein nichtnormiertes, bisweilen vorschriftswidriges Dasein. Durch ihr Schweigen und Nichtdurchführen waren sie oft Nachbarn des Widerstands.

Wir heißen euch hoffen (1980)

Die Chemie ist eine nicht besonders leicht erklärbare Wissenschaft. Doch genau dieser Anspruch ließ mich nicht los. 1980 versuchte ich es am Beispiel von Heroin, Kokain und Morphium. Wie mit Spritze, Pulver oder Pille Schmerz beseitigt, Glück vorgetäuscht, Sucht erzeugt und vielleicht überwunden wird, sollte genug Lesestoff bieten. Und das Wort hoffen verdiente es, Teil des Titels zu sein.

Zwei, die erlösend oder zumindest tröstend wirken wollen, der eine Priester, der andere Chemiker. An Gott glaubt der eine, an Tierversuche der andere. Von der Hoffnungslosigkeit will der eine befreien, von der Sucht der andere. Beide sind erfolgreich. Christliches Massentaufen in Indien erreicht der Prediger, den Nobelpreis erhält der Forscher.

Wien im Bombenfrühjahr 1945 war mir in meinem ersten Roman schon Kulisse. Damals waren es Verschüttete in einem Keller. Diesmal lenkte ich den Leserblick auf Wohnungen und Straßen. Und verglich erzählend Österreichs Hauptstadt mit Berlin, das noch viel stärker zerstört war. Was ich bemerkte: Die Distanz von 35 Jahren konkretisiert das Fragen und schärft das Antworten. Und ermöglicht somit historisches Einordnen.

Die Sucht berauschender Mittel, ihre Produzenten, Händler und Konsumenten ist einer der großen Lesestoffe von Tages-, Wochen- und Monatsmedien. Stets begleitet von Mitleid und Empörung. Die naturwissenschaftlichen Aspekte dieses Themas als Roman zu gestalten war ein hohes Ziel. Ein Exkurs auf das Arisieren von Wissen und Forschen unterm Hakenkreuz drängte sich dabei auf.

Das ganze Werk ist die rechtfertigende Lebensbilanz des fünfundsechzigjährigen Chemikers, der vom Priester an eine Tat erinnert wird, die er während eines Fliegerangriffs begangen hat. Sein Opfer war Erpresser, Nazi und überhaupt ein Monster, aber halt doch ein

Mensch. Wie soll man zugleich eine in Stockholm zu haltende Nobelpreisrede verfassen?

Adrian Lindhout

Seit neunundddreißig Jahren bin ich Adrian Lindhout. Davor war ich der Jude Philip de Keyser und Lindhout mein Freund. Er überlebte den deutschen Luftangriff auf Rotterdam nicht, seine Tochter und ich schon.

Kleidung und Papiere des Toten retteten mich. Die Tochter war fortan mein Kind.

Der Nationalsozialismus nahm mir die Frau, die Wehrmacht den Freund. Ein Hakenkreuzkollege wollte mich vernichten, mein Revolver verhinderte es. Seit vierunddreißig Jahren belastet mich eine Tat, die rechtens war.

Bomben sah ich fallen auf Rotterdam. Auf Berlin. Auf Wien. Und überlebte.

Drei Frauen hatte ich. Die jüdische Gattin, später die amerikanische Ärztin und zum Schluss die Tochter meines Freundes. Durch Mord, Krankheit und Selbstmord verlor ich sie.

Erforscht habe ich alle chemischen Möglichkeiten, die Menschen zu erlösen von Sucht und Schmerz. Dafür erhielt ich den Nobelpreis.

Philine Demut

Eine Hakenkreuzfahne müsse ich am Balkon anbringen, sagt der Hausmeister. Der hat mir nichts zu sagen. Aber auch Hochwürden verweist auf den Wiener Kardinal, der ausdrücklich Haken und Kreuz im Einklang sieht.

Begeistert bin ich nicht. Das Abholen der jüdischen Familie im dritten Stock war mehr als grob. Und jetzt verlässt auch Professor Freud unsere Stadt. Ein Jahr lang hat er mir zugehört, mich getröstet, mich ermutigt, ein hochanständiger Mensch. In Freiheit sterben wolle er, das waren seine letzten Worte an mich.

Der Kaplan und der Professor sind die einzigen Männer, denen ich je vertraute. Sie sind wahre Söhne des Erlösers, der für uns gelitten hat. Der mir Vorbild ist und Berater im Gebet.

Auch mein Vater liebte mich, doch war sein Blick nicht immer frei von Sünde. Gefallen habe ich ihm. Mutter wurde immer abweisender.

Fast alle Männer schauen mich bewundernd an. Und verlangend. Das beunruhigt mich. Verdirbt den Appetit.

Nur noch zweiunddreißig Kilogramm wog ich. Jetzt sind es wieder dreiundvierzig. Dank dem Doktor. Dank dem Seelsorger. Dank dem Gottessohn.

Roman Haberland

Priester bin ich. Derzeit nur zur Tarnung. Denn ganz Wien kennt mich als Oskar Wilhelm Zwo, die Stimme der Wahrheit. Die den Reichssender stört. Und Tatsachen verbreitet, von denen die Menschen nichts wissen dürfen.

Peil- und Suchgeräte haben sie aufgestellt im Nordwesten und Südosten der Stadt. Sie glauben, irgendwann finden sie unseren Sendeort. Und wissen nicht, dass wir in einem LKW fahrend unterwegs sind. Vom Überfall der Verbrecher auf Russland spreche ich, vom größten Mörder aller Zeiten, vom Blutsäufer Hitler, der tausende, auch deutsche Soldaten opfert. Jedes dieser Wörter würde uns sofort vernichten, wenn sie uns erwischen.

Auf die Uhr sollen die Zuhörer schauen. Alle sieben Sekunden stirbt ein Deutscher in Russland. Für des Führers Machtwahn.

Seit über einem Jahr suchen sie uns. Und finden uns nicht.

Von der Normandie berichten wir. Von näher rückenden Amerikanern, Engländern und Franzosen. Wir sind Kommunisten, Sozialdemokraten, Konservative, Liberale, Geistliche und Atheisten. Aus ganz Deutschland. Alle Dialekte sind zu hören durch unsere Taschentücher vor dem Mund.

Tag und Nacht riskieren wir das Leben für ein Ziel: den Sturz des Tyrannen und seiner Mordgesellen. Denn wir wissen, was wir tun.

Siegfried Tolleck

Schmerzstillend, nicht süchtig machend, ohne Nebenwirkungen. Und kein Opium, kein Morphin. Im Labor hergestellt.

Befreier aller Süchtigen. Oder Wichtigtuer. Niederländer. Zu uns nach Wien geschickt, weil Berlin gefährdet ist.

Sein Hitlergruß wirkt nicht überzeugend. Reiner Wissenschaftler. Der will nicht der Nation dienen, sondern der Menschheit.

Tierversuchsfanatiker. Es gebe kein Heil für die Menschen ohne Elend für die Tiere. Suchtverhalten könne man nur an schmerzempfindlicher Materie erforschen. Nach dem Prinzip: So wenig Leid wie irgend möglich. Die unschuldigen Tiere. Ich würde Experimente mit schuldigen Menschen bevorzugen. Dieselbe Statur wie wir, dieselben Organe, nur ohne Lebensrecht. In Lagern hat man schon damit begonnen.

Der Menschen Schmerzen lindern will er. Indem er Mäuse und Kaninchen quält.

Georgia Bradley

Unsere erste Nacht in meinem Zimmer. Und ich muss lachen. Schallend. Das irritiert ihn. Natürlich.

Kommt nackt aus dem Badezimmer und erzählt mir von den S-förmigen Schwänzen der Labormäuse nach den Morphin-Spritzen. Er findet es nicht komisch.

Jetzt sitzen wir im Bett, streicheln uns und reden vom russischen Soldaten, dessen Entzug erfolgreich war. Geheilt hat er ihn mit seinem Mittel. Die Arbeit lässt ihn nicht los. Auch deshalb liebe ich ihn.

Wie wild er sich an mich presst. Denkt er immer noch an seine Mäuse?

Chagall: Das Liebespaar. Das Bild gefällt ihm. Es wird ein Geschenk. Noch weiß er es nicht. Einen Zettel werde ich in den Rahmen klemmen. Mit meiner Handschrift. „Bis ans Ende der Zeit – Georgia."

Nach Amerika soll er mich begleiten. Das Hospital for Narcotics in Lexington. Und die University of Kentucky. Begeistert werden sie ihn aufnehmen. Er ist schon viel weiter als sie.

Seine Tochter wird noch ein Problem. Der Hass einer Elfjährigen. Sie dulde keine Frau, die er lieber habe als sie. Eifersucht?

Truus Lindhout

Freund meines toten Vaters war er. Mein Retter. Mein Erzieher. Mein Vorbild. Und dann mein Geliebter. Seit Jahrzehnten tot ist seine erste Frau, seit Jahren seine zweite.

Das Altern mache ich ihm leicht. Die Verstorbenen darf er stets weiter lieben. Es stört mich nicht. Nach außen bleiben wir Vater und Tochter.

Für mich putscht er sich nochmals auf. Meidet den Schlaf. Jagt nach dem Leben. Das ich ihm bin.

Meine Liebe gehört ihm. Mein Körper nicht. Bisweilen brauche ich einen jungen Stier. Im Auto. Mit blauen Flecken.

Diskutiert wird nicht mit Stieren. Philosophiert auch nicht. Dazu brauche ich sie nicht. Sie bieten mir die Energie, die ich von ihm nicht mehr verlangen kann.

Hat er nicht das Recht auf Ruhe? Müde sein? Spazieren in den Straßen des beschaulichen Erinnerns?

Wie abweisend er sein kann. Nicht anfassen soll ich ihn. Das Verletztsein eines alten Mannes. Es wird vergehen. Lange kann er nicht böse sein der Frau, der ihn immer liebte. Kindlich und weiblich.

Franz Pangerl

Auf mich schauten sie herab, fast alle. Denn ich, der Hausbesorger, bedeutete ihnen wenig.

Das änderte sich seit meiner Ernennung zum Block- und Luftschutzwart. Nun kommen Zeiten, in denen nach meinen Anweisungen gehandelt wird.

Ganz schön wehrhaft ist die junge Frau, die alleinstehend vier Zimmer bewohnt. Ihr Eigentum sei unantastbar. Wir haben Krieg, sage ich. Sie habe keinen, sagt sie.

Empört betrachtet sie unser Vermessen der Räume. Dass wir nur eine Person einquartieren und ihr somit drei Zimmer bleiben, nimmt sie ohne Dank zur Kenntnis. Unser „Heil Hitler“ beantwortet sie keck mit „Grüß Gott“. Sie soll mich noch kennen und fürchten lernen.

Vor Jahren sagte sie schon, der Führer verfolge Menschen, die ihr nichts angetan hätten. Das wurde natürlich vermerkt. Aber bis jetzt noch nicht gemeldet. Möge sie ihre spitze Christenzunge mäßigen!

Maria Penninger

Menschlich sein ist lebensgefährlich heutzutage. Ja, es gibt Staatsformen, die das Helfen, ein Urbedürfnis unserer Gattung, unter Strafe stellen.

Doch können sie das Netz des füreinander Daseins nicht zerreißen. Schlimm genug, dass sie in uns Hass erzeugen. Auf sie, die ihren Hass in Gesetze gossen.

Wir freuen uns auf die Flugzeuge, die Zerstörung abwerfen. Und hoffentlich viele Hassende treffen. Und hoffentlich wenig Helfende.

Sich befreien lassen müssen von Uniformierten mit Bomben, Panzern und Gewehren ist nicht frei von Komik. Lächerlich, demütigend und notwendig. Auf in die Luftschutzkeller, die Retter kommen!

Olga Wagner

Giftkammer nennen wir das winzige Zimmer, in dem sie aufgestapelt sind. Die verbotenen Autoren.

Manche Kunden erwähnen das Wort und ich führe sie zu dem für sie und mich gefährlichen Ort.

Dann unterhalten wir uns für kurze Zeit über diese wunderbaren Geister. Vor denen die Mächtigen sich fürchten.

Und wenn ich erwischt werde? Muss ich mich dumm stellen. Diese Bücher wollte ich immer schon vernichten. Verheizen oder doch als Toilettenpapier verwenden? Ich konnte mich nicht entscheiden. Und dann vergaß ich sie.

Verrat an den ganz Großen der deutschen Sprache kann Leben retten. Mögen sie es mir verzeihen. Wenn sie dereinst wieder gelesen und verehrt werden.

Ingeborg Dreher

Das Dritte Reich würde uns in eine helle Zukunft führen. Dies war die Überzeugung meines Vorgesetzten.

Gleichzeitig duldete er unser Verstecken von Desertierenden im Keller: Soldaten, Beamte und Zwangsarbeiter. Fanatismus mit Augenzwinkern?

Vor dem Heranrücken der Russen musste er sich entscheiden: Das chemische Institut retten oder die Geräte zerstören. Der Wissenschaft dienen oder dem Feind schaden.

Einer der letzten Befehle des Führers war ihm höchste Instanz. Ihn befolgend erschoss er zwei Mitarbeiter, die meine Freunde waren.

Der Glauben an das Böse war stärker als die Liebe zur Forschung. So wurde er zum Doppelmörder mit reinem Gewissen.

Sergej Soboljew

Verwundete retten ist mein Beruf. Mit dem Messer eingreifen, wo andere Mittel nichts bewirken.

Dann wurde ich selbst verwundet. Vor Stalingrad. Immerhin war ich nicht tot, wie alle meine Verwandten. Und die meines Freundes.

Er operierte mich, den Operierenden. Und gab mir Morphium. Später nahm ich es, wo immer ich es fand.

Ohne diesen Stoff kann ich nicht leben. Und mit ihm auch nicht. Einsatzfähig bin ich schon lange nicht mehr. Ein abgemagerter, schlotternder Besetzer der Stadt Wien.

Ich kenne den Schmerz von Menschen im Entzug. Weil ich sie früher betreute. Jetzt bin ich einer von ihnen. Den Krieg überlebte ich. Seine Folgen hoffentlich auch.

Wolfgang Groll

Mit sechs Schüssen tötete er den Mann. Und hoffte, unter den Trümmern, die ihn begruben, würde die Leiche unkenntlich bleiben.

Sie tat es nicht. Und ich musste einen Mord aufklären, den ich nachvollziehen konnte.

Was hätte ich getan? Auch geschossen. Der Ermordete wollte einen mit arischem Pass lebenden Juden bei der Gestapo melden. Ja, es gibt den Notwehrmord.

Offiziell bin ich unwissend. Der Täter wurde mein Freund. Beide lieben wir Goethe. Der Natur und Poesie vereinte wie kein Zweiter.

Katherine Grogan

Ich durfte erfahren, was eine gute Ehe mit einem lieben Mann ist. Und einen braven Sohn schenkte uns das Schicksal.

Ein Haus mit Garten war unser Besitz und Stolz. Mein Mann war Elektriker und konnte den Kredit bezahlen. Nach seinem Tod tat es unser Sohn, der Soldat.

Dann kam der Brief der Armee. Der Sohn starb in Korea für Amerika. Im Auftrag der Vereinten Nationen. Denn die Nordkoreaner waren die Aggressoren. Und wir Amerikaner die Verteidiger.

Jetzt reinige ich die Häuser reicher Leute. Sie sind freundlich und großzügig. Nur nicht reinlich. Und der Schmutz, den sie erzeugen, stört sie. Daher brauchen sie mich.

Sackchi Dimnas

Kalkutta ist der Dreck von Indien. Und unser Viertel ist der Dreck von Kalkutta. Achtzigtausend Einwohner hatten wir, als ich jünger war. Jetzt sind es zwanzigtausend. Die Stadt lässt ihren Dreck verschwinden.

Unsere Männer können nur betteln und stehlen. So landen viele im Gefängnis. Wo sie nicht hungern.

Unsere Frauen verkaufen ihren Körper. Für alles, was sie bekommen. Und werden bald krank.

Einmal in der Woche kommt ein Lastkraftwagen. Mit Lebensmitteln. Meistens ist er nur halb voll. Denn nicht nur wir können stehlen.

Einmal in der Woche kommt ein Arzt. Alle Krankheiten behandelt er mit Aspirin. Etwas anderes hat er nicht.

Ein katholischer Priester macht mich zum Dolmetscher. Weil ich als Einziger im Viertel Englisch verstehe. Er ist aus Österreich. Und will für Nahrung, Kleidung und die richtigen Medikamente sorgen. Indem er uns beten lehrt? So meine Frage. Nein, indem er uns arbeiten lehrt. So seine Antwort. In den Fabriken? Nein, auf dem Stück Erde, das wir bewohnen. Zwischen Autobahn und Flughafen.

John Simmons

Eine Flugzeugladung mit Essen und Kleidung von der Wiener Caritas landete in vielen Stadtteilen Kalkuttas. Nur nicht bei den ganz Armen, die unser österreichischer Glaubensbruder betreut.

Eine zweite Flugzeugladung wurde polizeilich bewacht und landete bei den ganz Armen, die sich gegenseitig bestahlen und verprügelten. Es gab viele schwerverletzte Polizisten und Zivilisten. Und nichts zu essen und nichts anzuziehen.

Als Sekretär des Erzbischofs von Kalkutta musste ich den Armenbeschützer vorladen. Er möge seine Missionstätigkeit sofort beenden.

Wer Gestapokeller und SS-Zellen überlebt habe, werde auch erzbischöfliche Schikanen aushalten. Ein etwas respektloser Vergleich. Außerdem wolle er helfen und nicht missionieren.

Er hat das Unbelehrbare aller Kämpfer. Im nicht regierbaren Land der hundert Religionen wünsche ich ihm alles Gute. Im Namen einer Kirche, die nicht glaubt, dass Reichtum eine Schande und Armut etwas Edles ist.

Bernard Branksome

Meine Tochter haben sie mir genommen. Millionen Jugendliche werden folgen. Opfer der berauschenden Gifte. Und ihrer Produzenten und Händler.

Zuerst überschwemmte uns das Opium. Dann das noch stärkere Morphium. Dann das noch stärkere Heroin. Dichter beschrieben, Sänger besangen euphorisch die Wirkung.

Ich produziere Autos. Das bringt viel Geld. Ich sitze im Repräsentantenhaus. Das bringt viel Macht. All dies investiere ich in meinen Kampf. So lange ich lebe, sollen sich Suchtprofiteure vor mir fürchten.

So lange ich lebe. Bereits vier Tötungsversuche scheiterten. Ich störe ihr Geschäft massiv. Keinen hassen sie so sehr wie mich. Weil ich für eine Welt eintrete, in der Menschen für ihre Träume arbeiten oder sparen, aber nicht schlucken, einatmen oder spritzen.

Claudio Wegner

Als ich vierzehn war, musste sie mich verlassen. Zehnjährig. Und lebte in Wien. Später in Amerika.

Ich blieb in der Stadt, die 1945 immer noch Berlin hieß, aber kaum noch existierte. Seitdem weiß ich, was Wiederaufbau heißt. Wie liebe ich sie, meine tapfere, in Sektoren aufgeteilte Heimat!

Jetzt bin ich einundzwanzig. Und spiele Hamlet am Schiller-Theater. Und werde gefeiert.

Jetzt ist sie siebzehn. Und auf Besuch. Sie bestaunt das Pulsieren einer immer noch halb zerstörten Stadt. Ihr amerikanisches Englisch bezaubert. Und ihr Aussehen noch viel mehr. Ich glaube, sie hat auch nach sieben Jahren Lust mit mir zu spielen. Diesmal ohne Spielzeug.

Gabriele Blake

Vor dreiundzwanzig Jahren lernte ich ihn kennen. Zunächst unterstützte ich ihn in Wien, jetzt in Kentucky.

Gemeinsam entdeckten wir ein Mittel zur Neutralisierung des Morphiums. Es wirkte ein paar Minuten. Nun schaffen wir schon zwei Tage Suchtbefreiung. Für uns sind diese kleinen Schritte Meilensteine.

Zahllos sind die Kaninchen, Mäuse und Affen, die wir süchtig machten. Um dereinst Menschen beim Entzug zu helfen. Möge sich der Aufwand lohnen!

Seine Frau kenne ich besser als er. Weil sie sich mir anvertraut. Und ihm nicht. Sie ist todkrank. Wird nicht mehr lange leben. Weil sie ihn liebt, soll er nichts wissen. Schweigsamkeit ist ihre letzte Disziplin. Denn er soll forschen und nicht verzweifeln.

Narkanda Pharping

Keinen anderen Mann werde ich je liebe, das weiß ich. Er ist der große Helfer und Tröster, dessen Nähe ich stets suchen werde.

Mir sagte er, sein Priesterberuf verpflichte ihn zu Ehelosigkeit. Kann man den Beruf nicht wechseln?

Vor langer Zeit, erzählte er mir, blickte eine Frau ihn auch so an wie ich. Sie machte ihn nicht glücklich. Daher meidet er meine Augen.

Weil eine Wiener Frau ihm vieles versprach und nichts hielt, fürchtet er meine Zuneigung.

Er ist ein Mann, der die Menschheit liebt, aber keine einzelnen Menschen. Und schon gar keine weiblichen.

Einmal zeigte ich mich nackt. Ich soll mich wieder anziehen, sagte er. Das sind klare Worte. Nur meine Liebe habe ich zu verschenken. Und er nimmt das Geschenk nicht an.

Jean-Claude Collange

Ein Heroinentzug dauert achtzehn Monate. Gefängnisstrafen für süchtige Beschaffungskriminelle dauern länger. Und all das kostet sehr viel Geld.

Viele Steuerzahler haben jedes Verständnis für Kranke, aber keines für Suchtabhängige. Krankheit ist Schicksal, Sucht ist Schwäche, glauben sie.

Entzugsmittel entwickeln ist keine Schulaufgabe, die wir bis zu einem vorgegebenen Termin erledigen. Wir sind Wissenschaftler und verzichten auf die Ratschläge der Stoppuhrmenschen, die nichts können und alles besser wissen.

Ob wir wollen oder nicht: Die Chemiefirmen müssen Geld und Vertrauen in uns investieren. Und uns Zeit lassen. Dann werden sie vielleicht die gut verdienenden Erlöser sein.

Ilja Krassotkin

Zwei Freunde hatte ich in meinem Leben. Der eine starb, denn er war schwächer als die Sucht. Den anderen wollten die Heroinhändler töten.

Der gerade noch Lebende war Niederländer, später Deutscher, noch später Österreicher. Jetzt ist er Amerikaner. Und hat noch immer dasselbe Ziel: den suchtbefreiten Menschen.

Er scherzt über die Abhörfurcht der Sowjetbürger. Ich scherze über den amerikanischen Glauben, alles Forschen diene der Freiheit. Und dem Weltfrieden.

Wie sehne ich mich nach einer Zeit, in der ich erzählen kann vom Chemiker im Land des Sternenbanners. Und er von mir, dem Arzt im Staat des Hammers und der Sichel.

Bitte lasst die Blumen leben (1983)

Drei Jahre benötigte ich für den Bericht eines inhaftierten Anwalts an ein neunjähriges Mädchen. Erst mit achtzehn soll sie dieses Schreiben erhalten und dann hoffentlich verstehen. Ja, ich liebte das Ausschöpfen erzählperspektivischer Möglichkeiten.

Beabsichtigt war ein narratives Dokument der deutschen Friedensbewegung. Auf die Straße gehen, Protest kundtun. Das war jetzt nicht mehr ein Programm für Studenten, sondern für Tausende, die bisher schwiegen. Wie war auch ich begeistert vom neuen Gehorsamsverweigern. Die Kluft zwischen Regierenden und Regierten tat sich auf. Die Massen wollten nicht von den Wenigen „zu Tode verteidigt" werden.

Der Reichenanwalt, der einst Armenanwalt war. Ich liebte die Kontraste. Die Literatur scheint mir nicht der richtige Ort für das Mittelmaß zu sein.

Und der gute Betrüger. In Zeiten, die für die Wahrheit gefährlich waren, hat er durch Fälschen viele Menschenleben gerettet.

Man muss auch einmal ein weibliches Ekel gestalten dürfen. Meines war ein feminines Gegenstück zu Molières Alceste und Raimunds Rappelkopf. Menschenhass ist wahrlich nicht abhängig vom Geschlecht. Die Bosheit als Lebenselixier. Anderen Schaden zufügen reinigt die Seele sehr vieler Menschen.

Eingeflochten habe ich auch eine kleine Würdigung des Kinderbuchpoeten Michael Ende. Auch wenn er eine junge Leserschaft erreichen will, erzeugt dieser Mann große Kunst von bleibendem Wert.

Keine Frage, das Drogen- und das Blumenbuch gehören motivisch zusammen. In beiden wollte ich das Spiel mit falschen Identitäten auf die Spitze treiben. In welchem Ausmaß ist die Hauptperson noch die ehemalige, wie intensiv lebt sie die neue Rolle? Im ersten Fall gelingt der Wandel, weil in der Jugend vollzogen, fast vollständig. Und 1939 als Jude arisch aufzutreten sollte legitim sein. Der Überlebenswille rechtfertigt vieles. Im zweiten Fall: eine durch Passfälschung vollzogene Flucht vor dem einst geliebten Ekel. Ein wenig glaubhafter und doch liebenswerter Kerl.

Beide sind bereit, das Aufdecken ihres früheren Existierens durch Mord zu verhindern. Wie Wilhelm Tell fühlen sie sich berechtigt zur großzügig ausgelegten Notwehr. Mein Fazit: Freispruch für den Chemiker, mildes Urteil für den Anwalt.

Charles Duhamel

Entglitten ist mir alles. Wie in einem Auto ohne Steuer, Bremse und Rückwärtsgang.

Mein Studium bezahlte ich mit Arbeit in Hotelküchen, Leichenhallen, Taxis und am Bau. Anwalt der Kleinen wollte ich sein, Diener der Gerechtigkeit.

Anders wollte es das Schicksal. Einen Betrüger vertrat ich mit Erfolg. Andere Betrüger kamen. Und belohnten mich für meine Überzeugungskraft, Klugheit und Gerissenheit. Palais in Paris, Auto mit Chauffeur, Chalet auf dem Land, ein Boot am Mittelmeer. Gerechtigkeit? Wer glaubt an so etwas?

Achtzehn war meine Frau am Tag der Eheschließung, ich zehn Jahre älter. Schön war sie, reich und gebildet. Ein Vertrag regelte den Scheidungsfall zu ihren Gunsten. Das war mir kein Problem. Ich war verliebt und hatte nichts.

Anwalt der Vermögenden bin ich, kenne alle menschlichen Stärken und Schwächen. Beruflich. Meiner Gattin dreiste Bosheit erkannte ich erst nach sieben von einundzwanzig Jahren. Freunde sind verjagt, Hausangestellte werden schikaniert, ihren Liebhaber zeigt sie öffentlich. Mich braucht sie für die Abende in Häusern, die ihr ohne mich verwehrt sind.

Nur ein Freund blieb mir treu. Als Dank für die von ihm eingereichte und von mir verfasste Doktorarbeit.

Aussteigen wird mir zum Zauberwort. Neu beginnen. Vergangenes beenden. Hinter mir lassen. Unauffindbar sein.

Emanuel Eisenbeiß

Der gute Betrüger ist ein Meister der Identitäten. Ich lebte bisher mit sechsundzwanzig Namen. Und gleich viel Erscheinungsbildern. Nichts Geringeres muss der Täuschende sein als der leidenschaftliche Darsteller von etwas, das er nicht ist. Betrug ist eine Kunst, kein Handwerk.

Güte ist die Visitenkarte des Fälschers. Augen, Mund, Gebärden und Stimme müssen einladen zum Vertrauen. Zum Stillschweigen. Zum Geheimnis, das mit dem Opfer geteilt wird.

Ein einziges Mal hat meine Kunst versagt. Manipulierte Aktien. Vor acht Jahren. Mein Anwalt schenkte mir die Freiheit. Mit souveräner List nahm er allen Beweisen die Beweiskraft.

An mich möge er sich wenden, sollte er je glauben, ich könne ihm helfen. Jetzt ist es so weit.

Einen Flugzeugabsturz überlebte er. Unverletzt. Als Einziger. Nur ich weiß es. Einst sorgte er für meinen Freispruch. Jetzt sorge ich für sein neues Leben. Aus dem im Elsaß geborenen Pariser Anwalt wird ein in Leipzig geborener Rindfleischfabrikant. Nicht wer du bist, ist entscheidend. Sondern wie du wirkst.

Andrea Rosner

Mein Chef wollte nicht zu einem Bibliothekskongress nach Wien und schickte mich. Zufall? Ich borgte mir den Wagen eines Bekannten, um die gerühmte Höhenstraße über der Stadt zu befahren. Zufall? Verfuhr mich und landete auf dem Schafberg statt auf dem Kahlenberg. Zufall?

Nein, sagt der Mann, den ich dort kennenlernte. Der Zufall sei ebenso wahrscheinlich wie Gott der Allmächtige. An beide könne man glauben, müsse aber nicht.

Ich sah ihn und schon zitterten meine Knie. Er musste ans Steuer. Und fand den Weg durch die Weinberge. Alles taten wir ohne Absicht. Als ob es anders nicht sein könnte. Auf der Wiese sitzen. Blödeln. Küssen. Kosenamen. Er ist der Kater, ich das Hörnchen.

Er sah mich und schon zitterten seine Hände. Rückwärts fuhr er statt vorwärts. Vergaß das Angurten. Lachte. Warum er lache? Weil er glücklich sei. Weswegen? Wegen mir. So schnell kann es gehen. Und ist nicht zu begründen. Erstmals spüre ich es. Mit neunundzwanzig. Erstmals spürt er es. Mit neunundvierzig. Seit einer Stunde kennen wir uns. Das ist Kino, sage ich. Das ist Wahnsinn, sagt er.

Anna Klosters

Bordelle sind in Wien verboten. Für mich kein Problem. Meine Villa wird von Herren aufgesucht. Ich zeige ihnen ein Fotoalbum. Mit schönen Frauen. Gefällt dem Gast eine, wird sie angerufen. Der Herr mietet ein Appartement und wird besucht.

Errichtet wurde das Haus 1910. Zur intimen Erholung österreichisch-ungarischer Offiziere. Zehn Muttersprachen unter einem Dach. Multiethnischer Erfahrungsaustausch.

Nach dem Ersten Weltkrieg ging es zweifellos vulgärer zu. Jahre vergingen, bis sich internationale Kundschaft wieder einfand.

In der Zeit der Vaterländischen Front wussten katholische Machthaber zu trennen zwischen Politik und Privatleben.

Ab 1938 besuchte uns das Hakenkreuz, ab 1945 Hammer und Sichel. Braune und rote Schwänze funktionierten gleichermaßen.

1955 übernahm ich das Etablissement. Es waren gute Jahre. Sex verbindet Völker, fördert individuelle Begabung, erfüllt Wünsche und macht Kunden großzügig.

Yvonne Duhamel

Der ist nicht tot. Alle sagen, es gab kaum Überlebende und unter den paar Schwerverletzten ist er nicht.

Verrecken soll er, das waren meine letzten Worte an ihn. So kann unsere Ehe nicht enden. Als ob ich mir den Absturz der Maschine gewünscht hätte.

Mein geliebter Hausfreund will mich beruhigen. Wo er denn sein soll, wenn nicht unter den Toten? Woher soll ich das wissen?

Der Staatssekretär ist auch nicht erfreut. Ich möge keinen Fall konstruieren, wo nichts sei.

Weder Hinweise noch Spuren sieht der Freund meines Mannes. Abfinden müsse ich mich.

Niemand kennt den mir Anvertrauten so gut wie ich. Ein Spieler ist er. Ein Trickser. Ein Schummler. Seine satanische Ruhe. Seine hinterhältige Gelassenheit.

Der Hausdiener wird immer unverschämter. Auf die Flecken an der Stoßstange des Rolls Royce wies ich ihn hin. Ein Fleck sei es und keine Flecken. Der sei schon immer da gewesen und das wisse ich. Von meinem Gatten sei er angestellt worden und nur ihm verpflichtet. Staunen wird der noch. Ob ich wisse, dass er von Monsieur einen Vertrag habe, der Kündigung nur durch den Bediensteten vorsieht?

Verehelicht mit einem Schurken. Alle Frauen stürzten sich auf ihn, den Schmeichler. Ich bewarf ihn mit Gegenständen. Er wich mir aus, hob sie auf und stellte sie wieder an ihren Platz. So blamierte er mich. Tag für Tag.

Ständig muss ich rauchen, trinken. Tabletten schlucken. Mich ruinieren war seine Strategie. Von Anfang an. So einer stirbt doch nicht. Das Böse ist unsterblich.

Jean Balmoral

Die peinlichste Situation meines Lebens. Ich muss es ihm erklären. Er muss es verstehen.

Einem Freund helfen, das gehört sich doch. Spielsüchtig war er, brachte sich um und ich sitze auf seinen Schulden. Die nicht klein sind. Es droht Lizenzentzug. Anwalt ohne Arbeit.

Ich habe nur noch ihn. Schon bei der Doktorarbeit half er mir. Vierhunderttausend Mark soll er mir geben und ich lasse ihn in Ruhe. Für immer.

Er gibt sie mir nicht. Also muss ich fordern und nicht bitten. Mit der Polizei muss ich ihm drohen und dem Ende seiner Existenz. Einen Brief habe ich deponiert, in dem er für den Fall meines Ablebens als mein Mörder genannt und beschrieben wird.

Wie ich mich schäme. So ein guter Mensch. Der mich jetzt als Lump bezeichnet, als Dreckskerl. Tief bin ich gesunken. Bin ich schuld, dass er erpressbar ist?

Nur ich weiß von seinem neuen Leben. Die Person seines Vertrauens war ich. Es tut mir Leid. Möge er mir verzeihen. Dankbarkeit muss man sich leisten können.

Emile Rachet

Ein Hausmeister ist die Summe aller Berufe, die ein Haus benötigt. Elektriker, Installateur, Gärtner, Fahrer und Betreuer des Autos. Nur die Küche überlasse ich anderen.

Mein Arbeitgeber ist ständig freundlich. Und ständig traurig. Ob das zusammenhängt?

Seine Frau ist viel jünger, viel schöner und viel aggressiver als er. Ihre Worte sind in Haus und Garten nicht zu überhören.

Sollte er sich jemals scheiden lassen, würde ich das feiern wie einen Hochzeitstag. Denn vom Feuer des Verliebtseins blieben nur noch Rauchschwaden. Und ein weibliches Pulverfass mit Ehering.

Ich bleibe ledig. Mit kleiner Wohnung. Und kleinem Garten. Und kleinen Ärgernissen.

Paul Perrier

Wo endet Freundschaft? Wo beginnt Liebe? Oft besuche ich ihn und sie. Aber doch mehr sie als ihn.

Alle Frauen berühren ihn. Und er sie. Aus Leidenschaft oder Gewohnheit.

Da ist es wohl in Ordnung, wenn sie mich berührt. Und ich sie. Ihn scheint es nicht zu stören.

Er zehn Jahre älter als sie und herzkrank. Groß ist seine Hinterlassenschaft. Und ich werde da sein. Und alles mit ihr teilen. Den Schmerz. Den Mut zum Weiterleben. Das Haus. Den Garten. Das Personal. Den Alltag eben.

Mitzi Kratochwil

Seit acht Jahren kann ich nicht mehr gehen. Weil ein Betrunkener ins Auto stieg. Und mich erwischte. Er saß dafür ein Jahr. Ich sitze lebenslänglich.

Mein Mann ist leidenschaftlicher Herrenschneider. Wer von ihm bekleidet wird, strahlt Schönheit aus.

Noch leidenschaftlicher ist er als Ehemann. Er badet mich, frisiert mich, spricht von neuen Medikamenten, die den Schmerz mildern. Macht mit mir Urlaub, der für ihn kein Urlaub ist.

Immer unterhält er mich mit seinem Prager Deutsch. Und ersetzt mir jedes Musikprogramm. Seine Stimme ist weicher als alle Violinen. Mein geliebter Kapellmeister.

Renate Tiller

Zwei Liebschaften erfüllen mein Leben: Wien und das Autofahren.

Wie schön, dass ich beides verbinden kann. Und dabei Geld verdiene. Mit meinem Taxi.

Ich weiß, was Vielfalt ist. Am Steuer sitzend, studiere ich Menschenkunde. Das ist eine intensive Wissenschaft. Ohne Mitschrift. Und ohne Prüfung. Natürlich auch ohne Titel.

Die Schönheit der Stadt, die zwei Millionen Menschen und viele Kunstwerke beherbergt, geht mir niemals auf die Nerven. Woran liegt das? Daran, dass ich sie nicht betrachte, sondern nur befahre?

Walter Hernin

Mit ein paar Freunden meldete ich mich bei der SS, um verurteilte andere Freunde zu retten. Vieles gelang. Aber nicht alles. Einmal befreiten wir einen Falschen. Irrtümlich. Ich musste ihn erschießen. Um das Sterben vieler zu verhindern.

Später stahlen wir amerikanische Lebensmittel. Und wurden erwischt. Zehn Jahre war ich inhaftiert Für ein kleines Delikt schwer bestraft. Für ein großes Delikt unbestraft.

Vor der Hitlerzeit war ich Universitätsassistent für antike Geschichte. Nach Diktatur, Befreiung und Haft erhielt ich immerhin eine Taxilizenz. Hamburger Gegenwart statt römischer Vergangenheit.

Für meine Enkelin zu leben lohnt sich. Ihre Eltern verunfallten tödlich. Sie hat nur mich und ich nur sie.

Conrad Langenau

Als Buchhändler bin ich natürlich ein Freund großer Künstler des Wortes. Die dichtend das Unerklärliche erklären wollen.

Als Christ und Kirchgänger bemühe ich mich um friedenstiftendes Denken, Reden und Tun.

Aber wie soll ich handeln, wenn fremde Menschen bei uns verhöhnt, bespuckt und bedroht werden? Ihnen raten, sie sollen den Hohn nicht hören, die Spucke abwischen und der Bedrohung weichen?

Wir haben Millionen Türken gerufen und können sie jetzt nicht fragen, was sie hier wollen. Lassen wir sie bei uns leben nach ihrem Stolz und ihrer Würde! Leisten wir uns Menschlichkeit!

Robert Stark

Wir leben im Zeitalter des Noch. Und fürchten uns vor so vielem und warten nur darauf, dass es passiert.

Noch können wir die gekauften Nahrungsmittel essen. Besser wäre selbst anpflanzen.

Noch können wir die Artenvielfalt bewundern. Besser wäre beschützen.

Noch können wir im Wald spazieren gehen. Besser wäre ihn zu pflegen.

Noch können wir in Frieden miteinander leben. Weil wir uns bedrohen. Besser wäre das Reichen der Hände als das Zeigen der Muskeln.

Robert Rolland

Die erbende Witwe eines Toten behauptet, ihr Mann sei nicht tot. Und nährt damit das öffentliche Vermuten und Verdächtigen.

Nach meiner Erfahrung haben Fälle nichts dagegen gelöst zu werden. Beharrlichkeit ist das Rezept. Erfolge dürfen nicht erfreuen, Niederlagen nicht entmutigen.

Mein Vorteil: Ich habe keine Familie. Liebe und Hass, die großen Blindmacher, kann ich ausschließen.

Wo beginnen? Ganz einfach: am Anfang. Jedes Verbrechen ist eine Geschichte in Fortsetzungen. Wer alle Kapitel kennt, findet das Ende.

Diesmal geht es um einen Pariser Rechtsanwalt, der einer Flugzeugexplosion in Schwechat bei Wien zum Opfer fiel oder auch nicht. Fast alle vermuten, er sei tot. Doch Mehrheit und Wahrheit haben eine launenhafte Beziehung.

Clemens Raven

Wer Bücher verkauft, muss Bücher lieben. Mehr als ein Autohändler Autos liebt. Oder ein Obsthändler Obst.

Denn Bücher sind die leisesten Unterhalter. Und die unaufdringlichsten Lehrer. Sie prüfen, ermahnen und beschimpfen dich nicht. Ihren Inhalt schenken sie dir nur, wenn du sie öffnest. Wenn nicht, bleiben sie geschlossen. Oft Jahre lang. Sie können warten.

Ich arbeite in einem Geschäft mit großer Kinderbuchabteilung. Hier finden sich die Werke für Menschen, die gern laut sind. Denen schreien oft die vergnüglichste Form des Redens ist. Mich erstaunt, wie gut diese Muntermacher zuhören können. Mit weit geöffneten Augen.

Es gibt Erwachsene, die lieben Bücher und keine Kinder. Und solche, die lieben Kinder und keine Bücher. Wie glücklich bin ich, der ich beide mag. Und mit beiden behutsam umgehen kann.

Hans Oelschlegel

Erfolg ist die schönste Motivation im Beruf. Ich habe derzeit keinen. Den kürzlich Inhaftierten belastete ich mit drei Morden. Heute musste ich ihn entlassen.

Während des Pariser Kopfschusses flog er von Hamburg nach Frankfurt. Die Hamburger Schüsse ins Herz gestanden gleich vier Täter. Und die dritte Ermordung fand nicht statt. Das vermutete Opfer besuchte uns und wirkt lebendig.

Draußen stehen Journalisten. Sie wollen das Misslingen des Untersuchungsrichters schildern. Und mich verurteilen. Der von mir Verdächtigte könnte mich blamieren, erteilt jedoch keine Auskunft. Ein edler Herr, der drei Menschen nachweisbar nicht tötete.

Ich habe keine Frau, die mich liebt oder nicht. Und keine Kinder, die mich lieben oder nicht. Mir bleibt nur mein Gummibaum im Büro. Er mag es, wenn ich seine Blätter streichle.

DIE IM DUNKELN SIEHT MAN NICHT (1985)

Mein Brecht-Zitat-Roman war technische Routinearbeit. Heldenselbstmord ab der ersten Seite inszenierte ich schon früher, doch diesmal überlebt er, vorerst. Kalte-Kriegs-Spionage war auch nicht ganz neu, aber jetzt, in den frühen Achtzigern, am Höhepunkt. Die europäische Bewegung für Frieden und Abrüstung motivierte mich zum Schreiben gegen das atomare Vernichten.

Nicht ganz ironiefrei ist der Lauf der Zeit. In den Jahren vor dem Mauerfall galt es als geradezu peinlich, Deutschlands Wiedervereinigung zu fordern. Und auf einmal war sie nicht mehr peinlich, sondern wirklich.

Das nachkriegerische Verjagen von über zehn Millionen Deutschen aus ihrer Heimat mit sechs Millionen ermordeten Juden gegenzurechnen: wie bitter, dieses ziffernbelegte Schuldzuweisen.

Der vergeblich Selbstmord begehende Held ist medikamentensüchtiger Sohn eines nach Argentinien geflüchteten Nationalsozialisten. Somit waren zwei Themen fixiert, die ich detailliert beherrschte: die Biochemie und Deutschlands große Last. Doch sollten sie nur Basis sein für die globale Bedrängnis: das leicht umsetzbare Potenzial zum Beenden unser aller Existenz.

Ist es vermessen zu behaupten: Ich bin der Politologe der Gegenwartsliteratur? An sich kann Erzählen gesellschaftliches Handeln nur schwer ausklammern. Doch Tatsache ist: In keiner politischen Abhandlung finde ich einen Aspekt, den ich nicht in der Summe meines Schaffens wiederfinde. Analysiert oder kommentiert oder wenigstens angedeutet.

Protokolle sind meist in zähem Vokabular verfasst. Besonders sperrig formuliert waren die Übereinkünfte der Konferenz von Teheran im Herbst 1943. Das Dritte Reich war noch lange nicht besiegt, aber die Aufteilung der Welt in amerikanische und russische Sphären beschlossen. Ohne Kenntnis der Land für Land fixierten Vereinbarungen konnten die Kalter Krieg benannten Jahrzehnte nicht verstanden werden. Diese Tatsache Roman werden zu lassen war mir aufklärende Pflicht.

Wie böse können Bösewichte sein? Natürlich müssen sie Emotionen wecken. Furcht, Abscheu, dann auch wieder ein bisschen Verständnis, weil vielleicht niemand böse zur Welt kommt. Mein originellster war wohl der amerikanische Auftragsmörder, der in seinen Berufspausen Shakespeares Sonette liest und sich dabei entspannt.

Daniel Ross

Nur drei Personen kennen es. Mein Vater, meine Stiefschwester und ich. Das geheime Zusatzprotokoll zur Konferenz von Teheran. Unterzeichnet von Roosevelt und Stalin am 1. Dezember 1943.

Alles abgemacht. Russland schützt, also beherrscht die ihm zur Verantwortung, also Machtausübung anvertrauten Länder. Garantiert ohne Einmischung Amerikas. Und dieses schützt, also beherrscht die zur Verantwortung, also Machtausübung anvertrauten Länder. Garantiert ohne Einmischung Russlands.

Ungarn 1956, Berlin 1961, Tschechoslowakei 1968: Amerika wurde rechtzeitig informiert und schaute zu. Korea, Vietnam: Russland wurde rechtzeitig informiert und schaute zu.

Der Kalte Krieg als Inszenierung. Großes Welttheater. Zwei Länder wollten Weltmacht werden und wussten: Sie brauchten Zeit zum Erreichen dieses Ziels. Getötet und gestorben werden sollte nur noch für das Sternenbanner oder Hammer und Sichel.

Seit vier Jahrzehnten darf er nicht mehr existieren. Mein Vater, Informant des Außenministers Ribbentrop. Besitzer eines Dokuments, von dem es nur drei Exemplare gibt. Eines in Washington, eines in Moskau, eines in meiner Hand. Von ihm überreicht.

Journalist bin ich. Moderator einer Fernsehsendung. Schwerpunkt: Geteilte Welt, geteiltes Land, geteilte Stadt. Wer informieren will und sich der Wahrheit verpflichtet, riskiert immer. Die Partnerschaft. Die Freundschaft. Den Arbeitsplatz. Oder das Leben.

Siegfried Woitech

Alle reden vom Asylrecht. Und was ist mit dem Recht auf Heimat? Ich bin einer von Millionen vertriebener Menschen deutscher Sprache. Von Tschechen, Russen, Polen und anderen ausgesiedelt, weil Deutsche sie einst bedrohten und ihr Land besetzten.

Unsere Häuser, Felder, Gärten. Fort mussten wir, die nichts verbrochen hatten. Bilder toter Juden gingen um die Welt, unsere Toten sah niemand.

Großkundgebungen lassen wir uns nicht verbieten. In den Trachten unserer Heimat. Die wir nicht mehr betreten dürfen. Polizei muss uns schützen vor Menschen, die uns dieses Recht nicht zugestehen. Rassisten schimpfen sie uns. Und Ewiggestrige.

Hakenkreuze würden sie uns am liebsten anheften, weil wir ein geteiltes Deutschland unnatürlich finden. Von einem vereinten Vaterland träumen. Ihre Freiheit ist eine mit Mauer und Stacheldraht. Reden tun sie freilich von einer Zukunft ohne Grenzen.

Zwei Deutschlande gebe es, weil wir uns von Verbrechern in einen Angriffskrieg treiben ließen. Sagen sie. Ja klar, unsere Feinde damals wollten nur den Frieden. Und wir sind das zu Recht bestrafte Volk der Ruhestörer.

Mercedes Olivera

Mein Stiefbruder. Ich rief ihn an, als er sich das Leben nehmen wollte. Schluckte hundert Pillen von einem Medikament, bei dem acht Stück als gefährlich gelten. Flüssigkeit gab ich ihm. Literweise. Alles erbrochen, Leben gerettet.

Zu meinem und seinem Vater nach Buenos Aires muss ich ihn bringen. Er habe keinen Vater, der sei 1945 gestorben. Als Major der Wehrmacht. Und fanatischer Nazi. Doch Fotos, alte und neue, verunsichern ihn. Vergilbte Briefe, von ihm an Papa geschrieben, mit Kinderhandschrift, überzeugen ihn.

Der von ihm Hassgeliebte hieß Georg Ross. Der von mir Heißgeliebte ist dieselbe Person. Und heißt Eduardo Olivera.

Fanatisch bin ich durch und durch. Als Aktivistin der Bewegung gegen den Atomkrieg. Alles würde ich tun für den Weltfrieden. Diesem Kampf widme ich mein Leben.

Er findet es lächerlich. Schwerter zu Pflugscharen: Diese Botschaft verhöhnt er mit verächtlichem Tonfall. Nazis verabscheut er, aber nicht den Krieg. Vor allem, wenn er gegen Nazis geführt wird.

Warum er mit mir nach Buenos Aires fliegen soll? Weil der Vater, den es für ihn nicht gibt, ihm etwas Wichtiges überreichen will. Wie wichtig? Lebenswichtig. Er will gar nicht leben. Um sein Leben geht es auch nicht. Sondern? Um das Leben der Menschen auf dieser Erde.

Eduardo Olivera

Einmal noch darf ich ihn sehen, nach vierzig Jahren. Meinen Sohn. Wie stolz ich auf ihn bin. Er hasst mich. Für das Verlassen der Familie. Hass macht stark. Eine brauchbare Energie.

Nazi war ich. Und Filialleiter der Sparkasse. Bankier bin ich geblieben. Demokrat bin ich geworden. Ich verachte Menschen, die ihre Anschauungen nie ändern. Nicht lernen wollen aus ihren Fehlern.

Völker lieben Sieger. Ihre Gunst wollen sie erwerben. Mit Verlierern haben sie kein Mitleid. Wo gewonnen wird, ist Glanz. Wo verloren wird, ist Finsternis.

Mit einer kleinen Bank begann ich. Und einer kleinen Wohnung. Mit einer großen Bank ende ich. Und einem großen Haus. Mit Park und Pool.

Mächtige Personen suchen meinen Rat. Und meine Freundschaft. Uniformierte und Anzugträger. Weil ich ein Sieger bin. Und daher milde. Und großzügig. Die Verlierer sind die Bösen. Die zerstören wollen. Oder wenigstens Furcht verbreiten.

Wayne Hyde

Drei Menschen soll ich töten. Mindestens. Vielleicht auch mehr. Nun gut, es ist mein Beruf.

London. Dickens lebte hier. Und Shakespeare. Tee wird mir serviert. Der Auftrag komme von oben. Ganz oben? Mehr oben gehe nicht.

Der Herr verweist auf mein Inserat im Söldner-Magazin. Ich biete Beseitigung von Gegenständen oder Individuen. Arbeite für Regierungen, Organisationen und Personen. Entscheidend für meine Wahl seien die Sprachkenntnisse. Deutsch, Französisch, Spanisch.

Ein alter Mann mit zwei Namen, seine Stieftochter und sein Sohn wollen einen Videofilm an einen Fernsehsender verkaufen. Dies darf nie geschehen. Sagen die Regierungen der USA und der Sowjetunion. Die beiden mögen sich doch nicht. Glaubte ich. Doch für das Glauben werde ich nicht bezahlt. Sondern für das Verhindern.

Ob der Film echt sei? Das spiele keine Rolle. Alle Welt wünsche, dass Russland und Amerika keinen Krieg führen. Doch dass sie es gar nie vorhatten, darf alle Welt nicht erfahren. Wahr oder nicht wahr, viele würden es für möglich halten.

Fünf Millionen Dollar auf ein Schweizer Nummernkonto fordere ich. Und erhalte sie. Der Fall scheint keine Kleinigkeit zu sein. So lasset uns töten für den Frieden auf Erden.

Sibylle Mannholz

Nach zwölf Jahren sehe ich ihn wieder. Den Mann, den ich von der Sucht heilte. Und liebte. Rückfällig wurde er. Und hofft bei mir auf Hilfe.

Mein Kollege will seinen Dokumentarfilm. Den die Welt nie sehen darf. In zwei Exemplaren. Im Tresor der Klinik liegt er. Tausend Krankenakten. Und eine Videoaufnahme. Vor der zwei Weltmächte sich fürchten.

Wie kann ich einen geliebten Menschen retten? Weiß er, wie gefährlich weiße Kittel sind?

Die Frau, die ihn begleitet. In seinem Krankenbett schläft. Spanisch spricht. Jünger ist als er. Und viel jünger als ich. Geht es mich etwas an? Beim Wiedersehen küsste er mich. Auf den Mund.

Warnen muss ich ihn. Sein Ziel ist der Entzug. Das Ziel meines Kollegen ist der Film. Im Tresor.

Vor dreizehn Jahren: Nackt lagen wir im Bett. Ich rauchte. Er zog an meiner Zigarette. Und war sehr jung. Suchte er bei mir, was seine Mutter ihm nicht geben konnte?

Eine Fläche von zwanzig Quadratmetern hatte meine Wohnung. Groß genug für eine Ärztin und den politischen Moderator eines Frankfurter Fernsehsenders. Süchtig war ich nach ihm. Und er nach mir. Und nach Tabletten.

Jetzt leite ich eine Privatklinik. Gegen meinen Willen. Ein Haus der Medizin und Spionage. In dem Ärzte helfen, operieren, aushorchen und informieren. Ich mache alles, was sie wollen. Für meinen Bruder. Den sie enttarnten. Und zum Tod verurteilten. Der nur lebt, weil ich gehorche. Seit acht Jahren. Geschwisterliebe.

Conrad Colledo

Meinen besten Freund abberufen, den, der mich förderte und zu dem machte, was ich jetzt bin, ist wohl die bitterste Tat meines Lebens.

Einen Heimatvertriebenen, ausgewandert wie Millionen aus heute tschechischen, polnischen und russischen Gebieten, hätte er hart befragen, auch korrigieren dürfen. Aber nicht anschreien und ihn als Teil der Horden bezeichnen, die sich durch die Wehrmacht befreit fühlten und daher zu Recht verjagt wurden.

Morgen wird er sich entschuldigen. Und unseren Sender verlassen.

Was wurde aus dem charmanten Moderator der beliebtesten Debattensendung? Schluckt Beruhigungsmittel, die ihn beunruhigen. Bewirft Studiogäste mit Wörtern, als ob es Schottersteine wären. Kann er nicht saufen statt schlucken?

Sechs Jahre lang zeigte er Hunderttausenden, wie man Gespräche führt. Die kurze, präzise und dabei wohlwollende Frage. Im vertraulichen Plauderton. Seine Art des Versöhnens größter Gegensätze. Kann man das verlernen?

Carlo Maria Alvarez

Den Krieg gegen England verloren wir. Bis dahin hassten und fürchteten uns die Argentinier. Jetzt hassen sie uns nur noch.

Wer kapituliert, verbreitet keine Angst. Die Massen wollen nicht entscheiden oder mitbestimmen. Und schon gar nicht sich beteiligen. Sie wollen geführt werden von einem, der Erfolg verspricht. Und den Wählern vortäuscht, ihren Willen durchzuführen.

Wie viele Arme zogen wir aus dem Schmutz? Dafür liebten sie uns. Und vertrauten uns. Und gehorchten uns.

Jetzt werden wir entmachtet. Und vor Gericht gestellt. Weil wir Generäle waren. Und die Armee das Leben regelte.

Unsere Villen müssen wir verlassen. Und in Zellen darben. Wem sollen unsere vielen Diener dienen?

Miguel Morales

Mein Herr muss ins Gefängnis. Aus einem Verehrten wird ein Verurteilter. Ein Befehlender muss bitten.

Ich werde ihm treu bleiben. Und einem seiner besten Freunde dienen. Und beobachten, ob er wirklich einer seiner besten Freunde ist.

Mein neuer Herr war Major der deutschen Wehrmacht. Dann Bankier in Argentinien. Und Berater der Generäle.

Jetzt herrschen die Feinde meines Retters und Beschützers. Und schätzen den Mann, der stets den Siegern hilft. Weil er den Misserfolg verachtet.

Dora Holm

Ja, sie hat sich über Hitler beschwert. Ihn als Verbrecher bezeichnet. Und das Volk beschuldigt, bei allen Untaten geschwiegen zu haben.

Im Luftschutzkeller fallen ab und zu Worte unbedachter Wut. Zumal von einer Frau, die Mann und Sohn verlor.

Mein Geliebter bezichtigt sie des Hochverrats. Seine eigene Köchin. Sie entschuldigt sich. Bereut. Kniet vor ihm hin. Vergeblich.

Der Mann, der mich vor einer Stunde streichelte, bedroht eine Frau, die ihn verehrt. Und nichts versteht vom Krieg. Nur ihr Leid verzweifelt formuliert.

Seit fünf Jahren liebt er mich. In seiner Freizeit. Den Führer liebt er Tag und Nacht. Für mich ist er bereit zu vielem. Für ihn ist er bereit zu allem.

Thea Ross

Ich bin Witwe eines Mannes, der mich niemals liebte. Immerhin zeugten wir einen Sohn. Der mir alles ist.

Gefälschte Soldatenbriefe aus Russland schickte er mir. Damit ich von seiner Geheimdienstarbeit in Teheran nichts ahnte. Manche seiner Täuschungen durchschaute ich schweigend.

Die Ignoranz des Selbstverliebten. Harmlose Fronturlaube spielte er mir vor. Auf Anweisung seiner Vorgesetzten musste er sich mit mir langweilen.

Dafür durfte er sich in Berlin eine halten, mit der er Bett und wohl auch andere Möbel teilte. Die ihn verwöhnte. In der kurzen Zeit, die er nicht mit Goebbels, Himmler und Ribbentrop verbrachte. Denen er half, ihre Verdienste richtig einzuschätzen.

Beeindrucken konnte er. Mit kalkulierter Zuneigung. Die er rasch entziehen konnte. Wenn sie nicht mehr nützlich war.

Wie anders mein Sohn! Er gibt mir, was mein Gatte mir nicht gab. Wo er lebt, will auch ich leben. Wer ihn mag, muss auch mich mögen. Der gute Junge.

Eugen Mannholz

Ein riskanter Beruf ist es, den Bundesnachrichtendienst zu informieren. Am riskantesten sind Aktivitäten in der Sowjetunion.

Ich hielt mich für klug, die Russen waren klüger. Und verurteilten mich zum Tod. Weil ich den schöpferischen Marxismus-Leninismus schwächen wollte.

Spionage betrieb ich, weil ich den Tod nicht zu fürchten glaubte. Ein Irrtum. Für die Bundesrepublik Deutschland erhängt zu werden ist vielleicht ehrenhaft, aber nicht schön.

Die Arbeiterdiktatur lässt meine Schwester ein Sanatorium bei Wien leiten. Wo Menschen in sehr privater Atmosphäre sehr Privates mitteilen. Alle Zimmer werden abgehört.

Danken muss ich ihr, die alles tut, damit ich lebe. Für eine Macht, die liquidiert, was ihr im Weg ist.

Werner Farmer

Vor zwölf Jahren nahm ich meinem besten Freund die Freundin. Ich liebte sie. Er liebte in ihr seine Mutter.

Sie heilte ihn von seiner Sucht. Durch Entzug. Heilung ist fast so viel wert wie Liebe.

Er wechselte Wohnort und Tätigkeit. Statt schreiben in Wien diskutieren in Frankfurt. Vor der Kamera. Mit viel Erfolg. Und viel Tabletten.

Nichts nimmt er uns übel. Freut sich über unser Eheleben. Und spricht scherzend von den Zeiten, in denen er betrogen wurde. Und präsentiert uns die Frau, die ihn stärkt und ermutigt.

Harry Gold

Tausende Juden lieben Deutschland. Ich bin einer von ihnen. Drei Jahre Konzentrationslager dämpften meine Neigung nur vorübergehend. Lebensversuche an Atlantik, Pazifik und Mittelmeer scheiterten. Der Main ist das Gewässer, das mich atmen lässt.

Zahllose Bücher schildern und analysieren den Rassenwahn des Dritten Reichs. Zwölf Jahre, die niemand löschen kann.

Und die vielen Jahrzehnte, in denen jüdische Menschen in Deutschland aufblühten? Zur Größe des Landes beitrugen? Wohlgelitten und gewürdigt?

Nicht nur Christen dürfen und sollen verzeihen. Auch Anders- und Ungläubige haben das Recht, denen die Hand zu reichen, die sagen: Es tut uns leid.

Emanuel von Karrelis

Glücklich ist vielleicht, wer eine Position bezieht und diese niemals ändern muss. Bei mir wollte es das Schicksal anders.

Als Leiter eines Fernsehsenders vertrete ich das Recht auf freies Reden. Ich weiß, wie provokant die Wahrheit sein kann. Und wie schmeichelhaft die Lüge.

Ehrlichkeit soll unbestraft sein und Verlogenheit unbelohnt. Das ist mein nicht geringes Berufsziel.

Ich war ein wehrloses Kind ohne Eltern. Der Geliebte meiner Schwester schützte und förderte mich. Er schien es ihr schuldig zu sein.

So erhielt ich Arbeit im Geheimdienst des Reichsaußenministers. Geschick erwarb ich im Einsatz für mein geliebtes, mörderisches Vaterland.

Mit welcher Leidenschaft ich bekämpfte, was ich heute schätze, möge niemand erfahren. Vierzig Jahre später.

DOCH MIT DEN CLOWNS KAMEN DIE TRÄNEN (1987)

Meine Buchhelden waren so männlich wie die von Christa Wolf weiblich. Beim eigenen Geschlecht zu bleiben verleiht eine gewisse Sicherheit. Weibliche Nebenrollen kreierte ich genug, mit Einfühlung, wie ich hoffe. Einmal jedoch sollte eine Heldin gefordert sein.

Vielleicht mein brutalster Romanbeginn: Zwei Clowns unterhalten das Publikum in einem Hamburger Zirkuszelt, ergreifen Maschinenpistolen und begehen ein Massaker. Vom Lachen zum Sterben in wenigen Sekunden.

Erzählend reflektieren wollte ich ein Thema, das uns noch lange beschäftigen wird: die Gentechnik. Aufzeigen wollte ich, wie weit wir Menschen gehen beim Versuch, die Natur zu kontrollieren, zu regulieren, zu überlisten, eigentlich zu besiegen. Und wie eben diese Natur sich zur Wehr setzt.

Eine Frau verliert zuerst ihren Mann durch eine Rakete, dann ihren Sohn durch eine Gewehrkugel. Noch immer wohnt sie dort, wo ihre Lieben sprachen, aßen, atmeten, schliefen. Schwer erträglich ist das ständige Niemehr. Doch muss sie bleiben. Denn diese Wohnung ist für sie Erinnern und somit Heimat.

Reporterin ist sie und hat das Unglück dieser Erde von 1967 bis 1986 zu Text und Bild werden lassen. Angesehen ist sie, umworben und verzweifelt. Recherchieren ist für sie Trauerarbeit. Und sie kann es verdammt gut. Das macht sie gefährlich.

Eine Welt ohne Feindbilder war das Ziel aller meiner Texte. Fast gelang es mir. Nur einer Personengruppe widmete ich Hass und Abscheu: den Ideologen. Mit den Bausteinen des Menschlichen, Helfenden und Gerechten errichten sie Lehrgebäude, knebeln, foltern, sperren ein, exekutieren, führen Kriege. Mit ihrer Unfehlbarkeit maskieren sie sich. Und leugnen alle Widersprüche und vernichten alle Widerstände. Diese Kollateralschadenerzeuger wenigstens zu ärgern war mein Lebenstraum.

Es gibt noch eine zweite Spezies, die ich schweigend erdulden musste: die Fertigmacher. Kritik ist ein lange, zäh und mutig erkämpftes Menschenrecht. Wir Autoren wissen das. Doch die Tonnen Unrat, mit der Germanisten und Rezensenten mich lustvoll bewarfen, ließen mich oft wünschen, ich wäre unverwundbar. Ich war es nicht.

Der Clown-Roman änderte vieles. Respekt wurde mir gezollt, gelobt wurde ich, gepriesen, gar umschmeichelt. Einst verletzte mich der Satz: „Das stinkt zum Simmel." Jetzt hieß es, ich sei der Balzac der deutschen Literatur. So holten sie mich vom Kreuz herunter und versöhnten sich mit mir. Ich will nicht nachtragend sein.

Norma Desmond

Reporterin bin ich seit neunzehn Jahren. Sensationsprozesse, Katastrophen, Kriege. Im Libanon fand und verlor ich meinen Mann. Einem granatengetroffenen Freund wollte er beistehen. Die Bombe kam. Wo er war, sah ich nur noch einen Krater.

Christen und Moslems predigen die Liebe. Und praktizieren den Hass. Wie schaffen es Ideologen, Glauben in Mordlust umzuwandeln? Schade, dass es den Teufel nicht gibt. Er kann sie nicht holen.

Monate später brachte ich meinen und seinen Sohn zur Welt. Vor acht Jahren. Jetzt haben schießende Clowns sein Leben gelöscht. Der Sarg ist so klein.

In meiner Wohnung sitze ich. Spuren der Liebe überall. So vieles erinnert an den Mann, den einzigartigen. Und an das Kind, das einzigartige.

Wer nahm mir den Geliebten? Libanesische Moslems. Eine Antwort immerhin. Wer tötete das von mir getragene, geborene und mit Zärtlichkeit bedachte Wesen? Zwei Clowns. Im Auftrag von wem? Das will ich wissen. Für diese Antwort lebe ich. Keine Ruhe werde ich haben. Und keine Ruhe werde ich geben.

Pierre Grimaud

Fast alle Reporter im Libanon bewohnen zwei Hotelzimmer. Eines im islamischen Beirut-West und eines im christlichen Beirut-Ost.

Eine Hamburger Kollegin wollten die Moslems erschießen, weil sie den Ostsektor betrat. Ohne Erlaubnis. Eine Rakete zur rechten Zeit ermöglichte uns die Flucht.

Dank sei dem großen Todbringer, der das Geschäft der kleinen Todbringer behinderte. Seitdem lieben wir, die Deutsche und der Franzose, uns so sehr, dass sie vor mir und ich vor ihr sterben möchte. Weil wir beide nicht trauern können.

Wir wollen mit Wort und Bild erschüttern. Daher schildern und fotografieren wir den Krieg.

Wo der Glaube sich bewaffnet, fließt gottgefälliges Blut. Nach drei Jahren Todesnähe würde ich auch gern glauben. Aber an keinen der zwei Götter, die hier für sich kämpfen lassen.

Günter Hanske

Bildung und Erfolg führen oft zu Lebensglück. Bei mir nicht. Warum eigentlich? Wer hässlich ist und sich nach jungen Frauen sehnt, bekommt nichts gratis.

Einst wollte ich die treffsicherste Schreiberin unserer Zeitung heiraten. Freundlich abgelehnt. Oder wenigstens genießen. Freundlich abgelehnt. Ich kann es ihr nicht übelnehmen.

Beruflich harmonieren wir. Ich bin der Chef, sie der Star mit Themen- und Methodenfreiheit.

Fast alle großen Blätter bewarben sich um sie. Vergeblich. Lieber bleibt sie schlechter bezahlt bei uns.

Ich bin stolz auf die Frau, die meinen Rat benötigt. Wenn schon nicht meine Zuneigung.

Alvin Westen

Ich will für sie da sein. Jetzt, wo sie niemanden mehr hat. Vor acht Jahren den ihr Bestimmten verloren, vor ein paar Tagen das Kind. Trösten werde ich sie nicht können. Aber mit ihr beraten, wie sie den Rest ihrer Zeit verbringen wird.

Seit ihrem ersten Interview mit mir vertrauen wir uns. Sagen uns, was wir denken. Mit höflicher Direktheit.

Ihr Leben enthält noch mindestens einen Auftrag: Die Ermordung ihres Sohnes verstehen, ihn nachvollziehen. Also die Mörder finden und das große Warum.

In Wespennestern wird sie stochern müssen. Gegner herausfordern, die nicht wehrlos sind. Doch ich kenne sie. Trauern wird sie. Und dann kämpfen. Und ich mit ihr.

Außenminister war ich. Die Welt kenne ich. Dreiundachtzig bin ich und Vaterfreund einer wunderbaren Journalistin. Die wie ich nicht zusehen kann, wenn Menschen beraubt werden. Egal ob es um Besitz geht, um Recht oder Würde.

Jan Barski

Was ist los mit mir? Die Reporterin, deren Sohn von denselben Clowns erschossen wurde wie mein Chef, stellt Fragen. Unangenehme. Ich weise sie aus der Klinik. Sie soll sich nie wieder blicken lassen.

Gelbe Rosen ein paar Stunden später. Ich bitte um Verzeihung. Sie nimmt an. Lädt mich zum Dinner ein mit ihrem besten Freund.

Schöne Lügen wollte ich servieren. Und war verstockt, als sie darauf nicht einging. Heute Abend werde ich sie informieren. Über vieles. Auch Unerfreuliches.

Schön ist die Frau. Und stark. Sie weiß, was sie will. Und ich bin Witwer. Mit Tochter. Weiß ich, was ich will?

Jugendlicher Pole war ich und weinte, als der deutsche Kanzler Willy Brandt uns knieend um Verzeihung bat für die Untaten von Wehrmacht und SS. Und jetzt sitze ich am Tisch mit seinem damaligen Außenminister.

Den beiden erzähle ich von unserer Tätigkeit. Wir verändern Gene. Und wissen nicht, was das bedeutet. Aber wir ahnen es. Atomphysiker manipulierten den Atomkern. Die Folgen sind halbwegs bekannt. Wir Biochemiker manipulieren den Zellkern. Die Folgen sind uns nicht bekannt. Vielleicht überwinden wir den Krebs. Vielleicht alle Viren. Vielleicht die ganze Natur. Sind wir Segen oder Bedrohung? Ich weiß es nicht.

Carl Sondersen

Eine starke Frau! Vor Kurzem wurde ihr Sohn erschossen, sie will wissen warum. Heute sollte sie erschossen werden, sie will wissen warum. Dieses Fragen macht sie stark und unbeugsam.

Eine telefonische Drohung, in zwei Tagen sei sie tot, wenn sie weiter recherchiere, beantwortet sie furchtlos, fast gleichgültig.

Sie teilt meinen Glauben: Das Böse können wir nicht besänftigen, sondern nur bekämpfen. Ihm zeigen, dass es besiegbar ist.

So hilft sie mir bei meiner bisher größten Aufgabe: die Tötung von mehr als dreißig Menschen durch zwei Zirkusclowns aufklären. Erfahren und verstehen, wer warum so etwas tut.

Thomas Steinbach

Dreihundert Mozart-Platten besitze ich. Raritäten sind dabei. Wie stolz war ich auf diese Sammlung. Ich schenke sie her.

Mozart, wie er war. Oder gewesen sein soll: fressen, saufen, grapschen, furzen. Und auslachen und verspotten. Dieser Abschaum hat Musik gemacht, die meine Seele streichelt? Mich an das Glück glauben lässt? An das Erhabene und Edle in uns Menschen?

Kunst müsse getrennt werden von dem, der sie erzeugt. Sagt mein Freund. Wie viele Musiker, Künstler, Dichter haben uns verstanden, berührt, getröstet? Neue Wege gezeigt. Waren uns Lebensbegleiter. Und zugleich die größten Widerlinge?

Bin ich naiv im Glauben, nur schöne Seelen können schöne Werke schaffen? Oder ist es umgekehrt? Dass gerade der Hinterhältige das Ehrliche kreiert? Der Schmutzige das Reine? Der Geizige das Großzügige? Der Zerrissene die Harmonie?

Wer will meine Mozart-Platten haben? Ich brauche sie nicht mehr.

Petra Steinbach

Große Rätsel gibt er auf. Ein Mercedes touchierte unser Auto. Mit Höchstgeschwindigkeit. Der Betrunkene steigt aus und geht auf uns los. Er wehrt sich nicht. Dann werde ich attackiert. Und schlage und kratze. Er hilft mir nicht.

Unser Ferrari ist Schrott. Glück gehabt, sagt er. Auf Deutschlands Straßen sterben täglich dreiundzwanzig Menschen. Und wir leben. Unverletzt.

Einen Kämpfer heiratete ich. Und habe seit Kurzem einen Mann, der mir stets Recht gibt. Nicht mehr streitet. Pfeife raucht und lächelt.

Meine Boutique in Düsseldorf ist hoch verschuldet. Eine Million im Sand. Der Mitarbeiter hatte eine Vollmacht. Jetzt sitzt er. Der Arme. Betrogen sei er worden. Da kann ich auch nur lächeln. Wie soll es weiter gehen? Lächeln. Wovon leben? Lächeln.

Krank sei er. Untersuchen wollen sie ihn. Vielleicht habe er sich infiziert. Und dann mich. Immer freundlich und gelassen, das sei doch auffallend. Wenn sie meinen. Und warum ich den Betrüger nicht verklage? Das Geld ist weg. Kein Prozess bringt es mir wieder. Es war ja keine böse Absicht. Man muss auch verzeihen können.

Ich will mitkommen. Ins Krankenhaus. Zu ihm. Nur zur Beobachtung. Schaden kann es nicht!

Doris Leiser

Ein guter Freund hat, was ich mir so oft wünschte: die Fähigkeit, sich über nichts zu ärgern. Nachzugeben. Ich beneide ihn nicht.

Seine Frau ist noch gelassener. Kein Unglück kann sie erschüttern. Entsetzlich!

Wir Menschen haben doch ein Recht auf Wut und Zorn. Nur so entstehen Widerspruch und Widerstand.

Nie wieder schäme ich mich für meine Tränen. Ich will trauern dürfen. Und verzweifeln. Glück ist doch kein Dauerzustand!

Kiyoshi Sasaki

Synonyme sind der Schlüssel zum Beherrschen einer Fremdsprache. Täglich übe ich. Im Beruf. In der Freizeit. Oft auch im Bett.

In meiner Klinik wurde eingebrochen. Material gestohlen. Entwendet. Entfernt. Wurde mitgenommen. Geraubt.

Der Chef meines Bruders wurde in Hamburg getötet. Ermordet. In den Tod versetzt. Ausgelöscht. Vernichtet.

Ein polnischer Biochemiker und seine Freundin besuchen mich in Nizza. Glauben an Zusammenhänge zwischen Mord und Diebstahl. Gerne werde ich sie informieren. Ihnen Auskunft geben. Fakten mitteilen. Ergebnisse zur Verfügung stellen.

Wir beschäftigen uns hier mit künstlicher Besamung. Befruchtung. Fertilität. Zeugung. Spermien. Flüssigkeit für Babys.

So viele Menschen wollen Eltern sein und schaffen es nicht. Ehepaare. Homosexuelle. Körperlich Behinderte. Witwen. Wir wollen ihnen helfen. Sie unterstützen. Assistenz leisten. Ihren Wunsch erfüllen. Sie glücklich machen. Das ist der Zweck unseres Tuns: Forschen. Analysieren. Diskutieren. Thesen aufstellen. Bestätigen. Verwerfen. Vermuten. Zweifeln.

Takahito Sasaki

Mein kleiner Bruder und ich sind Kinder der Generation nach Hiroshima. Die vielen Soforttoten und Spätfolgetoten waren Thema unserer ersten Lebensjahre.

Wir studierten Medizin, weil wir dem natürlichen, würdigen Sterben zuarbeiten wollten.

Vielleicht noch größer als das Hilfsbedürfnis war der Wissensdrang. Grenzenlose Neugier im Dienst des Lebens.

Das künstliche Zeugen wurde Arbeitsfeld des Bruders. Das Verbessern pflanzlicher, tierischer und menschlicher Substanz durch Verbessern der Gene ist meine Aufgabe. Unsere Erfolge sind bedeutend und vielleicht gefährlich.

Wie rasch das Forschen für das Gesunde zum Verursachen des Kranken führt, mussten wir erfahren. Die nächsten Jahrzehnte beantworten die Frage: Sind wir Assistenten Gottes oder des Teufels?

Harald Holsten

Unser Abteilungsvorstand ist tot. Wir waren sein Team. Das nicht mehr lange bestehen wird. Nur er konnte unsere Stärken nutzen und unsere Schwächen übergehen.

Der Pole hält viel von sich. Und noch mehr von Gott. Er denkt mehr an seine tote Frau als an seine lebende Tochter.

Der Japaner besteht nur aus Ehrgeiz. Erfolg steht über allem. Wohlbefinden unter allem.

Die Engländerin verabscheut mich. Fast so stark wie ich sie. Die Unfehlbarkeit mit Kontrollblick. Bringt stets alles auf den wunden Punkt.

Der Israeli misstraut jedem. Besonders mir. Weil ich Deutscher bin? Noch habe ich ihm diese Frage nicht gestellt.

Der Jüngste begeistert sich für alles. Vierundzwanzig Stunden täglich. Das Unwahrscheinlichste scheint ihm wahrscheinlich. Und nichts ist ihm absurd genug.

Vielleicht beneiden sie mich um den Schatz, den sie nicht haben: eine wunderbare Ehe mit einer wunderbaren Partnerin. Sie ermöglicht mir zu sein, wie ich bin: nicht teamunfähig, sondern teamunwillig.

Hubertus Stein

Verbrecher erpressen uns. Wenn wir weiter über ihre Verbrechen berichten, fliegt das Verlagshaus in die Luft, schreiben sie.

Unter Hitler wurde ich zum Tod verurteilt. Und überlebte. Soll ich mich fürchten vor Menschen, die über die Zerstörungskraft der Nazis nicht verfügen? Sogar anonym bleiben müssen?

Meine Zeitung garantiert Analyse und Kommentar. Beides produziert von Journalisten, die nicht fragen, was sie dürfen.

Freiheit des Wortes und des Glaubens, Abwesenheit von Hunger und Angst und somit ein Leben in Frieden müssen unbestritten sein. Wer das nicht so sieht, darf mich ruhig hassen. Aber nicht einschüchtern.

Eugen Hess

Mein Vater, der Bestatter, liebte den Tod nicht, lebte aber von ihm. Meine Mutter glaubte an den Kommunismus, verließ uns und fand einen Gesinnungsbruder. Sie bekamen ein Kind, bekämpften das Dritte Reich und flüchteten nach Russland.

Der Kommunist wurde nach kommunistischem Recht hingerichtet. Was meine Mutter akzeptierte. Denn was angebetet wird, kann nicht im Unrecht sein.

Zurück in Deutschland arbeitete sie im Auftrag des roten Heils gegen das braune Unheil. Bis das Heil siegte und russische Soldaten sich an ihrem blutenden Leib ergötzten.

Davon erholte sie sich nicht mehr. An ihrem Grab stand ihr zweiter Sohn. Nur eines hielt ihn noch am Leben: der Hass auf alles Russische.

Lars Bellmann

Komplizierte Kriegssysteme benötigen einfache Bilder. Amerika sagt: Die Russen sind auch Menschen. Haben mit uns Nazideutschland besiegt. Schade, dass sie uns bedrohen.

Russland sagt: Wir haben nichts gegen Amerikaner. Sie halfen uns beim Sieg über Nazideutschland. Schade, dass sie so aggressiv sind.

Wer Angst hat, muss rüsten und damit seine Angst überwinden. Wodurch er Angst erzeugt.

Wer den Krieg nicht will, muss zeigen, dass er ihn nicht scheut. Und ständig angriffsbereit sein. Was beunruhigend wirkt.

Meine Ergebnisse von zwanzig Jahren Konfliktforschung bespreche ich mit Hochrangigen in Washington und Moskau. Sie hören mir zu und sagen: Überzeugen Sie die anderen, nicht uns!

Im Frühling singt zum letzten Mal die Lerche (1990)

Zwei Romane schrieb ich gegen die militärische Atomkraft. Zeit wurde es für das Aufarbeiten der zivilen Nutzung. Zudem nahm ich ein weit in die Zukunft weisendes Thema vorweg: die Erwärmung des Klimas.

Störfälle beim Erzeugen von Kernenergie aufzeigen und erklären. Darauf hinweisen, dass Tschernobyl ein schwerer, aber bei Weitem kein Einzelfall war. Europa war zu eng für diese aktionsgeladene Warnung, die weltweite Dimension war unvermeidbar.

Saubere Energie? Wir haben die Lösung. Für immer. Wie schwer fiel der Abschied von dieser Erkenntnis, die keine war.

Viele Autoren haben ihre Autobiografie doppelt verfasst. Einmal kompakt als einzelnes Schriftstück, einmal anspielend und andeutend im Gesamtwerk. Wer meine Bücher liest, kann viel über mich erfahren. Im Lerchen-Roman taucht eine mir sehr ähnliche Person auf. Einnehmend wirkt sie, gewinnend, Vertrauen erweckend. Kann es sein, dass ich mir selbst der beste Freund bin?

Immer stärker trieb es mich zum romanhaften Aufdecken der Gefahren meiner Zeit. Und erstaunlich: Es tat mir gut. Reinigte meine Seele vom Gebrandmarktsein in einer halbjüdischen Kindheit. Langsam wich das Einst dem Jetzt. Ganz vergessen kann ich die in brauner Zeit mir zugefügten Wunden nie. Aber doch: Wie heilend wirkt der distanzierte Blick.

Zur Kernspaltung addierte ich die Auswirkungen des Rohöls und anderer Brennstoffe sowie den Zustand des Trinkwassers in und außerhalb Europas. Und fertig war mein Appell an die Lesenden: Hören wir auf, das Schiff zu zerschlagen, auf dem wir Passagiere sind! So schön ist es, dieses Schiff. Und fahrtüchtig. Doch gepflegt und gewartet will es sein.

45 Fußnoten mit genauen Erläuterungen und konkreten, mit Zahlen belegten Beispielen schmückten dieses Buch auf den letzten Seiten. Nie zuvor habe ich mein unterhaltendes Aufklären mit so viel Forschung angereichert.

Philip Gilles

Sylt war ihr der liebste Ort. Wieviel Zeit verbrachten wir hier? Stets im selben Hotel.

Ein guter Freund wurde begraben. Natürlich kam ich. Ihn zu verabschieden. Und mich an sie zu erinnern. Die ungeschorenen Schafe im Winter. Weiße Kugeln.

Der Taxifahrer redet dauernd. Wasser, Luft, Erde, alles vergiftet. Seit sechzehn Jahren ist er allein. Die Fahrgäste sind seine Opfer. Giftige Elemente bieten viel Stoff zum Schimpfen.

Vor zwölf Jahren starb sie. Die liebevollste Kritikerin. Meine Romane seien voller Leben. Zwischen Hotelbars, Restaurants und Flughäfen. Vogelarten kämen keine vor bei mir. Wie Recht sie hatte.

Das Haus meines begrabenen Freundes. Die Nichte empfängt mich. Geschwärmt habe ihr Onkel von mir. Ein anderer Besucher ist auch da. Atomphysiker. Alle meine Bücher habe er gelesen. Ein Autor sei ich ohne elitäres Getue. War das ein Kompliment?

Jetzt bestürmen mich beide. Über geistig Behinderte hätte ich geschrieben. Über Drogen. Das Wettrüsten. Die Gen-Manipulation. Und gegen Nazis. Einen, der verstanden wird, bräuchten sie.

Ich könne Menschen aufwecken. Zornig machen. Meine Verantwortung sei es, noch ein Buch zu schreiben. Zum Schutz von Mensch und Tier. Ich? Der Autor, der keine Vogelarten kennt?

Susanne Marvin

Von der Atom-Mafia bezahlt ist er. Mein Vater. Er nennt es natürlich Aufsichtsbehörde.

Vor genau einem Jahr gab es den Störfall in Biblis. Fall N nannten sie es. N für normal. Später Fall E. E für eilt. So wird Menschheitsgefährdung vertuscht. Und der Obervertuscher ist der Mann, der mich erzogen hat.

Für immer verlasse ich ihn. Er sieht die Koffer. Ob ich verrückt geworden sei? Fragt mich der Verrücktgewordene.

Zukunft Kernkraft, sagt er. Höchste Sicherheitsansprüche, sagt er. Abschalten bei geringsten Zwischenfällen, sagt er. Sauberste Energie, sagt er. Ich kann seine Worte nicht mehr hören.

Super-GAU-Gefahr habe nie bestanden, brüllt er mich an. Bei den Mächtigen soll er laut sein, aber dort halte er sein Maul. So spreche eine Tochter nicht mit ihrem Vater. Mama hat ihn vor elf Jahren verlassen. Ich kann sie verstehen

Durch ihn sei die Störung aufgedeckt worden. Er habe die Gesellschaft für Reaktorsicherheit informiert. Menschliches Versagen. Die Verursacher wurden entlassen. Sagt der von den Betreibern Gekaufte.

Jetzt will er mir den Weg versperren. Jammert. Ohne mich sei er allein. Endlich gibt er nach. Er kotze mich an, war mein letzter Satz. Es musste sein. Leider.

Valerie Roth

Scharf denkend sei er, von rascher Auffassung, auf Argumente eingehend. Einer der großen Atomphysiker. Eingeladen haben wir ihn. Und er kam. Um über uns den Kopf zu schütteln. Die Atomkraft verhindere die Erderwärmung. Weil sie kein Kohlendioxid erzeuge.

Ob Energiesparen nicht noch viel weniger Giftausstoß ermögliche? Und ob ihm die Atommüllentsorgung kein Problem sei? Ob es ihn nicht beunruhige, dass die von ihm erforschte und geliebte Energie für den Krieg entwickelt wurde? Atomkraftwerke das Nebenprodukt von Atomwaffen sind?

Ruhig bleibt er. Leugnet die Probleme nicht. Doch hat er ein erstaunlich simples Weltbild: Weg mit Kohle, Öl und Erdgas! Und der Zukunft steht nichts mehr im Weg.

Mein Chef und Onkel bleibt unerbittlich: Spraydosen? Kühlschränke? Klimaanlagen? Abholzung des Regenwalds? Und ich lege nach. Weise auf das Dach in der Atmosphäre hin. Von uns Menschen gebaut. Das jede Wärmeabstrahlung blockiert. Und auf das Ozon. Das uns ungefiltert und somit Krebs erregend bestrahlt.

Er brauche keine Nachhilfe in Umweltkunde. Jetzt wird er angriffig. Verliert die Freundlichkeit des Überlegenen. Panikmacher seien wir. Unterstützer von Menschen, die, wie Kinder, zornig sind auf alles, was sie nicht verstehen.

Markus Marvin

Missgebildet. Stehen auf und kippen um. Eine ganze Rinderherde. Und das seien die Überlebenden. Die Schwerkranken werden schon als Kälber von Kojoten gefressen.

Die kleine Stadt Mesa. Im Osten des Bundesstaats Washington. Beim Atomreservat Hanford. Tritium und Plutonium fließen in den Columbia River. Der alles fruchtbar macht. Mais, Kartoffeln, Wein, Obst. Und die großen Rinderweiden. Ohne Fluss keine Landwirtschaft.

Daneben hundertfünfzigtausend Arbeitsplätze für Reaktoren, Schnelle Brüter und Versuchsendlager. Eigener Flughafen. Hier entsteht die Zukunft Amerikas.

Bei den Schafen sei es nicht anders. Manche ohne Beine, manche ohne Schwanz, manche mit zwei Köpfen.

Die geschwollenen Schilddrüsen der Menschen. Ich fasse es nicht.

Alle Bedenken wischte ich weg. Wusste es besser. Ich, der Kernspalter. Meine Tochter wollte nicht mehr mit mir leben. Hatte Katastrophenbilder im Kopf. Die Wirklichkeit ist schlimmer.

Radioaktive Milch wird hier getrunken. Seit den fünfziger Jahren. Jetzt zeigen sie mir eine Tafel mit neunundzwanzig Familiennamen. Lauter Menschen mit Krebserkrankung. Behörden winken ab. Ärzte auch. Genetische Defekte. Atomkraft als Ursache sei unbewiesen. Unwahrscheinlich. Undenkbar.

Richland, gleich neben Mesa. Eine andere Welt. Der Supermarkt heißt „Atomic Food". Eine große Reinigung nennt sich stolz „Atomic Laundry". Die „Richland Bombers" sind die Footballspieler. Ihr Emblem ist ein Atompilz.

Kennen Theologen Gott? Ärzte die Gesundheit? Juristen das Recht? Kenne ich die Atome?

Gordon Trevor

Nach zwei Jahren erst sprach ich meinen Nachbarn, den Schriftsteller, an. Seitdem trinken wir gemeinsam Tee. Was für eine Rasse mein Hund sei? Happy ist rassefrei.

Fünfundvierzig mal flog ich im Krieg über Deutschland. Unverletzt. Beim sechsundvierzigsten Angriff traf mich ein Flakgeschoss. Im Unterleib. Pinkeln geht noch. Sex nicht mehr.

Eine große Liebe hatte ich. Ihr machte es nichts aus. Elf Jahre lang. Immerhin. Happy wird mich nicht verlassen.

Mein Freund wurde gebeten, ein neues Buch zu schreiben. Hat keine Lust dazu. Fühlt sich nicht mehr berufen zur Rettung der Menschheit. Wie gut ich ihn verstehe.

Gefeiert wurde er für seine Werke. Verehrt. Von Millionen. Und verachtet. Und verspottet. Von den Schöngeistern der Poesie. Es kränkte ihn. Seit dem Tod seiner Frau schrieb er keine Zeile mehr.

Ein Kriegsinvalide und ein hässlicher Hund sind seine Gefährten. Wir verehren ihn nicht. Und verachten ihn nicht. Und verspotten ihn nicht. Wir lassen ihn in Ruhe. Und in Frieden.

Miriam Goldstein

Vier war ich, als wir abgeholt werden sollten. Vater flüchtete, Mutter und ich wurden versteckt. Von 1941 bis 1945. Dank sei diesen Menschen. Wir hielten ihn für tot, er wähnte uns in Auschwitz.

Später besuchte er das Lager, fand ein Paar Kinderschuhe und glaubte, es seien meine. Er trennte sich nicht mehr von ihnen.

Besoffene Neonazis quälten ihn. In einer Bar. Nahmen ihm die Mädchenschuhe. Spielten mit ihnen. Schlugen ihn. Ein junger Schriftsteller rettete sein Leben.

Das alles weiß ich erst seit 1982. Eine Amerikanerin erzählte es mir. Sie war Barkellnerin. Vor drei Jahrzehnten. Als mein Vater mich suchte.

Heute bin ich Anwältin. Verteidige in einem Fall mit schwerer Körperverletzung. Einen Atomphysiker. Einst Förderer, jetzt Gegner der vielleicht sauberen, sicher gefährlichen Energie.

Freunde hat der Angeklagte. Gebildet, engagiert, vielleicht etwas fanatisch. Sie nannten mir den Autor, der meinen Vater beschützte. An ihn soll ich mich wenden. Ein Buch müsse er verfassen. Für das Recht der Lebenden auf Leben.

Sie konnten ihn nicht überzeugen. Jetzt schicken sie mich zu ihm. Als Tochter des Juden, dessen Tötung er verhinderte. Auf ihn hören die Leute. Und nicht auf die Germanistendichter.

Beenden soll er das Trauern ohne Schreiben. Er ist unsere Hoffnung. Und wir die laute Stimme seines Gewissens.

Ray Evans

Hundertfünfzigtausend Arbeiter in unserer Gegend leben von der Atomkraft. Niemand kann sich täglich einsetzen für etwas, an das er nicht glaubt. Also glauben sie an die Kernspaltung.

Aber Tatsache ist: Viele unserer Rinder kommen zur Welt und können nicht gehen. Und wir Menschen? Wenige sind gesund. Noch weniger fühlen sich gesund.

Alles genetisch, sagen die Ärzte und Juristen. Hetzer werden wir genannt, die von Verstrahlung reden.

Wer bei uns nicht Atomstrom produziert, erntet Mais, Kartoffeln, Obst und Wein. Dazu kommen Milch und Rindfleisch. Strahlende Landwirtschaft.

Verseuchung? Der freie Markt gebietet uns, das Maul zu halten. Wir sollen verkaufen und nicht jammern.

Gerhard Ganz

Ich bin ein Sehender. Weil ich bewundere, was gedeiht. Und rasch bemerke, wenn das Gedeihende behindert wird.

Daher warne ich die Nichtsehenden. Und nenne sie auch Zukunftsignoranten.

Sie empfinden mich als Stimmungsverderber. Und als Rechthaber mit Lust auf Untergang.

Mir bleibt nur eine Erkenntnis: Wer nicht sehen will, will auch nicht zuhören.

Alles, was lebt, hat das Recht zu wachsen. Und aufzublühen. Nicht nur die Wirtschaft.

Elfi Bellamy

Mein Leben besteht aus drei Rollenspielen. Zwei davon praktizierte ich in meiner Jugend.

Elf Monate jährlich spielte ich Barfrau in Berlin. Bediente und lächelte für ein Fixgehalt. Und verwöhnte für gute Beträge.

Jährlich einen Wintermonat spielte ich Lady in Sankt Moritz. Mit dem Geld, das ich elf Monate sparte.

Beide Welten gehörten zu mir. Die Verteilung der Monate hätte etwas ausgeglichener sein können.

Das dritte Rollenspiel widme ich meinem Ehemann, einem amerikanischen Chirurgen. Und unseren beiden Kindern. Älter und müde geworden, genieße ich ein bisschen Gegenwart und viel Vergangenheit.

Franz Kulicke

Von Problemen höre und lese ich, zu denen ich keinen Zugang finde. Die ich nicht verstehen kann oder will.

Ozonloch? Ich sehe keines. Verdrecktes Wasser? War es früher sauberer? Vergiftete Luft? Ich rieche nichts. Waldsterben? Wir haben heute mehr Wald als in den Holz verheizenden Jahrhunderten. Saurer Regen? Allein schon das Wort reizt mich zum Lachen.

Tote Fische und Robben? Es gab zu viel davon. Die Natur reguliert und ist dabei nicht zimperlich.

Die Umweltschützer wollen nur ein Volk in Angst vor einer erderwärmten Zukunft in Gestank und Atemnot.

Ich bin Justizvollzugsbeamter und vollziehe. Damit verdiene ich mein bescheidenes Dasein. Viele Sorgen plagen mich. Weitere muss ich mir nicht einreden lassen.

Peter Bolling

Zwei große Menschengruppen verhindern das irdische Glück: die Dummen und die Lügner.

Die Dummen glauben alles, was man ihnen sagt. Führen durch, was angeordnet wird. Und gehen auf die Knie vor allen Argumenten.

Die guten Lügen sind von der Wahrheit schwer zu unterscheiden. Wer sie durchschaut, wird bedroht. Wer sich nicht einschüchtern lässt, wird verfolgt.

Politische Lügner bewaffnen sich mit schlagenden Wörtern. Rechts mit Heimat, Nation und Vaterland. Links mit Gleichheit und Solidarität. In der Mitte mit Wachstum und Arbeitsplätzen. Und alternativ mit Klimaschutz und Erderwärmung.

Und hinter ihnen sammeln sich die Riesenheere der Angelogenen, denen zuschlagen leichter fällt als Fragen stellen.

Joschka Zinner

Tabuthemen darf es nicht geben, wenn das uns Bedrohende in Wort und Bild gestaltet wird. Für das Fernsehen. Als Mehrteiler.

Zornige Menschen benötigen wir. Recherche allein lockt keine Zuschauer. Erschüttern müssen wir und nicht beweisen.

Vernichtete Regenwälder: Tatort Brasilien. Verschwendete Energie: Tatort Deutschland. Größte anzunehmende Unfälle: Tatort USA. Schmutzige Meere: Tatort Küste. Betroffene sollen berichten, erzählen und erklären. Wir interviewen und informieren.

Natürlich wollen auch Empörte Geld verdienen. Kein Problem. Verträge sind schon formuliert.

Unverzichtbar sind die Lösungen. Wasser, Wind und Sonne. Einsparen, wo es nicht weh tut. Und vor allem: Fangt an! Seid Pioniere! Wartet nicht auf die Vernunft der Unvernünftigen!

Isabelle Delamare

Zum ersten Mal zeige ich einem Mann mein Tagebuch. Viele meiner spontansten Eindrücke sind nachzulesen. Auch über ihn.

Was fasziniert an ihm? Fast alles. Weil es kaum in Worte zu fassen ist.

Seit dem Tod seiner Frau schreibt er keine Bücher. Davor alle zwei Jahre einen Roman. Trauer blockiert ihn offenbar.

Er ist einunddreißig Jahre älter als ich. Doch hat er jugendliche Augen. Machen ihn betrachten und beobachten nicht müde?

Dieser Mann ist Stärke, die ermutigt und nicht ängstigt. Wie nahe liegen beeindruckt und verliebt sein?

Hilmar Hansen

Den drittgrößten deutschen Betrieb für Hygiene und Gesundheit zu leiten macht nicht sehr beliebt. Umweltschützer müssen das Wort Chemie nur hören und haben einen Schuldigen.

Richtig ist, dass wir bis vor drei Jahren auch Hochgiftiges herstellten. Freiwillig machten wir Schluss damit. Obwohl derselbe Stoff in anderen Ländern nicht verboten wurde. Und krebserregende Wirkung nicht bewiesen ist.

Exportiert haben wir die Toiletten desinfizierenden Produkte, genannt Pinkelsteine, niemals. Nur in Deutschland wird wohlriechend uriniert und verdaut.

Vor Kurzem attackierte mich ein Menschheitsretter. Sein Einsatz für eine bessere Welt brachte mich ins Krankenhaus. Der mich schwer verletzte, wird gefeiert. Von Akademikern!

Auf eine Klage verzichte ich. Verwirrten und Verzweifelten kann ich nicht böse sein.

Clarisse Gonzalos

Unser Kind soll geboren werden. Weil ich es wünsche. Mein Mann ist dagegen. In diesen Zeiten sei das verantwortungslos.

Was heißt: In diesen Zeiten? Kinder werden stets geboren. Weder Krieg noch Pest noch Hunger haben das Zeugen behindert. Im Gegenteil.

Warum gibt es heute mehr Selbstmorde als nach dem Zweiten Weltkrieg? Damals mussten Millionen ihre Heimat verlassen oder in Ruinen wohnen.

Ist alles Leben vielleicht zäher, wenn Gefahr droht? Macht uns der Wohlstand mutlos?

Keine Frau soll Leben austragen müssen, wenn sie nicht will. Ich will. Was mit Liebe gemacht wurde, soll Zeuge dieser Liebe sein.

Paulinho Paiakan

Fünf Tage Meinungsaustausch. Eigene Interessen vorbringen. Andere Interessen verstehen. Das war meine Absicht als Häuptling des Volks, das den Amazonas hütet.

Dreihundert unserer Leute tanzten mit der Waffe in der Hand. Weil sie keine Worte haben. Millionen waren wir, jetzt sind wir zwanzigtausend, denen sie das Land wegnehmen wollen.

Das größte Wasserkraftwerk der Welt wollen sie errichten. Wo wir leben, soll ein aufgestauter See entstehen.

Saubere Energie wollen sie gewinnen. Und tausende Gauchoarbeitsplätze schaffen. Wir Waldbewohner sollen mitarbeiten und uns nicht beschweren.

Hände weg vom Regenwald und seinen Menschen, schreien wir. Brasilien den Brasilianern, schreien sie.

Sollen sie ihre Städte und Plantagen verschmutzen und vergiften, soviel sie wollen. Aber nicht unsere Flüsse, die dem ganzen Land den Atem schenken.

Elisa Hansen

Beide Männer lernte ich im Gymnasium kennen. Natürlich genoss ich das doppelte Geliebtwerden.

Zuerst bevorzugte ich den Außenseiter. Mir gefiel das selbstbewusste Anderssein. Erst spät erschreckte mich sein aggressives Auftreten gegen alle, die sich in Gesellschaft wohlfühlen.

Als er mich schlug, verließ ich ihn. Die Tochter blieb bei ihm und sah in mir die Ehebrecherin.

Mich zog es immer mehr zu seinem Freund, dem zarten Wesen. Der mit Umsicht die Firma seines Vaters leitet.

In der Schule wird unser Sohn Verbrecherkind genannt. Weil mein Mann Heilmittel mit großer Wirkung und bisweilen auch Nebenwirkung im Sortiment hat. Die Gerichte sprechen ihn frei. Nicht jedoch die öffentliche Meinung. Denn Verdacht ist stärker als Beweis.

Elmar Ritt

Nach der Kapitulation der Wehrmacht wurde mein Vater hingerichtet. Wegen Desertion. Nicht einmal Führertod und Kriegsende bremsten die Fanatiker.

Das Unrecht bestrafen wurde mir Pflicht. Dies machte mich zum Staatsanwalt.

Jedes Verbrechen, das ich bearbeite, macht mich zornig. Ich verstehe nicht die Gleichgültigkeit meiner Berufskollegen, die Ruhe bewahren, wo Recht verhöhnt wird.

Vielleicht handeln sie vernünftig. Kombinierendes Vertrauen in die klärende Wirkung der Zeit scheint zielführender zu sein.

Ich aber kann mich nicht ändern. Meine Ungeduld ist ein Kind des Glaubens, dass Täter nicht in Freiheit leben dürfen.

Walter Coldwell

Nichts machte mich so glücklich wie der Tod meines Vaters. Fünfzehn war ich und erhielt fortan keine Schläge mehr. Von einem Mann, der während des Quälens weinte und den Namen des Herrn pries.

Als Kind eines gesetzlosen Frommen sehnte ich mich nach dem Schutz des Staates. Und wurde Polizist.

Wie kein anderer verfolgte ich alle, die mit Gewalt Probleme lösen wollten. Und sie damit erzeugten. Oder vergrößerten.

Nach Jahren der Bewährung landete ich dort, wo ich hingehöre: beim Geheimdienst. Amerika ist meine Kirche, ich ihr Diener.

Mit Freude belausche ich Personen, die am Segen meines Landes zweifeln. Oder auch nur zweifeln könnten.

Ich liefere die Information. Wie brisant sie ist, sollen die Hohen Priester der Verfassung einschätzen.

Robert Dornhelm

Seit Jahrzehnten verdiene ich mein Geld mit dem Verfolgen menschlicher Unwahrheit und Grausamkeit.

Ich werde immer milder und desinteressierter an einem Beruf, der sich kaum durchführen lässt.

An den ganz großen Betrug und das ganz große Kaputtmachen komme ich nicht heran. Sie haben ihre mit Paragrafen erbauten Mauern, Gräben und Zugbrücken.

Und der kleine Betrug und das kleine Kaputtmachen sind tollpatschig und nah an meinem Mitleid. Wie oft verhafte ich Personen, die Verbrechen begingen, die ich im Grunde auch hätte begehen können. Sie landen in der Zelle, ich im Büro.

Antoine Oltramare

Ein kleines Hotel in einem kleinen Dorf in der Westschweiz ist mein Lebensraum. Zufriedene Gäste aus aller Welt machen mich glücklich.

Zwei Freunde reichen mir aus. Der eine flog im Krieg für die britische Armee, jetzt im Luftballon für Leute, denen der Alpenblick von unten nicht genügt.

Der andere schreibt einen Roman über die Erde, auf der die menschlichen Bewohner sich anschicken, die Natur zu besiegen und dann zu entsorgen.

Unser Planet wird stärker sein als die Zerstörer. Denn Freunde sind wichtiger als Feinde. Und das Schöne hält länger als das Hässliche.

Auch wenn ich lache, muss ich weinen (1993)

Wer einen Mauer-Roman schrieb, muss auch einen Nach-Mauer-Roman verantworten. Das Spiel mit dem Lachen und dem Weinen war die skeptische Bestandsaufnahme eines Landes, dessen vierzigjähriger Traum vom Wiedervereintsein in Erfüllung ging.

Natürlich ist der Umgang der ostdeutschen Menschen mit der so lange zerstörenden und jetzt zerstörten Staatssicherheit ein Thema. Und die Beziehung der investierenden und subventionierenden Westmenschen zu den befreiten und Arbeit suchenden Ostmenschen.

Darzustellen versuchte ich, wie die schönen Konsumgüter mit ihren flauschig animierenden und wohlklingend sinnlosen Marken- und Typennamen dort landen, wo es bisher einfach hieß: „Wir haben´s reichlich."

Im Präsens wollte ich wieder einmal erzählen. Wie schon 30 Jahre zuvor im Buch von der wörtlichen Liebe. Der Vorteil des Präteritums liegt in der Souveränität des distanzierten Überblicks. Das Präsens bietet die Schärfe der Nahaufnahme.

Wie konnte ich Menschen, Opfer und Täter, dezent im Milieu der Umgangssprache ansiedeln? Ich versuchte es mit Namensartikeln. Der Mischa, der Martin und die Claudia. Der Leon und die Irina. Und ironisch liebevoll: der Honecker, der Kohl und der Gorbatschow.

Mit dem dreißigjährigen Pechvogel ist mir der vielleicht liebenswürdigste Mensch meines Schaffens geglückt. Halb Jude, halb Russe und somit doppelter Mischling, ein Gesicht wie ein Basset, von Frauen verabscheut, von Freunden betrogen, stolpert er, zuerst ostdeutsch verfolgt, dann westdeutsch, später russisch und noch später irakisch, am Ende auch noch bosnisch, durch ein absurd trauriges Leben. Und hat doch eigentlich nie etwas angestellt. Überall möchte er nur noch ein Schild aufstellen: „Vorsicht, Menschen!"

Hass gegen alles Fremde und arrogantes Überschätzen alles Nichtfremden betreten hier weltumspannend das politische Parkett. Aufzeigen wollte ich, wie menschliches Hassen anfangs befreit, doch selten gestaltet und niemals erlöst.

Mischa Kafanke

Drei Jahre bei der Nationalen Volksarmee. Dann Genossenschaftsklempner mit Geschäft. Wasserkasten an der Decke, Metallkette und Porzellangriff. So hat ein ganzes Volk Speis und Trank ausgeschieden.

Jetzt sitze ich im Laden. Beliefert von Clo-o-form aus Wuppertal. Sechstausend Arbeitnehmer. Beste Qualität. Schönstes Design. Eine Badewanne heißt Brillant. Die andere Kronjuwel. Eine dritte Corpoline. Und erst die Whirlpool-Wannen! Und die Waschmaschinen. Adorina und Mirella. Bidets hatten wir im Arbeiterstaat auch nicht.

Mutter starb bei meiner Geburt. Vater war jüdischer Russe, wie ich erst mit fünfundzwanzig von der Stasi erfuhr. Halbjude bin ich und Halbrusse. Schöne Kombination. Doppelt unbeliebt.

Risiko null, sagte der von der Badezimmer- und Toilettenfirma. Berlin werde wieder Hauptstadt, größte Baustelle Deutschlands, Investitionen ohne Grenzen. Komfortnachholbedarf.

Arbeitslose kaufen keine Kloschüsseln. Keine Waschbecken. Keine Duschen. Und liegen nicht in Wannen. Im äußerst unwahrscheinlichen Fall einer Absatzkrise würde die Firma meinen Laden übernehmen. Ich unterschrieb alles. Hatte keine Wahl.

Bald ist es soweit. Geld gibt es nur für das Installieren von Kupferrohr statt Bleirohr. Die Leute wollen kein Giftwasser mehr. Das Kupfer? Erhalte ich von meinem Freund, dem russischen Leutnant. Woher hat er es? Ich will es nicht wissen.

Was sich wirklich vermarkten lässt? Steine von der Berliner Mauer. Mit Echtheitszertifikat. Tonnenweise kaufen die Touristen. Noch haben wir genug davon. Dazu DDR-Orden. Parteiabzeichen. Leistungsmedaillen. Alles mit Hammer und Sichel. Völker, hört die Signale!

Olga Nawroth

Mein Kind ist tot. Was habe ich gemacht? Wie soll ich es seinem Vater erklären? Wie mir selbst?

Kommt nach Hause mit verliebten Augen. Ich freue mich mit ihm. Er nennt sie mir. Das geht nicht, sage ich. Die hat Stasi-Eltern. Mein Sohn liebt keine Tochter aus solchem Haus. Verboten habe ich es.

Die Kleine sagt meinem Liebling, es sei umgekehrt. Ich sei eine Staatssicherheitsschlampe. So die Eltern. Anzeige gegen die beiden. Anzeige der beiden gegen mich. Und die Kinder sind fort.

Tage der Ungewissheit. Jetzt die Gewissheit. Beide tot. Rasiermesser.

Mein Mann lebt in Stuttgart, wird bald gekündigt. Dann sind wir beide ohne Arbeit. Und ohne Kind. Und bald ohne Wohnung.

Das Schönste verwehrte ich meinem Sohn. Dafür bestrafte er mich. Lebenslänglich. Schlimmer als jedes Gericht. Gemordet habe ich mein Liebstes. Hass und Missgunst waren meine tödlichen Freunde.

Noch schlimmer: Die Eltern des Mädchens waren keine Informanten. Ich verdächtigte sie. Verurteilte sie. Und suchte kein Gespräch. Stets bekämpfen wollte ich das Böse. Und war nie eine Gute.

Fritz Sonderberg

Abschnittsbevollmächtigter war ich. ABV. Mit Büro. Ich kannte meine Leute im Revier. Ehekrisen, schwierige Kinder, Alkohol, Gewalt. Und natürlich Flüche auf die sozialistische Einheitspartei.

Jetzt bin ich Kontaktbereichsbeamter. Ein falsches Wort. Denn wir Volkspolizisten sind nicht mehr beamtet, sondern angestellt. Jederzeit kündbar. Nicht so wie die westlichen Kollegen. Die sitzen im selben Revier und können sich alles leisten. Verdienen zweitausendachthundert Mark im Monat. Wir tausendneunhundertfünfzig. Für dieselbe Arbeit.

Schön waren unsere Chemiefaseruniformen nicht. Aber großzügig. Fast schlabberig. Die neuen zwicken von oben bis unten. Hochwertige Wolle. Tailliert. Kratzen könnte ich mich ständig.

Vor einer elektrischen Schreibmaschine sitze ich. Meine Protokolle auf der mechanischen waren natürlich einsichtbar. Stasi, das waren wir alle. Westliche Zeigefinger recken sich uns nun entgegen.

Das große Abkürzungsverbot. Wie 1945. Diesmal heißt es: SED, VEB, NVA, VOPO, alles pfui. Wie unfolgsame Hunde werden wir am Genick geschüttelt. An der Leine führen sie uns. Und wir sollen gelehrig sein. Oder wenigstens leichtführig.

Irina Petrakowa

Noch siezen wir uns. Das Du kommt nicht so schnell in Russland. Lieb habe ich ihn, den Deutschen. Freund meines Bruders. Wie gut er Russisch kann. Mit seinen Basset-Hunde-Augen schaut er mich bewundernd an.

Moskau zeige ich ihm. Erstmals sieht er die Superlativen dieser Stadt. Schönheit, wohin man sieht. Und Elend, wohin man sieht. Wodkabetäubte Menschen überall. Dieser Saft, der uns ermutigt. Und ruiniert.

Wir Russen glauben, das Paradies liegt in Polen. Die Polen glauben, es liegt in Ostdeutschland. Die Ostdeutschen glauben, es liegt in Westdeutschland. Nichts ist so flexibel wie das Paradies.

Religiös bin ich nicht, aber ich liebe Kirchen. Sie sind das Wunderbarste in unserem Land. Eine Kerze anzünden kostet drei Rubel. Zehn Mark steckt er in den Kasten. Für mich. Das sind fast eintausendeinhundert Kerzen.

Ins Restaurant lädt er mich ein. Doch ich zeige ihm die von Mutter gemachten Butterbrote. Sie schmecken ihm. Jetzt schenkt er mir ein Parfum. Es heißt Beautiful. Er nimmt meine Hand. Ob ich Wirklichkeit sei oder Märchen? Was wäre ihm denn lieber?

Ruth Lazar

Kommandant nennen mich alle. Obwohl ich keiner bin. Vielleicht sind es meine sehr kurzen Haare. Oder mein Auftreten. Oder mein Beruf: Atomphysikerin.

Nie wieder! Das heißt für mich: Wehrfähigkeit. Bis zum Äußersten. Mit eigenen Atomwaffen. Ich helfe sie entwickeln.

Unbekleidet sitzt er da. Mit feuchtem Tuch umhüllt. Hält unsere Sommerhitze nicht aus. Von uns im Irak befreit. Ostdeutscher. Mit jüdisch-russischem Vater. Zutraulicher Blick.

Motek nenne ich ihn. Schatz. Und Habibi. Liebling. Wie er sich freut. Er weiß noch nicht, dass in Israel das jeder zu jedem sagt. Es ist noch keine Liebeserklärung. Aber ich mag ihn. Ein Deutscher, vor dem sich keiner fürchten muss.

Er sieht aus wie der russische Plutoniumspezialist. Den Libyen gekauft hat. Um uns in die Luft zu jagen. Wir sagen: Ihr habt den Falschen und wir den Echten. Und hoffen, sie werden misstrauisch und machen den Echten unschädlich.

Missbraucht werde er von uns. Recht hat er. Aber es tut nicht weh. Und einen Menschen zu etwas zwingen, um vielleicht Millionen Menschen zu schützen: Mit dieser Rechnung bin ich einverstanden.

Emma Plieschke

Mein einziger Verwandter ist bei mir. Aufgesucht hat er mich in meiner Wäscherei in Brooklyn. Wusste nichts von meinem Comic-Book-Laden in Los Angeles. Installateur aus Brandenburg. Sieht mit mir im Fernsehen Rassenhass. Schwarze erschlagen einen Weißen. Live. Weiße erschlagen einen Schwarzen. Live. Schwarze erschlagen einen Asiaten. Live. Ein paar Stunden später siehst du die weinenden Angehörigen der Opfer. Live.

In den Krimis sterben mehr Menschen. Und perfekter. Und ästhetischer. Die Wirklichkeit vor dem Fenster hat keinen Regisseur. Und kein Drehbuch. Da sieht man nur wild Zuschlagende. Und dann das Plappern der Trauernden. Bisher einunddreißig Tote in LA. Das ist ja noch nicht einmal ein Bus voll.

Bosnien-Herzegowina: Das ist Gewalt. Somalia: Das ist Hunger. Unsere Schwarzen schlagen zu und zünden Supermärkte an, weil einer von ihnen verhaftet wurde. Mit ziemlicher Härte, das Video zeigt es. Hätten die Polizisten diskutieren sollen? Überzeugungsarbeit leisten? Freigesprochen wurden sie. Unter den Geschworenen waren ein Asiate und ein Latino. Und der Verhaftete ist noch am Leben. Warum wurde er gesucht? Wie wäre es mit Einhalten der Gesetze?

Keine Wäscherei mehr in Brooklyn. Wunderbar. Den Laden hier überlasse ich zwei Männern, die etwas von Comics verstehen. Bücher sind das, Werke, da gibt es nichts zu lachen. Mein Geschäft, eine Fundgrube für Kenner. Ich verstehe nichts davon. Alles geerbt. Von meinem Cousin. Der mich nicht kannte.

Bruno Cavaletti

Der Umzug von Neapel nach Rotbuchen in Deutschland zahlt sich aus. Tonnenweise Eis kann ich hier produzieren und verkaufen.

Unser Haus war noch vor Kurzem ein Lokal der Sozialistischen Einheitspartei Deutschlands. Die nicht mehr existiert.

Was ich anbiete, können sich die Menschen leisten. Sonst eher nichts. So genießen Minderverdiener und Arbeitslose meine Trostkugeln aus Schoko, Pistazie, Erdbeere und Zitrone.

Meine Kundschaft wirkt freundlich und bedrückt. Befreiung vom Kommunismus stellte ich mir fröhlicher vor.

Die braune Vergangenheit entfernte sich, die rote sieht man überall. Ich wünsche diesem Land eine Zukunft mit vielen Farben.

Leon Petrakow

Vielleicht ist der Neid Voraussetzung für eine gute Freundschaft. Wie beneide ich meinen deutsch-russischen Kumpel um alles, was er kann.

Er liest massenhaft Bücher, ich keine. Doch erzählt er mir von ihnen so, dass ich mir alles merke. Als ob ich sie gelesen hätte.

Sein Musikverständnis ist grenzenlos. Durch ihn wurde ich Experte für rockige, jazzige und klassische Melodien.

Technik? Was er anrührt, funktioniert. Und trotzdem muss ich ihn stets aufheitern. Denn er, der schüchterne Zauderer, begreift nicht das Lächeln der von mir angesprochenen Frauen.

Warum ich, Leutnant der einst Roten Armee in Deutschland, so gut gelaunt bin? Soll ich weinen darüber, dass die Wiedervereinten uns nicht mehr heimlich, sondern offen hassen?

Ihn deprimieren Meldungen über Morde, Attentate und Kriege in allen Kontinenten. Wie viele Lektionen benötigt er für die Erkenntnis, dass wir Menschen ekelhafte Wesen sind?

Bill Bacon

Fünfhundert Kilo Berliner Mauer habe ich schon nach New York geliefert. Mit Hammer, Zirkel und Ährenkranz gestempelt. Alles wurde in wenigen Stunden verkauft.

Ein Gegenstand, der eine Stadt zerschnitt, wird zum begehrten Souvenir. Hunderttausende wollen ein Stück Unfreiheit zuhause haben.

Ziegel von Baracken in der Bronx sehen auch nicht anders aus. Und benötigen keinen Transport. Ein bisschen anmalen, mit Worten der ostdeutschen Staatssicherheit versehen. Und ab zum freien Markt.

Ist das Betrug? Juristisch ja. Praktisch nein. Auch diese Steine kommen aus dem Elend. Auch bei ihnen hielt es niemand länger aus. Auch in ihrer Nähe wurde viel geschossen.

Tham Le Thanh

Staatlich verordnetes Willkommen ist nie von Dauer. In der Deutschen Demokratischen Republik wurden wir Vietnamesen geduldet, seit ihrem Ende nicht mehr.

Irgendwann erklang das Wort Vietschis aus ostdeutschen Mündern. Es war das Signal zur Jagd auf uns.

Sofort weichen wir, wenn Glatzköpfige sich nähern. Ihre Augen strahlen den Glauben aus, dass wir schuld an allem sind.

Mit uniformiertem Schutz dürfen wir nicht rechnen. Die Exekutive neigt zu schadenfrohem Zusehen.

Viele Deutsche demonstrieren für ein Zusammenleben mit uns. Das ermutigt mich. Und lässt mich hoffen auf eine furchtlose Zeit.

Jewgenij Kotikow

Immer schwieriger wird es, eine russische Gemeinde zu regieren. Schon lange nicht mehr suchen sie meinen Rat. Nur mürrisch werden Anweisungen befolgt.

Dass ich Dorfsowjet bin und Direktor der Kolchose, imponiert den wenigsten. Mein Parteiabzeichen zwischen Brust und Schulter wird belächelt.

Ausgerechnet meine größten Feinde haben einen deutschen Gast. Mit russisch-jüdischem Vater. Von dem er nicht weiß, ob er lebt.

Autos und Traktoren könne er reparieren, sagt er. Zuerst soll er die Grundtugend aller Russen lernen: das Warten. Auf Lebensmittel. Auf Medikamente. Auf Ersatzteile. Auf alles.

Arkadij Petrakow

Wörter wie Arschloch denkt man sich in unserem Land und spricht sie niemals aus. Mein Sohn weiß das nach ein paar Jahren in der Armee.

Die Tochter stellt ständig Fragen. Öffentlich! Stellt also in Frage. Wie gefährlich! Sie nimmt nicht zur Kenntnis, dass höchstens Kinder fragen dürfen.

Und meine Frau? Rennt in die Kirche. Dort haben sie auf alles eine Antwort: Beten und auf Gott vertrauen!

Wenn die Mächtigen sagen, sie respektieren dich, fühle dich nicht respektiert! Wenn sie sagen, sie verstehen dich, fühle dich nicht verstanden! Und wenn sie dich beruhigen, sei bloß nicht beruhigt!

Nicht applaudieren ist bei uns schon Widerstand. Vielleicht wirkungsvoller als schreien und die Fäuste ballen.

Melody Lyndon

Auch Kalte Kriege bringen Arbeitsplätze. Wie viele Tausende Amerikaner lebten in Russland! Und sahen. Und hörten. Und notierten. Und fotografierten. Und wurden gut bezahlt. Und wie viele Russen in Amerika!

Jetzt nähern sie sich an. Und wollen einander vertrauen. Wen sollen wir noch informieren?

Gerade noch Allerbrisantestes wird uns abgekauft. Hinweise auf Allergeheimstes. Beweise, dass russische Umarmungen erdrücken können.

Sie wagen freie Marktwirtschaft. Sollen wir ihnen helfen oder sie nicht allzu frei werden lassen?

Politische Parteien gründen sie jetzt. Nachdem sie die kommunistische verboten haben.

Die Sowjetrepubliken werden eigenständig. Aus Angst soll Freundschaft werden? Warum nicht? Im seltsamen Reich der Nachbarschaft von Völkern.

Hermann Wilke

Die Werbung ist die Kunst der Zukunft. Kreativ, eingängig, zweckgebunden.

Im Mittelalter war alles Schöpferische namenlos, denn es kam von Gott.

Später dichtete, malte und komponierte man mit Signum, kindlich stolz auf das Erzeugte.

Die kommende Zeit gehört den Firmen und Marken. Für sie verwöhnen wir das menschliche Ohr, reizen das Auge und locken die Seele.

Hohe Beträge erhalten alle, die bereit sind, Sehnsucht und Verlangen zu erzeugen und zu stillen.

TRÄUM DEN UNMÖGLICHEN TRAUM (1996)

Eine Person zweimal begleiten: Der Deserteur im ersten Roman war ein Jugendlicher mit Potenzial zum Weiterentwickeln. Dies geschah 47 Jahre später. Autor wurde er, einst erfolgreich, jetzt schreibgehemmt, trauernd, die Zukunft ist ihm nur noch ein unmöglicher Traum.

Schwierig ist es, das Leben zu beenden, wenn da jemand ist, der deine Hilfe braucht. Helfen hilft, dem Geholfenen und dem Helfenden.

Das große Bluten in Sarajevo 1994 verbinden mit Dreharbeiten 1953 ebendort für die Verfilmung des kriegsauslösenden Attentats 1914: So schilderte ich kriegerische Szenen aus 80 Jahren.

Sarajevo, wo einst Serben, Kroaten, Bosnier, Orthodoxe, Katholiken, Moslems, Juden und Ungläubige lebten. Sehr zerbrechlich ist das Miteinander von Menschen. Keine Stadt zeigt dies deutlicher.

Neben Sarajevo war noch einmal Wien Schauplatz. Ein letztes Mal. Menschen würdigte ich, die hier prominent wurden. Poetische und politische Denker, Künstler, Musiker, Schauspieler, Regisseure, Verleger. Unermesslich ist der kreative Reichtum meiner Heimat.

Und wenn es schon ein Wien-Buch war, sollte es eine Art Rückkehr sein. Zu den Orten und Plätzen, die Gleichgültigkeit nicht zulassen. So viele Details aus meinen frühen Jahren können Lesende finden in diesem Feuerwerk des Erinnerns.

Jede in Wien handelnde Geschichte bleibt Stückwerk ohne die Mundart dieser alten Völkermischung an der Donau. Germanen, Slawen, Juden und auch Ungarn, Böhmen, Mährer, Galizier und Ruthenen verschmolzen ihr Dasein zu einem Zungenschlag, der alles in Poesie verwandelt: Alltag, Freude, Liebe, Verbrechen, Zorn, Verzweiflung, selbst der Tod, zusammen kulminieren sie zu respektlos bildhafter Melodie des miteinander Redens. Mögen die vielen Einwandernden dieses verbale Kunstwerk bereichern und nicht beseitigen!

Robert Faber

Heute ist mein letzter Tag. Die Waffe ist geladen. Jetzt noch zum Strand. Und Schluss.

Das Telefon läutet. Und läutet. Mein Anwalt. Und Freund. Was will er? Ein Wiener Arzt habe sich bei ihm gemeldet. Er gibt mir die Nummer. Ich kenne keinen Wiener Arzt. Ein Menschenleben könne ich retten. Mit meinem Anruf.

Was würde sie tun? Sie, die starb und mich zurückließ in Gleichgültigkeit. Kein Buch schrieb ich seither. Keine Zeile. Ich habe nichts mehr zu vermitteln. Weil mir die Botschaften ausgingen. Vom Sinn verlassen.

Sie spricht mit mir. Anrufen soll ich. Mir alles anhören. Ein Leben retten. Meinem Leben Sinn geben. Ahnt sie, was ich vorhabe?

Der Arzt sagt, sie hätten einen schwerkranken Buben aus Sarajevo nach Wien geflogen. Beide Eltern erschossen. Ich müsse kommen und helfen.

Wie er auf die Idee kam, mich zu kontaktieren? Weil ich der Großvater dieses Kindes sei. Wie kommt ein kinderloser alter Mann zu einem Enkel? Der Kinderarzt nennt mir den Namen der Großmutter. Das macht mich stumm.

1953 drehten wir in Sarajevo. Einen Film über das Attentat vom 28. Juni 1914. Österreichs Thronfolger Franz Ferdinand und seine Frau Sophie. Ich schrieb das Drehbuch. Sie war Cutterin. Und Dolmetscherin. Wir liebten uns. Und sahen uns nie wieder. Heute, mit siebzig, erfahre ich, dass ich mit dreißig Vater einer Tochter wurde. Die ich nie sah.

Nach Wien werde ich fliegen. Meinen Enkel besuchen. Und seine Großmutter.

Martin Bell

Siege und Niederlagen. Mit Kindern erleben. Trösten. Behandeln. Operieren. Pflegen. Auf Genesung hoffen. Heilung sehen. Intensiver kann Freude nicht sein. Und Stolz. Immer wieder können wir den Tod austricksen.

Mit jungen Menschen reden, die es nicht schaffen werden. Und mit den Eltern. Keine Hoffnung aussprechen. Ausweinen lassen. Trost verweigern müssen.

Clowns: Kranke Kinder zum Lachen bringen. Schmerz vergessen machen. Zeigen, wie komisch unser Leben sein kann. Wunderbare Arbeit machen sie.

Lehrende: Ein bisschen schreiben, lesen, rechnen. Je nach Kraft. Je nach Motiv. Je nach Begabung. Mit ihnen zeichnen, basteln, musizieren, Sport betreiben. Bildung hilft. Und ermutigt.

Pflegende: Mit kleinen Menschen durchführen und erledigen, was sie allein nicht schaffen. Oder nur zum Teil.

Briefe erhalten wir. Dankbare Seiten oder auch nur Sätze von Patienten, die gesundeten. Und entlassen wurden. In die Welt der neuen Herausforderungen. Wo Erfolge warten, Rückschläge, großes Glück und großes Leid, kleines Glück und kleines Leid. Nie aufgeben. Das haben sie gelernt bei uns.

Mira Masin

Das Hotel Europa war das älteste von Sarajewo. Zimmer ohne Bad. Ich war beim Film tätig, sprach Englisch und Deutsch. Und sollte als Geschichtsquelle dienen. Weil meine Eltern die Ermordung des Thronfolgers miterlebt hatten.

Die Dreharbeiten sollten authentisch sein. Der Film-Mord an derselben Stelle wie der historische. Und 1953 wateten wie 1914 Kühe im fast ausgetrockneten Fluss. Dem Regisseur gefiel das nicht. Kühe passten nicht zum Ausbruch des Ersten Weltkriegs. Dann sah er Neubauten hinter der Stelle, wo Gavrilo Princip geschossen hatte. Verlegung der Attentat-Szene nach Wien: Hietzinger Brücke, Wienfluss und keine Neubauten. Und keine Kühe.

Der Drehbuchautor. Am ersten Tag schon sagte er, was für wunderbare Augen ich habe. Und wie schön er meinen Namen finde. Schüchtern war er nicht. Sehr charmant. Trotz Pickelgesichts.

Die Bezahlung für meine Dienste: ein bisschen Geld, viel Lippenstift und Nylonstrümpfe. Ganz Sarajewo wurde überschwemmt mit diesen Attributen. Damit die Filmleute ungestört arbeiten konnten.

Es waren herrliche Zeiten in einer Stadt des Miteinander: Christen, Moslems, Juden, Atheisten, Bosnier, Serben, Kroaten. Meine erste Liebe. Er ging, ich blieb. Schwanger. An einem Ort, der weiß, was Krieg bedeutet. Und Frieden.

Jelena Dobrovic

Ein Haus, ein Gemüsegarten, ein Blumengarten, Ziegen, Hühner, ein Hund. Mehr brauche ich nicht. Gott hat es gut mit mir gemeint. Keine Zähne mehr. Mit einundsechzig. Man kann nicht alles haben.

Filmleute sind da. Aus Amerika. Das Attentat. Gavrilo Princip. Und ich, seine Geliebte. Filmheldin soll ich werden.

Gavrilo war ein Einzelgänger. Der liebte niemanden. Und ich ihn auch nicht. Ein paar Ausflüge. Küsse vielleicht. Mehr war nicht.

Die glauben, ich sei verstockt, weil ich verdrängen musste. Die Liebe zu einem Doppelmörder. Nicht zu verkraften. Absolut nachvollziehbar sei das. Wird alles verfilmt. Wahrheit und Geschichte.

Jetzt zeigen sie mir Fotos. Gavrilo und eine junge Frau. Mit Leberfleck am Oberarm. Tatsächlich, das bin ich. Ziemlich hübsch. Auch Fotos können lügen.

Erzählen soll ich. Details wollen sie. Von einer Beziehung, die schon vor neununddreißig Jahren keine war. Geld bieten sie mir an. Ein paar Zähne wären mir lieber.

Renate Wagner

Ich muss ihn kennenlernen. Den Mann, der mein Leben rettete. Indem er den Chemiker tötete, der die Wand im Bombenkeller sprengen wollte. Im März 1945. Ich war im Bauch meiner Mutter.

Er entkam, meine Mutter gebar. Alle anderen wurden hingerichtet. In den letzten Tagen des Hakenkreuzes.

Der richtende Mörder lebt noch. Untergetaucht. Unauffindbar. Unbestraft. Von Freunden beschützt.

Mein Lebensretter. Schriftsteller. Schrieb Artikel über den Hinrichter. Ist gefährdet. Muss gewarnt werden

Er gehört zu den Österreichern, die aufbauen wollten. Und nicht zerstören. Es gibt sie. In allen Parteien. Der Anstand hat keine Farbe.

Journalistin wurde ich. Weil ich mit der Feder einladen will zum Verstehen, Abwägen, Zweifeln, Widerstehen. Nicht zum Abwerten, Verspotten, Beschmutzen. Manchmal den anderen Recht geben, nicht immer Recht haben. Die Hassenden bekämpfen. Ohne zu werden wie sie. Das ist mein Ziel.

So einer ist auch der, den ich aufsuche. Seine Bücher unterhalten. Und decken auf. Und warnen. Und ermutigen.

Judith Rohmer

Was anderen erlaubt ist, muss mir verwehrt bleiben. Das fordert mein Beruf. Andere dürfen verzweifelt sein. Mutlos. Nach Hilfe suchen. Ich nicht. Denn ich bin die Hilfe. Die Hoffnung. Die Rettung.

Meine Tochter ist krank. Ich weine nicht. Sie wurde operiert. Ich hoffe. Neue Niere. Es wird klappen. Getrauert wird, wenn es zu spät ist. Es wird nicht zu spät sein.

Großartig sei ich. Sagt der Schriftsteller. Der bei uns ist. Seinen Enkel besucht. Mit mir stark sein will. Unbeirrbar. Unbeugsam.

Drei Worte sagte er zu mir. Eines davon ist: großartig. Es wird bleiben. Für immer.

Meine Tochter mag ihn. Liest seine Bücher. Will auch Autorin werden. Sagt ihm, was ihr besonders gut gefällt. Und was weniger. Und nun sagt sie ihm tatsächlich, dass ich ihn verehre. Seit Langem schon. Ist das peinlich. Zur Wahrheit erzog ich sie. Das habe ich nun davon.

Mit einem offenen Brief erreichte er die Vergrößerung der Kinderklinik. Mein Vorbild wurde er. Damals.

Assistenzärztin war ich, als er die krebskranken Kinder besuchte und aus seinen Büchern vorlas. In Düsseldorf. Vor vierzehn Jahren. Mit einem offenen Brief erreichte er die Vergrößerung der Kinderklinik. Mein Vorbild wurde er. Damals. Jetzt sitzt er da. Und macht mich stark. Und verlegen.

Leo Lahner

Wie soll man einen Stammgast empfangen, der uns neun Jahre lang nicht besuchte?

Zuerst einmal Beileid zum Tod seiner Gattin vor sechs Jahren. Ein paar schöne Worte über eine Verstorbene sind nie falsch.

Dass ich von seinen Leiden als Jugendlicher in unserer Stadt weiß, soll mit ein paar Sätzen erwähnt werden.

Ist das Bedauern über seine lange Abwesenheit schon ein kleiner Vorwurf? Verlegenheit und Erklärungszwang sind nicht das Ziel eines Hotelportiers.

Fotos von meinem kleinen Sohn zeigen? Mag als sehr privat empfunden werden. Und etwas aufdringlich für einen, der selbst keine Kinder hat.

Ein kleiner Hinweis auf die Renovierungen der letzten Zeit passt sicher. Auch dass ich mir seine Zimmernummer merkte. Und das ehrliche Kompliment, er sei einer unserer Lieblingsgäste und somit stets willkommen.

Nadja Rubic

Meinen Vater habe ich nie gesehen. Er ist ein österreichischer Schriftsteller, der mich 1953 in Sarajewo zeugte.

Von meiner Existenz weiß er nichts. Weil die Mutter mich verschwieg.

Immerhin las ich alle seine Bücher. Und ließ mich sozusagen literarisch erziehen.

Wenn er halbwegs so lebt, wie er schreibt, hätte er meinen Lebenslauf bereichert.

Manchmal stelle ich mir vor, ich würde ihn besuchen und mich als Tochter vorstellen. Und ihm von Mutter erzählen. Und von meinem Sohn.

Das wäre vielleicht eine Romangeschichte für ihn: Der Mann, der mit siebzig Vater wurde. Und Großvater.

David Pardo

Die Serben in Sarajewo sind ein Thema, die Moslems auch. Wir Juden nicht.

In den letzten Jahren verlor ich alles. Angehörige, Freunde, Besitz. Daher spaziere ich durch die Stadt, wenn sie beschossen wird. Viele wollen leben und müssen sterben. Ich will den Tod, doch die Geschosse meiden mich.

Diese Stadt wirkt auf mich wie ein Experiment. Man kann studieren, wie rasch Nachbarn zu Feinden werden.

Das Entziehen aller Lebensgrundlagen führt nicht zu gemeinsamer Betroffenheit. Die Leidenden wollen keinesfalls, dass andere nicht leiden.

Kein Strom, kein Gas, kein Wasser, keine Lebensmittel. Hunger und Durst sind erträglicher, wenn alle hungern und dürsten.

Georg Lambert

Viele nennen mich Herr Pfarrer, obwohl ich Diakon bin. Ohne Priesterweihe. Mit Familie. Seelsorger, der Gott nicht verteidigen muss, wenn Leute ihn beschimpfen. Weil sie zweifeln und verzweifeln.

Ich höre zu. Und sage den Ängstlichen, dass ich auch Angst habe. Und den Feigen, dass ich auch feige bin.

Früher war ich Masseur und weiß, wie gut Berührung allen Menschen tut, besonders Kindern. Und wie angenehm sie sein soll und nie das Gegenteil.

Erreichbar bin ich jederzeit. An jedem Ort. Für Gläubige und solche, die glauben, dass sie nicht glauben.

Trösten ist sehr intensiv: gemeinsam Musik hören, gemeinsam reden, gemeinsam zornig oder traurig sein. Und auch gemeinsam schweigen.

Helga Czerny

Ein alter Mann besuchte mein Lokal. In dem er sich vor vielen Jahren versteckt hatte. Als Flüchtender. Wenige Wochen vor Kriegsende.

Mein Vater habe ihm Essen und Trinken gegeben. Und Geld. Und ihm Straßen genannt, die nicht kontrolliert wurden.

Jetzt besichtigt er das Haus, in dem er untertauchte. Wo ich unseren Wein ausschenke. Und kleine Speisen serviere.

Hier bin ich Wirtin. Und kenne jeden Millimeter. Jeden Tisch und jeden Stuhl und jede Sitzbank. Alle Flaschen, Gläser und Teller. Und das ist gut so. Denn ich bin blind und kann nicht flüchten.

Goran Rubic

Vor ein paar Wochen wurden meine Eltern erschossen. Von Bewaffneten, deren Aufgabe es ist, bosnisches Leben auszulöschen.

Warum traf mich keine Kugel? Seit fünfzehn Jahren lebe ich, zwölf davon mit transplantierter Leber.

In einem Wiener Kinderspital kümmert sich eine ganze Belegschaft um mein Wohlbefinden. Vier Ärzte tun ihr Bestes, der Diakon versteht alles und der Psychologe heitert auf.

Meine Großmutter liebt mich. Großvater würde mich gern lieben. Und gibt viel Geld aus für meine von ihm erhoffte Zukunft.

Seitdem ich die Medikamente nicht mehr nehme, werden sie mir verabreicht. Ich habe mein mickriges Dasein fortzuführen und damit basta. Ich Undankbarer!

Walter Marks

Er durchschaut die ganze Welt, nur sich selbst nicht. Daher benötigt er mahnende Worte von mir, seinem Anwalt.

Jahre verbracht er mit seiner ersten Frau in Frieden, ließ sich scheiden und lebte mit der zweiten Frau im Krieg. Es erfolgten die Trennung und zwei glückliche Nachkriegsjahre mit der ersten, bis zu ihrem Tod.

Seit sechs Jahren lebt er in teuren Hotels und verfasst keine Zeile. Und zahlt die Miete einer Villa, die er kaum bewohnt. Das lässt sein Vermögen schrumpfen.

Daneben spendet er Organisationen, die Mitleid erregen. Und das sind viele.

Mein Freund, der barmherzige Autor so vieler Romane. Der nur noch wenig redet und nicht mehr schreibt.

Josef Viskocil

Vielleicht bin ich weniger bedeutend als die Ärzte im Kinderspital neben unserem Kaffeehaus. Mich besuchen Gäste und keine Patienten.

Bei mir wird serviert, im anderen Haus therapiert. Zu mir kommen die einigermaßen Gesunden.

Bedienen fällt leichter als behandeln. Ich weiß, wie Menschen aussehen, die täglich dem Tod nicht nur ins Auge blicken.

Die zum Heilen Berufenen werden sicher mehr bewundert, doch vielleicht häufiger verwünscht als ich Trinkgeldempfänger.

Paul Ansbach

Kranke Kinder zum Lachen bringen. Oder wenigstens zum Lächeln. Das sind die kleinen Erfolge meines Alltags.

Mit schelmischem Blick fixiere ich die Augen der Patienten. Das wirkt ansteckend. Meistens.

Auch Witze passen stets im Haus der Schmerzen. Die Blödelbereitschaft junger Menschen macht vieles leichter. Sie wissen, dass ständiges Traurigsein die Zeit des Leidens nicht begleiten darf.

Spaß haben ist fast so wichtig wie essen und trinken. Mir ist jedes Mittel recht, mit dem ich bedrückte Kinderseelen auflockern kann.

Sie nennen mich den lustigen Psychologen. Tatsächlich habe ich studiert. Aber Humor kann man nicht lernen.

DER MANN, DER DIE MANDELBÄUMCHEN MALTE

Einmal eine Novelle schreiben. Kurzer, klarer Erzählstrang, knappe Zahl der Handelnden, aber so richtig klassisch mit Rahmen- und Binnenhandlung. Mit einem Serienheft- und Drehbuchautor, der in seiner Jugend erfolglos Romane verfasste. Ein Mann also, den ich kaum erfinden musste. Doch war es keine Geschichte, die mein Leben schrieb.

Eine sechsundfünfzigjährige amerikanische Witwe unterhält einen Franzosen im Schlafwagen von Paris nach Cannes mit der Liebe ihres Lebens, die sie vor elf Jahren erstmals und letztmals sah. Erzähldauer: zwei Champagnerflaschen lang. Danach stirbt sie. Und erfährt nie, dass sie eine betrogene Betrügerin war.

Auch eine Novelle reicht zum Malen einer Landschaft mit Worten statt mit Pinselstrich. Frankreichs Mittelmeerküste war meine Geliebte, ein Leben lang. Jahre verbrachte ich hier. In meiner Wohnung. Frankreich vor Augen, Deutschland im Kopf. Welche Harmonie von Wasser, Erde und Gestein mit Booten, Häusern, Kirchen und Hotels!

Es ist die Geschichte einer zu 99 Prozent treuen Ehefrau. Das eine Prozent jedoch macht die Binnenhandlung aus. Und das nochmalige Erzählen derselben Geschichte durch eine andere Frau ist der Rahmen.

Fünf Personen, fünf sehr verschiedene Zugänge zum Rätsel, das wir Liebe nennen. Jeder versucht, dieses Rätsel anders zu lösen.

Vielleicht war es die Reminiszenz eines alten, immer noch unruhigen Mannes, der sich zurückschrieb zu seinen ersten Versuchen, die er mit amerikanischer Schreibmaschine auf amerikanisches Besatzungspapier getippt hatte.

Es war das elfte icherzählte Werk. Das macht immerhin ein Drittel meines Prosaschaffens aus. Die erste Person wirkt intensiver, die dritte souveräner. Die erste will durchblicken, die dritte überblicken.

Insgesamt sind die Erzählenden bekennender, ehrlicher, auch schuldbeladener und aggressiver. Die Erzählten vielleicht sanfter, passiver, Mitleid erregender.

LIEBE IST DIE LETZTE BRÜCKE (1999)

Leicht machte ich es mir nicht mit meinem letzten Werk. Musste ich, der analoge Mensch, eintauchen in die Welt der Computerkriminalität? Musste ich, der Regiebilder produzierende Autor, mich abmühen am digitalen Informieren und Verfälschen? Schreibend und forschend wollte ich erfahren, ob elektronischer Umgang mit Daten unser Leben erneuert oder nur erweitert.

Gottfried Keller pries einst Zürich für das Zusammenspiel von See und Fluss. Genf hat beides und Hochgebirge noch dazu. In dieser Stadt wollte ich mit Präzision Farbe und Atmosphäre schaffen.

Sommer 1997: Menschen arbeiten vernetzt in Großraumbüros. Jeder kann jeden jederzeit hören und sehen. Und niemanden scheint es zu stören. Wie Honig produzierende Bienen. Die Mitarbeiter werden intensiver kontrolliert als die Häftlinge zwanzig Jahre davor. In einem Konzerngebäude in Frankfurt. Irgendwann war sie da, die Zukunft. Zumindest für den, der die Leser durch die Handlung führt. Jung und hochbegabt, hat er viel beigetragen zur umfassenden, sanften Überwachung. Jetzt ist er alt und immer noch hochbegabt. Und überwacht.

Es ist das Buch der Viren. Jeder Mensch hat sie. Krankheit erregen sie. Lange verstecken sie sich. Plötzlich sind sie da. Aber Menschen verfügen über Immunsysteme. Sie können sich schützen. Und Computerprogramme sind wie Menschen. Selten musste ich so erklärend, ja fast belehrend schreiben wie in der Geschichte, in der nur die Liebe Brücke sein kann zwischen alt und neu.

Eine Kleinfamilie benötigte ich für drei Themen: der Vater Informatiker, die Mutter Pianistin, der Sohn Verbrecher. Das ergab einen Wissenschafts-, Musik- und Kriminalroman. Diese Fantasie und Inspiration einfordernden Bereiche des Lebens mit Handeln und Leiden zu verweben war wohl meine Stärke.

Keine Prosa kann auf Dialoge verzichten. Das Epische benötigt das Dramatische. Viel wird gesprochen in meinem Abschiedswerk, mit feinsten Tönen, Zwischentönen und Misstönen. „Der Worte sind genug gewechselt, lasst mich auch endlich Taten sehn." So Goethe. „Es gibt nichts Gutes, außer man tut es." So Kästner. Aber, meine Lieben, so leicht fiel euch das Trennen von Wort und Tat? Unterschätzt die Tatkraft der Worte nicht!

Philip Sorel

Nie wieder Armut! Ein prägendes Motiv. Den Vater verlor ich mit einem Jahr, die Mutter mit elf. Miete war das Angstwort meiner Kindheit. Teller wusch ich und Leichen. Bauen, räumen, reparieren. Alles tat ich, um nicht zu hungern.

Es kam das Zeitalter von Hardware und Software. Mein Zuhause. High Tech verwandelte den Mangel in Überfluss.

Die Welt der Reichen öffnete die Tore. Ich fand die Frau, die meine wurde. Und ein Kind zur Welt brachte. Und starb.

Ihre Schwester war die große Pianistin. Die sich dem Publikum verweigerte. Aber nicht mir. Und meinem Sohn.

Ringe wurden getauscht. Küsse auf Stirn und Wange. Nicht auf den Mund. Kein gemeinsames Bett.

Sie lebt für die Musik. Und hat viel Geld geerbt. Ich lebe für das Digitale. Und habe viel Geld erworben.

Mein Sohn. Neuneinhalb wunderbare Jahre mit einem wunderbaren Kind. Plötzliches Abweisen, Verschließen, Verstummen. Dann das Lügen, Stehlen, Verschwinden. Verloren habe ich ihn. Den Krieg hat er mir erklärt.

Computer durchschaue ich. Kann alles begreifen. Erklären. Schaden beheben. Meinen über alles Geliebten durchschaue ich nicht. Kann ihn nicht begreifen. Mir nicht erklären. Keinen Schaden beheben.

Donald Ratoff

Einem Freund die Kündigung mitteilen. Wer will das schon. Der Beschluss war einstimmig. Aber alle drücken sich. Also mache ich es.

Sein Sohn. Gestern Wunderkind, heute Schwerverbrecher. Neonazi, Vergewaltiger, Erpresser, Bilderfälscher, Scheckbetrüger. Ein Sicherheitsrisiko.

Vor elf Jahren holte ich ihn. Weil er der beste Computervirologe war. Enorm wichtig. Unersetzbar. Aber natürlich: Sein Computer zuhause hat alle Firmendaten. Und der Sohn? Er habe ein Passwort. Und der Sohn? Er wechsle es täglich. Und der Sohn? Wohne nicht mehr bei ihm. Wie naiv!

Klagen werde er. Nichts habe er angestellt. Sippenhaftung sei Vergangenheit. Gegenwart ist eine Vertragsklausel. Von ihm unterzeichnet. Bei schwerwiegendem Anlass sei er mit Vertragsauflösung einverstanden. Und was ist mögliche Datenaneignung durch den Kriminellen? Und mögliche Weitergabe an die Konkurrenz?

Wer will schon seinen besten Mann verlieren? Ich. Dieser arrogante Alleskönner. Elf Jahre musste ich ihn erdulden. Duzen. Freundschaft spielen. Über ihm bin ich in der Hierarchie. Unter ihm in sonst allem.

Jetzt wird bilanziert. Meine Tochter: Universität Princeton. Sein Sohn: Justizanstalten. Ich: oben. Er: draußen.

Irene Sorel

Das Klavier ist die Bestimmung meines Lebens. Vor allem Scarlattis Melodien erfreuen meine Sinne.

Mein Schwager wurde Witwer. Und ein Jahr später mein Mann. Er brauchte eine Mutter für das Kind, das meine Schwester hinterließ. In allem bin ich das Gegenteil der Frau, die seine Liebe war.

Ich genieße das Essen bei Kerzenschein. Mit frischer Kleidung. Eigene Köchin. Eigene Bedienung. Er akzeptiert meine Vorliebe. Schweigend. Mit Augen andeutend, dass er auch Wurstsemmel am Computer sitzend essen könnte. Dazu wird es nicht kommen.

Scarlatti schuf ein großes Werk. Wohl niemand kennt und spielt es so präzise wie ich. Ein Cembalo aus dem 18. Jahrhundert steht in unserem Salon. Dort beschenke ich mich täglich mit des Meisters Sonaten. Stundenlang. Ohne Publikum.

Was ich unternehme, muss vollständig sein. Auch die Erziehung des Sohnes, den die Schwester uns gebar. Ihm und letztlich auch mir. Ein Kind war er nach meinen Plänen. Was dann geschah, zeigt, dass nicht alles planbar ist.

Mit sechs war ich bekannt, mit zwanzig berühmt. Die Konzertsäle Europas waren erobert, das Publikum entzückt, die Kritik überzeugt. Dann der Auftritt in München. Beethoven. Die Finger streikten. Ich stand auf und verließ die Bühne.

Für mich gibt es nur zwei Fragen. Erstens: Was kann ich und was nicht? Zweitens: Was will ich und was nicht? Vielleicht eine dritte: Was wollen die anderen von mir und was nicht?

Claude Falcon

Den Krieg sehen sollen die Menschen. Damit sie ihn nicht in Erwägung ziehen. Planen. Vorbereiten. Gerecht finden. Meine Fotos haben keine Farben. Hell und Dunkel reichen aus. Blut muss nicht rot sein. Das Sterben nicht bunt.

Leichenteile mit Insekten. Oder von einem Hund benagt. Kinder auf einer Hausruine sitzend. Keines von ihnen hat zwei Hände und zwei Beine. Wieviel Wahrheit ist dem Betrachter zumutbar?

Natürlich können Bilder abschrecken. Aber für wie lange? Tage? Wochen? Jahre? Ich weiß es nicht. Und kann nur hoffen.

Gegen den Krieg geschrieben haben Tausende. Auf die Wirkung ihrer Worte hofften sie. Auch gesungen wurde und gemalt. Um das Töten zu verhindern. Schön, berührend und vergeblich.

Mit der Kamera treibt es mich zu Schauplätzen. Knipsen statt schreiben, singen oder porträtieren. Nichts ist direkter und schnörkelloser als das Foto.

Menschen töten, verletzen, verstümmeln entspricht nicht unserer Natur. Unserer Würde. Unserer Ehre. Das ist mein Glaube. Und diesen Glauben will ich verbreiten. Meinetwegen predigen. Herausschreien. Mit Bildern. Von mir ausgesucht. Und festgehalten.

Künstlerin bin ich. Vermittlerin von dem, was Menschen können, aber nicht sollen und nicht dürfen. Erschüttern will ich. Und nicht amüsieren.

Serge Moleron

Informatiker ist er. Sorgt für den Virenschutz. Damit Geräte weiter funktionieren. Auch Waffen. Zur Massenvernichtung. Reibungslos. Dafür lässt er sich bezahlen.

Beleidigt habe ich ihn. Mitverantwortlich machte ich sein Tun für unsagbares Leid. Mit Hitler, Himmler und Göring verglich ich ihn. Er ging. Mit traurigem Blick.

Einen Menschen attackieren. Ihn verunglimpfen. Mit Massenmördern gleichsetzen. Ist das mein Beitrag zum Weltfrieden?

Das Entschuldigen ist fällig. Er akzeptiert. Und kann mich verstehen. Ihn habe lange nur die Möglichkeit der Technik interessiert. Die Anwendung wenig. Die Folgen kaum.

Jude sein enthält nicht das Recht auf Konfrontation. Mit einem Deutschen. Der mir nichts zu Leide tat. Ich schäme mich. Und werde für ihn beten. In der Synagoge.

Kim Sorel

Fast zehn Jahre lang war ich ein entzückendes Kind. Dann nicht mehr. Allen ist meine Entwicklung ein Rätsel. Mir auch.

Regeln bedeuteten mir nichts mehr. Wo es etwas zu nehmen gab, nahm ich. Wo Betrug möglich war, betrog ich. Erpressbare erpresste ich.

Meinem Vater wurde ich zum Verhängnis. Scheinbar. Anlass sollte ich sein für sein Entfernen aus der Firma. Doch war er selbst der Grund. Dem Massenmorden war er auf der Spur. Ich deckte es auf. Und löste sein Problem.

Vaterliebe. Stets war er bereit, den Schmutz meines Lebens zu reinigen. Wie oft zahlte er mich frei?

Nie hasste ich ihn. Wollte ihm nie weh tun. Es war nicht seine Aufgabe, Vater zu sein. Und es ist nicht meine Aufgabe, Sohn zu sein. Er fand sein Glück in Genf. Ich überall dort, wo man mich nicht sucht.

Catherine Sorel

Die Welt meiner Schwester hat die Größe eines Klaviers. Mehr benötigt sie nicht. Sie liebt Bach, Beethoven, Brahms und vor allem Mozart. Mit ihnen verkehrt sie auf den Tasten. Intensiv! Auf andere Männer kann sie verzichten.

Ich lebe für alles, was Liebe hervorruft. Mich entzücken Berührungen von Menschen, die ich mag.

Und Landschaften führen mich in Sphären höchsten Glücks. Meine Visionen benötigen das Sehen, wie die der Schwester das Gehör.

Was uns eint, ist das Wissen, dass nichts von Dauer ist. Derzeit rührt sie das Klavier nicht an. Die vielleicht etwas zu großen Idole haben sich ihr offenbar verschlossen.

Auch ich fand den Mann, der alle Erwartungen erfüllt. Und mich eins sein lässt mit ihm. Vorerst. Welcher Zeitraum uns gewährt sein wird?

Ramon Corredor

Woher ich denn sei, erkundigen sich fast alle meine Taxigäste. Für meinen spanischen Akzent sollte ich mich nicht genieren.

Kaum jemand kennt mehr Details über Genf als ich, der neugierige Fremde.

Noch ein paar Jahre werde ich in diesem reichen Land arbeiten, um dann in der nicht ganz so reichen Heimat zu leben. Und den Eltern zu geben, was ihnen fehlt. Auch die Schwester wird sich immer an mich wenden können.

Durch Madrid mit seinen tausend Eigenheiten werde ich dann meine staunende Kundschaft führen. Und niemand wird nach meiner Herkunft fragen.

Constanze Baumgartner

Hungernde Kinder darf es nicht geben. Auf keinem Kontinent. Alle Probleme lassen sich lösen, wenn sie als solche erkannt werden. Und diese größte aller Nöte zu beseitigen ist für mich Verpflichtung.

Ich werde alle mir Bekannten um Hilfe bitten. Sie werden sich nicht weigern. Sondern mit mir träumen von Buben und Mädchen, die spielen und lächeln, weil sie satt sind.

Mit einer meiner Freundinnen will ich beginnen. Täglich spielt sie ein paar Stunden auf dem Cembalo. Nur für sich.

Das soll sich ändern. Hunderte, vielleicht tausende Herzen soll sie öffnen durch ihre Melodien. Mit eigenem Können die Großzügigkeit anderer wecken, das ist Erhabenheit.

Gabriel Martinoli

Dass ich der beste Koch der Welt, verheiratet mit der besten Köchin der Welt sei, ist ein Scherz meiner Gäste, den ich mir gefallen lasse. Ein bisschen Eitelkeit schadet nicht.

Bei anderen Wirten verkehrt die Welt, bei mir verkehrt Genf. Ich begrüße mit Handschlag und Namensnennung.

Die Mehrheit meiner Kundschaft will beraten werden. Was ich empfehle, wird bestellt. Zunge und Gaumen unterliegen kaum demokratischer Willensbildung.

Natürlich: Das Recht auf Vorlieben hat Bestand. Fischliebhabern empfehle ich Fisch, Fleischesser erhalten Fleisch. Auch wer nur isst, was in und auf der Erde wächst, bekommt Überraschendes serviert.

Etwas eng sind meine zwei Etagen. Die Wendeltreppe anspruchsvoll. Wer bei mir isst und trinkt, hat mehr Rede- als Bewegungsfreiheit.

Jean-Pierre Barreau

Einem anerkannten Wissenschaftler mitteilen, dass sein Sohn Heroin verkauft, ist nicht angenehm.

Der Täter hat keine Einstiche. Er konsumiert das Gift nicht, er handelt nur damit. Wer leidenschaftlich hasst, braucht keine weitere Sucht.

Ein echtes Scheusal verabscheut und wird verabscheut.

Sich vom Vater zu befreien leuchtet ein. Doch ihn zu erpressen wiegt schwer. Und eigenes Verschulden auf ihn abzuwälzen ist die höchste Form des Undanks.

Ermitteln ohne Zorn und Mitleid sollte mein Berufsziel sein. Immer wieder muss ich mich dazu ermahnen.

Simone Sorel

Drei Stunden, nachdem er mich angesprochen hatte, lag ich in seinem Bett. Einen Tag später verließ ich die Eltern für immer. Eine Woche später heirateten wir.

Es kann keinen Mann geben, den ich mehr liebhabe. Und es kann keinen geben, der so viel Pech hat. Was er tut, läuft schief.

Selbstverständlich muss einer, der nichts hat, dafür sorgen, dass er leben kann. Und ist rasch vom Gesetz umzingelt. Und wird verfolgt, wo immer er sich aufhält.

Nichts geschieht in böser Absicht. Man hat doch das Recht auf ein würdiges Existieren. Warum endet bei uns alles in Haft und Arrest?

Der Schwiegervater meint, sein Sohn verantworte den Tod von vier Menschen. Weil ein Verzweifelter seine Frau, zwei Kinder und sich selbst erschoss. Wer konnte ahnen, dass der von uns Bedrängte zur Waffe greift?

Einen Anwalt könnte er bezahlen für den, den er zeugte, aber nicht erzog. Noch zögert er. Schuld soll bestraft und nicht gemildert und schon gar nicht aufgehoben werden. Weisheiten eines Unbescholtenen.

Raymond Marrot

Ein verzweifelter Vater gibt mir Geld dafür, dass ich seinen kriminellen Sohn aus der Zelle befreie. Damit er weiterhin Verbrechen begehen kann.

So dumm ist väterliche Liebe. Er kann sich nicht abwenden von dem, der einst sein süßes Kind war. Hofft er auf die Rückkehr des holden Knaben?

Der Mandant scheint weder gewalttätig noch diebisch zu sein. Sondern einer, der nie tut, was er tun sollte. Das führt irgendwann zum Rechtsbruch.

Wer das wirklich Gefährliche und Ekelhafte mit Erfolg vertritt, wird die Entlassung eines jungen Querulanten auch erreichen. Mit meinen drei Waffen: schwergewichtiger Leib, kluge Augen und gewinnende Stimme.

Holger Niemand

Einsamkeit prägt meine Tage. Und Abende. Und Nächte. Auch meine Frau verließ mich. Liegt es daran, dass ich ständig auf der Suche nach der Schuld bin? Staatsanwalt, was für ein Beruf!

Für mich ist eines klar: Verbrechen, die ungesühnt bleiben, zerstören den Glauben an das Recht. Und somit jedes Vertrauen.

Ich liebe Fernsehkrimiserien. Die Ermittler lösen jeden Fall. Das beruhigt mich.

Viele meiner Fälle bleiben ungelöst. Das beunruhigt mich. Noch. Denn ich will aus Niederlagen lernen. Sie sollen mich demütig machen und nicht zornig.

Max Meller

Freundschaft ist qualitativ. Es kommt nicht darauf an, wie oft ich einen angenehmen Menschen sehe. Es reicht, an ihn zu denken.

Einen mir Nahestehenden sah ich seit Jahren nicht. Zehn Telefonminuten erinnerten mich an Jahrzehnte schönsten Vertrauens.

Digital gesteuertes Massensterben soll er aufklären. Explosionen, abgestürzte Flugzeuge. Versagen ist möglich, Absicht wahrscheinlich.

Über fünfzig musste er werden, um zu finden, was er suchte. Eine faszinierend unberechenbare Frau. Für einen berechenbaren Mann. Vielleicht benötigt Liebe Regeln, aber nicht immer dieselben.

Simmel und ich – eine Lesensgeschichte

Buchstaben waren mir frühe Mittel zum Sehen, Fühlen und Erkennen. Die Volksschule mochte Lesetechniken verbessern, beibringen konnte sie mir nichts mehr.

Kennzeichen meines Kindverhaltens: Ich war kein Vielleser, sondern ein Immerwiederleser. Nicht in die Weite drängte es mich, sondern in die Tiefe. Lesend tat ich es gleich dem Reisenden, der die Kontinente ausklammert und stets seine Lieblingsorte aufsucht.

Grimms Märchen waren mir Stoff für Jahre, leise und laut gelesen. Und stets variierend. Allein die Frage an die Ziege, ob sie satt sei, konnte ich lesen wie von einem Fordernden oder Neugierigen oder Müden oder nahezu Bittenden. Und erst die Antwort, sie sei satt: hinterhältig, angewidert, unbedacht oder genügsam.

Spätere Jahre schenkten mir die deutschen Götter- und Heldensagen, noch spätere die Schatzinsel und schließlich Wilhelm Busch. Alles wurde hunderte Mal gelesen. Die Sätze waren mehr als bekannt, verdrossen aber nicht, sondern überraschten stets.

Jugendlich war ich schon, als einer meiner Freunde mir Simmels „Liebe ist nur ein Wort“ aufdrängte. Das war nun keiner von den anerkannten Beherrschern des Bildungskanons, deren Kenntnis ich mir brav und wohlwollend aneignete. Wie auch? Mein Freund war ein lesesüchtiger Schulabbrecher. Für ihn gab es nur ein Kriterium: Ein gutes Buch muss das Vergnügen eines Fernsehabends und Kinobesuchs überbieten. Bei Weitem! Wenn es das nicht schafft, ist es kein gutes Buch.

Simmel überbot alles. Selbst das mit den mir Vertrauten Trinken, Plaudern und dabei Verwandte, Bekannte und Prominente Beurteilen. Ich lebte nur noch mit den Simmel-Menschen. Mit ihnen hätte ich gerne gesprochen. Vielmehr: Ich tat es. Unbeobachtet.

Es folgte die Zeit der Werke, die im Reich der Weltliteratur ihren Platz erhielten. Vieles gefiel, faszinierte, belehrte, langweilte.

Im ersten Semester des Germanistik-Studiums provozierte ein Professor mit der Frage: „Warum ist Grass besser als Simmel? Wenn es so ist, müssen Sie es begründen können." Gute Frage. Sie ließ mich nicht mehr los.

Immer weniger interessierte mich die produzierende Seite der Literatur. Große Autoren gab es unzählige, sie zu interpretieren reizte mich kaum. Das rezipierende Element, das Mysterium Leser zog mich an, wollte entschlüsselt werden.

So wandte ich mich an den kühne Thesen erzeugenden Professor mit der Bitte um ein Diplomarbeitsthema. Ich erinnerte ihn an seinen Simmel-Grass-Vergleich. Ob ich mich mit des Erfolgsautors Jugend beschäftigen wolle, fragte er. Mit seiner Vor-Bestseller-Zeit. Sie sei komplett unerforscht. Es wäre Pionierarbeit. Wühlen im vergilbten Rezensentenmüll der Vierziger- und Fünfzigerjahre. Es begann Phase zwei meines Lebens mit Simmel.

Viel hörte und las ich von deutschen Schriftstellern, die sich fanden, um erzählend aufzuarbeiten. Zwölf Hakenkreuzjahre, die weh taten. Den Nichtnormierten, den Nachbarvölkern und zum Schluss den Deutschen selbst. Für lange Zeit. Angeschrieben wurde gegen das Verdrängen. Auch Simmel wollte unaufdringlich die Augen öffnen für alles, was sich nicht mehr wiederholen durfte. Warnend, ermutigend, nicht belehrend.

Österreich hatte seinen großen Wiederaufbaudichter und wusste nichts davon. Viel Applaus kam von den Tages- und Wochenblättern, doch die Bücher blieben in den Regalen der Händler. Warum? Ich weiß es nicht. Vieles ist erklärbar, manches bleibt rätselhaft. Böll wurde Deutschlands Gewissen, Österreich hatte keines. Wollte keines haben.

Auch der Verleger war ratlos, aber nach wie vor vom Können seines Schützlings überzeugt. Schimmernde Augen erhält das inzwischen ältere, in zeitlosem Anzug steckende Männchen, als er mir 1981 vom sehr jungen Simmel und seiner Freundschaft zu ihm, dem damaligen Chef und Förderer, erzählt. Aus diesem Glanz der Pupillen kann ich lesen: Wie wild wir waren! Nicht zu bändigen. Die Welt wollten wir ändern. Verbessern. Auf den Kopf stellen. Mit drei Prämissen. Erstens: Der Nationalsozialismus ist nur scheintot. Wir wollen ihn begraben. Oder verbrennen. Bei lebendigem Leib. Zweitens: Russland hat den süßen Traum vom Sozialismus erstickt, für immer. Drittens: Amerika liefert uns die schönen Klänge und Bilder. Mit seiner weißen und schwarzen Musik. Und seinen Filmen, die uns ganz neues Weinen und Lachen schenken.

Was war zu tun? Das Poetische nicht beseitigen, aber doch straffen. Anspannen. Mit den ewigen Mitteln. Verbrechen garantiert ständige Todesnähe. Und die Liebe vereint nicht nur seelisch, sondern auch leibhaftig. Die Formel war gefunden.

In die Gegenwart schwenkend, mich Studenten im ernüchterten Blick, meint der Herr der Bücher kurz und bündig: Die nächsten drei Romane blieben genauso ungelesen. Warum? Wenn ich das wüsste.

Sechs Werke schreibt der junge Wiener Autor. Alles je darüber Rezensierte erhalte ich kopiert. Das ist meine Forschungsbasis. Dissertation gibt es keine. Irgendwelche Abhandlungen? Nichts. Simmel, Liebling der Leserschaft und Verfemter der Wissenschaft. Seit 1964 besetzt er die Spiegel-Bestseller-Listen. Aber wer ist schon der Spiegel, bitte sehr? Ein illustriertes Wochenblatt.

Forschen ohne Sekundärliteratur? Ohne germanistische Wegweiser? Es war ein wunderbares Eintauchen in den Journalismus der Trümmerjahre. Mottenzernagte Seiten, die keiner mehr kennt.

Und doch findet sich eine überraschende Quelle. Der Präsident der Österreichischen Gesellschaft für Literatur war Simmels Jugendfreund. Eine Fundgrube. Ich erfahre von der Menschenscheu des

Autors, der Millionen begeistert. Von des Unruhestifters Sehnsucht nach einsamer Ruhe. Der sich nur an der Schreibmaschine sitzend auslebt. Eloquenz nur auf den vollgetippten Blättern bietet.

Monate später erlebe ich Unvergleichliches. Mein Professor hält eine Simmel-Vorlesung. Neunzig Minuten lang höre ich im Auditorium Maximum meine Thesen und Ergebnisse. Am Schluss erwähnt er mich. Lobend! Freilich ohne Namen.

Über dreißig Jahre später und fast zehn Jahre nach seinem Tod erreicht mich meine dritte Simmel-Phase. Intensiv wie nie zuvor. Freude bereiten seine Helden und Antihelden wie einst die Figuren aus der Märchen- und Sagenwelt. Neu sehe ich sie. Viele von ihnen sind jung geblieben, manche gealtert wie ich selbst. Etwas patinaüberzogen wirken sie im Zeitalter elektronischer Vernetzung. Tonnenweise Zeitgeschichte sind sie mir. Und Bilderbücher ohne Bilder.

Inhalt